또다시
같은 꿈을
꾸었어

MATA, ONAJI YUME O MITEITA
ⓒYoru Sumino 2016
All right reserved.
Original Japanese edition published in Japan in 2016 by Futabasha Publishers Ltd., Tokyo.
Republic of Korean version published by Somy Media, Inc.
Under license from Futabasha Publishers Ltd.

또다시 같은 꿈을 꾸었어

스미노 요루 지음
양윤옥 옮김

소미미디어
Somy Media

목 차

1

　선생님, 머리가 좀 이상해져서요, 오늘 체육시간은 쉽게 해주세요.

　초등학생 나름의 작은 손을 번쩍 들고 자리에서 일어나 그렇게 말했더니, 방과 후에 교무실로 오라고 하신데다 운동장 달리기까지 정식으로 뛰라고 한 것에 대해 나 고야나기 나노카는 도저히 받아들일 수 없었습니다.

　아이들이 모두 돌아간 다음에 나 혼자만 교무실로 오라고 한 것이니까 뭔가 주의를 받으리라는 것은 알고 있었지만, 선생님과 마주한 뒤에도 여전히 나는 기가 죽는 건 없었습니다.

　"선생님은 내가 장난으로 그런 얘기를 한 줄 알겠지만 나한테도 내 나름의 계산이 있었고, 좀 더 말하자면 승산도 있었어요."

　의자에 앉아 나와 시선을 맞춘 히토미 선생님은 팔짱을 낀 채 "뭘까, 그 승산이라는 게?"라고 다정한 얼굴로 말했습니다.

나도 지지 않으려고 짧막한 팔짱을 끼고 선생님에게 차근차근 알려드렸습니다.

"어제 텔레비전을 봤는데, 어딘가에서 일어난 사건에 대해 사람들이 자기 생각을 이야기하는 방송이었어요. 거기서 어떤 훌륭한 사람이 말하는데, 일본에서는 머리가 이상해진 사람은 하기 싫은 일에서 도망칠 수 있대요. 그래서 그 훌륭한 사람이 누구냐고 엄마한테 물어봤더니 대학교 교수님이래요. 대학교 교수님이 그렇게 말했으니까 당연히 초등학교에서도 통하는 얘기잖아요? 대학교 아래가 고등학교, 그 아래가 중학교, 그 아래가 초등학교니까요."

나는 선생님이 크게 감탄해줄 거라고 생각하고 당당하게 내 생각을 펼쳐보였던 것인데 선생님은 의외로 몹시 난감한 얼굴로 평소보다 조금 진한 한숨을 토해냈습니다.

"왜요, 선생님?"

"나노카, 너 스스로 그런 생각을 하고 정확히 말로 표현까지 하는 건 네가 아주 머리가 좋기 때문일 것이고, 그래서 그건 아주 좋은 일이라고 생각해."

"나도 그렇게 생각해요."

"자신감이 있는 것도, 응, 아주 좋은 일이야. 근데 너의 그 재능을 더 키워주기 위해 선생님이 몇 가지 충고할 게 있는데, 들어볼래?"

"네, 좋아요."

선생님은 빙긋이 웃고는 둘째 손가락을 번쩍 세웠습니다.

"우선 첫 번째, 생각난 것을 즉시 실행에 옮기는 것도 중요하지만 그 전에 시간을 들여 생각하고 기다려보는 것도 그만큼 중요한 거야. 알겠니?"

나는 고개를 위아래로 끄덕였습니다. 선생님은 둘째 손가락에 이어 가운뎃손가락을 번쩍 세웠습니다.

"두 번째, 하기 싫은 일에서 도망치는 것이 꼭 좋다고만은 할수 없어. 도망쳐도 될 상황도 있겠지만, 그래도 체육은 건강에 아주 좋은 일이고 달리기도 전보다 더 빨리 뛸 수 있잖아?"

아닌 게 아니라 선생님이 말한 대로 오늘의 달리기는 전에 달렸을 때보다 조금 더 빨리 뛸 수 있었습니다. 하지만 다리는 녹초가 됐는데? 정말로 건강에 좋은 건가?

선생님은 이어서 넷째 손가락을 세웠습니다.

"그리고 세 번째, 나는 그 대학교 교수님이 하신 말씀은 틀렸다고 생각해. 텔레비전에 나오는 사람이나 훌륭한 어른이 하는 말이 꼭 옳다고만은 할 수 없어. 그것이 옳은지 어떤지, 너 스스로 잘 생각해보지 않으면 안 돼."

"흠, 어디 보자, 라고 해야 한다는 거죠?"

"그렇지."

"히토미 선생님이 하는 말도 옳은지 아닌지 모른다는 얘기네요?"

선생님은 부드럽게 나를 바라보며 "응, 그래"라고 대답했습니다.

"그러니까 그것도 네가 잘 생각해봐야 해. 하지만 이 말만은 믿어도 좋아. 선생님은 네가 행복해졌으면 좋겠고 친구들과 사이좋게 지냈으면 좋겠다고 진심으로 바라고 있어. 알겠니?"

선생님은 지금까지 수없이 보았던 진지한 표정으로 말했습니다. 나는 히토미 선생님의 이 얼굴을 정말 좋아합니다. 다른 선생님들의 얼굴에 비해 거짓이 적다는 느낌이 드니까요.

나는 선생님이 한 말을 찬찬히 생각해보고, 물론 고개를 끄덕이는 것도 가로젓는 것도 검토해본 다음에, 공손히 고개를 끄덕이기로 했습니다.

"알았어요. 나는 대학교 교수님보다 히토미 선생님을 믿어요."

"좋아, 그럼 앞으로 교실에서 뭔가를 실행에 옮기려고 할 때는 우선 선생님에게 상의해줘."

"내가 그게 옳다고 생각했다면요."

"응, 바로 그거야."

선생님은 정말로 흐뭇한 듯 웃고는 내 머리를 토닥였습니다. 그 얼굴을 보고 분명 선생님은 정말로 나의 행복을 원하고 있다고 생각했습니다. 동시에 이렇게도 생각했습니다.

"히토미 선생님이 말하는 행복이라는 것은 뭐예요?"

"글쎄, 아주 많은데……. 그렇지, 나노카에게는 미리 알려줄게. 내일부터 국어시간에 행복이란 무엇인가를 연구해볼 거야."

"와아, 엄청 어려울 거 같아요."

"응, 엄청 어렵겠지만, 선생님도 우리 친구들도 저마다 자신의 행복이 무엇인지 생각해보는 거야. 그러니까 나노카도 자기 나름대로 행복이란 무엇인지 미리 잘 생각해봐."

"알았어요. 생각해볼게요."

"아, 우리 반 친구들에게는 아직 비밀이다?"

히토미 선생님은 둘째 손가락을 세워 입에 대고 서툴러빠진 윙크를 했습니다. 그러고는 옆자리에 앉은 신타로 선생님 책상에서 마음대로 초콜릿을 집어오더니 말했습니다.

"선생님의 행복, 우선 첫 번째는 달콤한 과자야."

"그건 나한테도 행복인 것 같은데요?"

내가 신타로 선생님을 빤히 쳐다보자 신타로 선생님은 피식 웃더니 "다른 친구들에게는 비밀이다"라면서 똑같이 서툴러빠진 윙크와 함께 내게도 초콜릿을 주었습니다.

"그럼 이만 갈게요, 선생님."

교무실 앞에서 나는 히토미 선생님에게 손을 흔들었습니다.

"응, 조심해서 가. 아참, 그러고 보니 평소에는 누구하고 함께 집에 가지?"

"어린애지만 집에 가는 것쯤은 혼자 할 수 있어요."

"그렇구나. 오늘은 선생님이 남으라고 해서 혼자가 됐지만, 내일부터는 친구들과 함께 돌아가는 것도 꽤 재미있으니까 한 번 해봐."

"생각해볼게요. 아, 근데요, 선생님."

나는 받은 초콜릿을 입에 톡 넣고 선생님에게 알려주었습니다.

"인생이란 멋진 영화 같은 거예요."

선생님은 재미있다는 듯 살짝 고개를 갸우뚱했습니다. 이런 얘기를 나는 히토미 선생님에게 자주 하는 편이지만 선생님은 매번 진지하게 받아줍니다.

그리고 대체로 히토미 선생님은 허당인 경우가 많습니다.

"흠, 네가 주인공이라는 뜻?"

"틀렸네요."

"아휴, 항복. 무슨 뜻이야?"

"과자가 있으면 혼자서라도 충분히 즐길 수 있다고요."

항상 하던 대로 난처한 얼굴을 짓는 선생님을 두고 나는 돌아섰습니다. 그리고 따분한 학교에서 냉큼 집에 가기로 했습니다.

집에 돌아와도 아무도 없으니까 나는 책가방을 내 방에 내려놓은 뒤 곧바로 외출하기로 합니다. 현관 열쇠를 단단히 잠그고, 아파트 십일 층에서 엘리베이터로 일 층까지 내려가 로비의 자동문을 열고 밖으로 나옵니다.

유리문 밖으로 뛰어나오면 정확히 거기로 친구가 걸어옵니다. 그녀는 내가 학교에서 돌아오는 시간을 노려 항상 우리 집 주위를 어슬렁거립니다. 우리 집은 주위의 다른 건물에 비해 훨씬 더 고층 아파트이기 때문에 그녀도 찾기 쉬운 것이겠지요.

나는 그녀에게 인사를 합니다.

"안녕?"

그녀는 처음부터 나를 다 알아봤으면서도 마치 그제야 나를 알았다는 듯한 얼굴로 "냐아"하고 웁니다.

"속이 빤히 보이는 그런 연기로는 여배우가 못 돼."

"냐아."

그녀는 변함없이 끊어진 꼬리를 움찔움찔하면서 내가 가려는 방향으로 걸어가기 시작합니다. 내 보폭이 작다고 해도 그녀의 보폭보다는 커서 나는 금세 그녀와 나란히 갈 수 있습니다. 내가 이겼지, 하고 후훗 웃어보이자 그녀는 흥, 하고 얼굴을 돌려버립니다. 진짜 귀염성이라고는 없는 아이입니다.

같은 목적지로 걸어가는 동안 나는 작은 친구에게 오늘 있었던 일을 이야기해줍니다.

"이리쿵저러쿵 어쩌고저쩌고……하는 일이 있었어."

"냐아."

"사람과 사람은 서로 생각이 그렇게 다르더라고. 고양이의 세계에서도 그런 일이 있어?"

"냐아."

"하긴 그래, 서로 다른 생물인데 모두 다 알아준다는 건 역시 어렵지."

그녀는 별 관심도 없다는 듯 다시 "냐아"하고 울었습니다. 항상 내 얘기에는 별로 관심이 없는 모양입니다. 고양이의 생활에 내 고민 따위는 관계가 없기 때문인지도 모르지만, 이건 좀 실례 아닌가요?

어쩔 수 없이 나는 그녀도 좋아할 만한 노래를 부르기로 했습니다. 진방진 그녀가 이쪽을 돌아보게 하는 데는 우유와 내 노래 정도밖에 없으니까요. 참 팔자도 좋은 고양이죠.

나는 가장 좋아하는 노래를 부릅니다.

"행복은 제 발로 찾아오지 않아~."

"냐아냐아~."

"그러니 내 발로 찾아가야지~."

항상 무심한 척하는 주제에 그녀는 평소보다 크게 억양을 붙여 읊니다. 그녀의 노래 소리는 무척 아름답습니다. 그녀가 내게 말해준 적은 없지만, 이런 아름다운 노래 소리를 가졌으니 분명 남자 고양이들이 그녀를 내버려뒀을 리는 없겠지요?

둘이서 노래하며 걸어가는 조용한 길 끝에서 우리는 커다란 강의 둑길을 마주합니다. 계단을 이용해 둑길로 올라서면 주위에 높은 건물이 없어서 힘찬 바람이 내 머리칼을 쓰다듬는 게 여간 상쾌한 게 아닙니다. 건너편 강 언덕에는 이웃한 동네가 있는데 우리가 사는 동네와는 약간 냄새가 다른 것 같습니다.

이곳 하천 부지는 어린애들이 뛰어노는 장소지만 나는 그쪽에는 흥미가 없습니다. 꼬리 끊긴 그녀는 하천 부지에서 뒹구는 공에 약간 흥미가 있는 눈치지만, 그래도 우유보다 공을 더 좋아하는 건 아닙니다.

우리는 강 옆으로 길게 이어진 둑길을 노래하며 걸어갑니다. 도중에 마주치는 사람이나 종이박스에 앉아 있는 할아버지에게 인사를 하고 상점가에서 자주 만나는 할머니의 사탕을 얻어먹으며 걷다 보면 금세 우리의 목적지가 눈에 들어옵니다.

크림색 이 층짜리 원룸 건물. 둑길에서 계단을 타고 내려가 네모난 버터크림 케이크 같은 그 건물로 다가갑니다.

꼬리 끊긴 그녀에게 너무 시끄럽게 울지 말라고 주의를 주고, 둘이 함께 탕탕탕 소리가 울리는 철 계단을 올라갑니다.

나보다 한 걸음 먼저 뛰어올라간 그녀는 이 층 복도 맨 끝에 있는 문 앞에서 당장 "냐아냐아" 하고 울기 시작합니다. 조용히 하라고 말했건만 그녀는 내 말을 금세 잊어버립니다. 나만큼 영리하지를 못한 것입니다.

나는 기품 있게 문 앞까지 걸어가 초인종에 키가 닿지 않는 그녀를 대신해 꾹 눌러줍니다.

집 안에 띵동 하는 소리가 울리고 몇 초 뒤, 내가 발치에 있던 개미 한 마리를 발견하는 것보다 더 빨리, 문이 열렸습니다.

평소와 마찬가지로 티셔츠와 긴 바지를 입은 예쁜 언니가 얼굴을 내밀었습니다. 오늘은 평소보다 더 까치집 머리에 눈은 아직도 졸리는 것 같습니다.

"안녕하세요?"

"응, 안녕? 꼬마 아가씨, 오늘도 쌩쌩하구나."

"네, 쌩쌩해요. 아바즈레 씨는 오늘 기운이 없어요?"

"아니, 기운이 펄펄해. 그냥 조금 전에 잠이 깬 참이야."

"벌써 세 시가 넘었는데?"

"이 시간이 아침인 사람도 있어. 내가 그렇거든."

"그런 사람, 어디 또 있어요?"

"있지, 저기 미국 사람이라든가."

아바즈레 씨의 대충 둘러대는 그 말투가 웃겨서 나는 킥킥 웃었습니다. 아바즈레 씨도 나한테 낚였는지 덩달아 킥킥 웃더니 목 근처를 긁으면서 "들어와. 야옹이도 배고프지?"라고 말했습니다. 나는 신발을 벗고 아바즈레 씨 집에 들어가고, 꼬리 끊긴 그녀는 굳이 문 밖에서 대기합니다. 진짜 이런 때만 유난히 예의가 바른 걸 보면 그녀는 악녀입니다.

아바즈레 씨는 낡은 접시에 우유를 담아 밖에 있는 그녀에게 내주고, 그러고는 문을 닫고 나에게 요구르트 하나를 챙겨주었습니다. 그걸 마시면서 나는 아바즈레 씨가 까치집 머리를 매만지는 모습을 지긋이 바라봅니다.

나는 학교에 가는 날은 방과 후에 대부분 이곳에 놀러오기로 정해놓고 있습니다. 아바즈레 씨는 어른이니까 이래저래 바빠서 내가 찾아왔을 때 집에 없는 일도 많지만, 있을 때는 이렇게 요구르트나 가끔은 아이스바를 주기도 합니다. 밖에서 우유를 핥고 있는 아이도 아바즈레 씨가 착하다는 것을 잘 아니까 우유를 바라고 항상 나를 따라옵니다.

아바즈레 씨는 창문을 열어놓고, 냉장고에서 샌드위치를 꺼내 구깃구깃 흐트러진 침대에 앉았습니다. 나는 네모난 방 한가운데 놓인 둥근 테이블 앞에 앉아 요구르트를 맛봅니다.

"학교는 어땠어, 꼬마 아가씨?"

달걀 샌드위치를 우적우적 먹는 아바즈레 씨의 긴 머리는 창문으로 들어오는 빛을 받아 천사처럼 투명하게 빛납니다. 나는 아까 꼬리 끊긴 그녀에게 설명했던 오늘 일을 이번에는 아바즈레 씨에게 말했습니다. 중간까지 그저 고개를 끄덕이며 듣고 있던 아바즈레 씨는, 내가 "아이디어는 좋았는데 실행 능력이 따라주지 않았어요"라고 말하자 큰 소리로 웃었습니다.

"꼬마 아가씨가 머리가 이상해졌다고는 아무도 생각 안 할 걸?"

"왜요?"

"꼬마 아가씨는 영리하니까 그렇지 영리하니까 조금 이상한 짓을 해도 분명 뭔가 생각이 있어서 그럴 거라고 다들 봐주는 거야. 그러니 따로 교무실로 부르셨겠지."

"글쎄요, 그런 거라면 다음부터는 좀 더 머리가 이상한 사람 같은 얼굴을 할래요."

내가 눈을 비스듬히 위쪽으로 향하고 혀를 쑥 빼물자 아바즈레 씨는 다시 큰 소리로 웃었습니다.

"그 선생님, 참 좋은 선생님이다."

"맞아요, 엄청 좋은 선생님. 약간 허당끼가 있지만."

"어른이란 다들 조금씩은 허당끼가 있는 거야."

아바즈레 씨는 그렇게 말하고 자리에서 일어나 냉장고에서 맥주 캔을 가져다 푸슛, 마개를 땄습니다.

"그거, 달아요?"

"단데 써."

"쓴 걸 왜 일부러 먹어요? 아바즈레 씨는 커피도 마시던데, 그
것도 엄청 써요. 꾹 참고 먹는 거예요?"

"아냐, 좋아해서 먹는 거지, 술도 커피도. 나도 어렸을 때는 커
피 못 마셨어. 쓴 것을 달다고 하는 건 어른들뿐이야."

"그렇구나. 그러면 나도 쓴 것을 달다고 생각하는 날이 올까요?"

"그럴지도. 하지만 무리해서 먹을 필요는 없어. 단 것만 맛있다
고 생각하는 거, 멋진 일인 거 같아."

아바즈레 씨는 맑고 투명하게 웃는 얼굴로 말했습니다. 아바즈
레 씨의 말이나 웃는 얼굴에서는 향수와는 또 다른 좋은 냄새가
납니다. 다른 어른들과는 다른, 뭔가 좋은 냄새. 전에 그런 얘기
를 했더니 아바즈레 씨는 웃으면서 "그건 내가 훌륭한 어른이 아
니기 때문이야"라고 말했습니다. 그게 사실이라면 나는 훌륭한
어른은 되고 싶지 않은데, 라고 생각했습니다.

"인생은 푸딩 같은 것이라는 얘기네요."

"무슨 뜻이지?"

"달콤한 부분만 있어도 맛있는데, 씁쓸한 부분을 좋아하는 사
람도 있다."

"아하하하, 딱 맞네."

웃으면서 아바즈레 씨는 맥주를 쭈우욱 마시고 "역시 꼬마 아
가씨는 머리가 좋아"라고 말했습니다. 칭찬을 받으면 나는 흐뭇
해집니다.

"아바즈레 씨는 일하면서 뭔가 재미있는 거 없었어요?"

"일하면서 재미있는 것 따위, 없어."

"그래요? 하지만 우리 아빠 엄마는 일을 진짜 좋아하는 것 같아요. 항상 집에 없잖아요."

"항상 일을 한다고 해서 꼭 일이 재미있다고는 할 수 없어. 만일 재미있어서 하고 있다면 그건 아주 행복한 일이겠지만."

"틀림없이 재미있어서예요. 나하고 노는 것보다 훨씬 더."

"외롭다면 외롭다고 분명하게 말씀드리는 게 좋아."

"그런 건, 영리하지 않아요."

나는 고개를 저었습니다.

그리고 빙금 나눈 대화에서 마음에 걸린 것을 아바즈레 씨에게 물었습니다.

"일이 재미있지 않다는 얘기는, 그럼 아바즈레 씨는 행복하지 않다는 거?"

아바즈레 씨는 내 질문에 대답하지 않았습니다. 그 대신 엷게 웃으면서 "지금 나의 첫 번째 행복은 꼬마 아가씨가 찾아와주는 거야"라고 말했습니다. 그것이 어른들이 자주 하는, 대충 얼버무리기 위한 거짓말이 아니라는 것을 알고 나는 무척 흐뭇해졌습니다.

"행복은 제 발로 찾아오지 않아~. 그러니 내 발로 찾아가야지~."

"나도 그 노래 좋더라. 하루에 한 걸음~ 사흘이면 세 걸음~."

우리는 둘이서 소리를 맞춰 "세 걸음 나아갔다가 두 걸음 물러선다네~"라고 노래했습니다.

"아참, 나 행복이란 무엇인지 연구해야 돼요. 수업시간에 발표하기로 했거든요."

"엇, 나 어렸을 때도 그거 했는데? 아, 그때가 그립다. 근데 꼬마 아가씨의 행복은 뭐라고 생각해?"

"아직 모르겠어요. 이제야 생각하기 시작했는데요, 뭘."

"흠, 어려운 문제다. 그럼 행복의 힌트로 아이스바나 먹을까?"

"좋아요!"

나와 아바즈레 씨는 둘이 하나씩, 막대 달린 소다 아이스를 먹으며 항상 하는 오셀로 게임*을 하기로 했습니다. 오셀로 게임 도구는 아바즈레 씨가 어린 시절부터 갖고 있던 것입니다.

나도 전에 아빠가 사줬지만 우리 집에는 나와 오셀로 게임을 함께해줄 사람이 없습니다.

하지만 언젠가 아바즈레 씨가 우리 집에 온다면 즉시 오셀로 게임을 할 수 있으니까 안심입니다. 나와 아바즈레 씨, 어느 쪽이 더 잘하는가 하면…… 칫, 언젠가는 내가 꼭 더 잘할 수 있을 거예요.

아바즈레 씨가 두 번 이기고 내가 가까스로 한 번 이겼을 때, 아바즈레 씨가 벽에 걸린 시계를 보면서 "어머, 벌써 네 시야"라고 말했습니다. 시간은 역시 빠르구나, 라고 생각하며 나는 오셀

---

*보드 게임의 한 종류로, 앞뒤로 까만 면과 흰 면이 있는 돌을 이용하여 진행하는 게임. 흑과 백 두 편으로 나뉘어 대결하며 보드의 칸을 더 많이 차지한 쪽이 이기게 된다.

로 게임을 정리하기로 했습니다.

"아바즈레 씨, 요구르트와 아이스바 잘 먹었습니다."

"아뇨, 뭘요. 아, 할머니께 인사 전해줘."

나는 항상 네 시쯤이 되면 아바즈레 씨의 집을 나오기로 정해 놓고 있습니다. 사실은 좀 더 많이 이야기도 하고 오셀로 게임도 하고 싶지만, 실은 그밖에도 또 갈 데가 있는 것입니다.

작은 발에 딱 맞는 핑크색 신발을 신고, 나는 다시 한 번 아바 즈레 씨에게 감사인사를 건네고 문을 열었습니다. 밖에서는 우유를 다 마신 그녀가 예의바르게 앉아서 기다립니다. 아바즈레 씨는 우유를 담았던 접시를 다정하게 거둬들입니다.

"또 놀러올게요."

"응, 언제라도 또 오렴."

"아바즈레 씨는 이제부터 뭐 할 거예요?"

"잠깐 잘까 해. 일에 대비해서."

"일 열심히 해요. 건강 조심하고."

"네에, 네에. 꼬마 아가씨도 열심히 행복을 찾아봐. 길 가다가 눈에 띄면 나한테도 알려주고."

"네, 그럼 잘 자요."

아바즈레 씨에게 손을 흔들고 나는 문을 닫습니다. 아바즈레 씨는 내가 잠든 뒤에 시작해서 내가 일어나기 전에 끝나는 신기한 일을 합니다. 나는 아바즈레 씨가 하는 일을 정확히는 알지 못하지만, 깜깜할 때 일하고 환할 때 잠을 자다니, 나는 결코 할 수 없는 일이라서 그것만으로도 존경심이 듭니다.

꼬리 끊긴 그녀와 조용히 계단을 내려오면서 나는 아바즈레 씨에 대해 생각했습니다. 전에 어떤 일을 하느냐고 물었을 때, 아바즈레 씨는 웃으면서 "계절을 파는 일을 하고 있단다"라고 말했습니다.

그 말의 여운에 나는 분명 멋진 일일 거라고 생각했습니다.

그날은 찬비가 내리는 날이었습니다. 귀여운 핑크색 장화를 신고 예쁜 빨간 우산을 받쳐 들고 하늘하늘 노란 비옷을 입은 나는 둑길에서 작은 개구리를 따라갔습니다. 초록색 작은 개구리가 정말 예뻤고 즐거운 듯 규칙적으로 인도 사이사이를 뛰어갔기 때문에 나는 그걸 지긋이 지켜볼 수 있었습니다.

초록색 개구리를 한참 따라가다 보니 어느새 나도 함께 점프를 하고 있었습니다. 마치 둘이서 뭔가 특별훈련을 받는 것 같아서 나 혼자 웃었습니다. 그동안에도 개구리는 열심히 특별훈련을 거듭했습니다. 분명 이 아이는 부끄럼을 많이 타는 아이라서 사람이 별로 없는 비 오는 날밖에는 특별훈련을 못하는가봐. 나는 착실하게 노력하는 개구리를 응원했습니다.

그런데 내 응원 소리가 들리지 않았는지, 아니면 처음부터 특별훈련을 할 생각이 없었는지, 어느 순간 개구리는 팔짝 풀숲으로 뛰어들더니 그대로 사라지고 말았습니다. 나는 이별을 아쉬워하며 풀숲으로 따라 들어갔지만 장화가 진흙투성이가 되었는데도 그 개구리는 찾을 수 없었습니다.

몹시 아쉬웠지만 어쩔 수 없습니다. 풀숲을 헤집으며 강변 부지까지 내려갔던 나는 다시 둑길 위로 올라가기로 했습니다. 하지만 어쩌면 있을지도 모르는 운명적 만남의 경우도 완전히 포기할 수는 없어서, 내려올 때와는 다른 길로 올라갔습니다.

그리고 그 길 끝에서 그녀가 나를 기다리고 있었습니다.

그녀는 풀숲 속에 몸을 웅크리고 있었습니다. 곧바로 그녀를 알아본 나는 물웅덩이를 박차고 뛰어갔습니다. 그녀는 흙투성이인데다 군데군데 붉은 핏물이 배었고 무엇보다 꼬리가 반밖에 없었습니다.

아, 큰일 났다. 나는 오로지 그 생각만 했습니다. 그녀가 왜 그렇게 되었는지, 그녀가 누구인지, 그런 건 생각하지 않았습니다.

우산을 접고 그녀를 가만히 품에 안은 채 놀라지 않게 천천히 둑길을 올라갔습니다. 그녀의 도톰한 몸에서는 조용한 호흡이 느껴졌습니다.

처음에는 그녀를 집으로 데려가려고 했습니다. 하지만 집에 가봤자 아무도 없다는 게 생각나서 그 아이디어는 쓰레기통에 던졌습니다. 나 혼자서는 상처를 치료할 수 없습니다.

세찬 빗방울이 얼굴에 닿아 차가웠습니다. 분명 그녀도 춥겠지요. 나는 생각했습니다. 생각하고 생각한 끝에 누군가에게 도움을 청하기로 했습니다. 둑길에서 강 반대편으로 내려가 가장 가까운 크림색 원룸 건물로 내달렸습니다. 내가 약간 난폭하게 달려도 품 안의 그녀는 전혀 움직임이 없었습니다.

건물 일 층, 맨 끝 집에서부터 차례로 조인종을 눌렀습니다. 처음 집에서는 아무도 나오지 않았습니다. 그다음도 그다음도, 그리고 그다음도. 다섯 번째에 드디어 나온 여자는 나를 보자마자 문을 닫아버렸습니다. 나는 차례차례 집을 찾아갔습니다. 하지만 아무도 없는 경우가 대부분이고 어쩌다 문을 열어도 내 얘기를 들어주는 사람은 없었습니다. 내 품 안의 그녀는 파들파들 떨었습니다.

이 층짜리 그 건물의 마지막 한 집, 맨 끝의 초인종을 눌렀을 때 내 심장이 얼마나 빨리 뛰었는지 모릅니다. 잦아드는 호흡의 리듬에는 내 품안에서 누군가 지워져버릴지도 모른다는 공포가 있었습니다.

집 안에서 초인종이 울리고 뭔가 소리가 들려서 우선 사람이 있다는 것에 안도했습니다. 지금까지 찾아간 집들은 전기 불이 켜졌어도 사람이 없는 곳이 몇 군데나 있었기 때문입니다.

발소리는 조금씩 현관문으로 다가오고 걸쇠 풀리는 소리가 나고 손잡이가 돌아가고 마침내 문이 열리는 것과 동시에 나는 부르짖었습니다.

"이 아이 좀 살려주세요!"

집 안에서 나온 예쁜 언니는 깜짝 놀란 얼굴로 몇 초 정지. 그리고 그 얼굴 그대로 나와 품 안의 그녀를 번갈아 보았습니다. 나는 언니의 눈을 똑바로 마주했습니다. 이야기를 할 때는 그 사람의 눈을 똑바로 봐야 한다고 히토미 선생님이 가르쳐주었기 때문입니다.

그러자 언니의 시선은 파들파들 떠는 그녀에게서 딱 멈춘 뒤, 지금까지 찾아간 어떤 집의 사람도 해주지 않은 것을 해주었습니다.

내 눈을 똑바로 바라봐준 것입니다.

"잠깐 기다려!"

언니는 일단 안으로 들어가 수건을 챙겨 들고 나왔습니다. 그리고 내 손에서 작은 생명을 받아 그 수건으로 감싸고 다시 안으로 데려갔습니다.

"꼬마 아가씨도 비옷이랑 장화 벗고 들어와."

무척 다정한 목소리였기 때문에 나는 안도한 나머지 그 자리에서 잠들어버릴 뻔했지만 그보다 우선 감사인사부터 하지 않으면 안 됩니다. 이 착한 언니의 이름은 무엇일까, 그렇게 생각한 내 눈에 문 바로 옆에 있는 문패가 들어왔습니다.

나는 그곳에 검은 매직으로 난폭하게 휘갈겨 쓴 글씨를 읽었습니다.

"아바즈레*?"

뭔가 이상한, 전혀 이곳 사람 같지 않은 이름입니다.

혹시 외국인가? 그렇게 보이지는 않는데? 나는 고개를 갸우뚱했습니다.

---

*阿婆擦れ. 닳고 닳은 여자. 속어로 매춘녀(賣春女)라는 뜻이다.

"애, 무서운 사람 아니니까 어서 들어와."

언니의 부름에 결국 나는 감사인사를 하기도 전에 욕실로 떠밀려 들어가 어느 새 샤워를 하고 있었습니다. 욕실에서 나오자 비에 흠뻑 젖은 내 옷 대신 어른용 파자마가 준비되어 있어서 보드라운 그걸 입기로 했습니다.

언니는 꼬리 끊긴 그녀에게 붕대를 감아주었습니다. 일을 방해하지 않게 나는 가만히 언니의 손끝만 지켜봤습니다.

치료가 끝나고 그제야 나는 감사인사를 할 수 있었습니다.

"정말 고맙습니다."

"에이, 됐어. 꼬마 아가씨 옷은 세탁기로 건조 중이니까 다 마를 때까지 여기 있어."

"네. 아, 근데 아바즈레 씨예요?"

내가 이름을 말하자 언니는 어리둥절한 얼굴이었습니다. 내가 어떻게 언니 이름을 알고 있나, 하고 놀랐던 것이겠지요.

"문패에 적혀 있었어요. 아바즈레 씨, 라고 해도 되지요?"

"내 이름?"

"네."

내가 고개를 끄덕이자마자 아바즈레 씨는 와하하핫 하고 크게 웃었습니다. 그것이 어떤 뜻의 웃음인지 나는 전혀, 도통, 알지 못했습니다. 하지만 즐거워 보이는 건 좋은 일이라서 나도 함께 웃기로 했습니다.

"아하하하, 응, 그걸로 좋아. 그게 내 이름이야."

"외국인이에요?"

"아냐, 여기 사람이야."

"와아, 희귀한 이름이에요."

내가 감탄하자 아바즈레 씨는 다시 웃었습니다.

"아참, 아바즈레 씨, 이 아이를 구해준 보답으로 내가 문패 다시 써줄까요? 그 글씨, 실례인지도 모르지만 그리 잘 썼다고 할 수 없어요. 나, 글씨 진짜 잘 써요."

그렇게 제안했지만 아바즈레 씨는 부드럽게 고개를 가로저었습니다.

"고마운 밀씀이시만, 꼬마 아가씨가 다시 써줄 만한 이름이 아니야. 그거, 내가 쓴 것도 아니고."

"그럼 누가 썼는데요?"

아바즈레 씨는 이번에는 엷은 웃음을 보이며 이렇게 말했습니다.

"글쎄, 누구였는지 잊어버렸네……."

그렇게 나와 아바즈레 씨와 꼬리 끊긴 그 아이는 친한 친구가 되었습니다.

히토미 선생님은 내게 친구가 없다고 생각하는 모양이지만 나에게는 분명하게 친구가 있습니다.

오셀로 게임을 하는 친구도, 함께 산책을 하는 친구도.

그리고 책 이야기를 하는 친구도 분명하게 있습니다.

그래서 나는 학교에 친구가 없어도, 아빠 엄마가 바빠서 전혀 놀아주지 않아도, 외로울 일 따위는 없습니다.

할머니와의 만남은 아바즈레 씨나 꼬리 끊긴 그 아이 때처럼 대단한 만남이었던 것은 아닙니다. 대단하지 않았다는 것은 첫 만남 때 내가 슬프거나 힘든 얼굴을 하지 않았다는 얘기입니다.

우리 집 근처 언덕의 나무들 사이를 올라가면 광장이 나타나고 그곳에 커다란 나무집이 있습니다.

어느 날, 그 집을 발견한 나는 이 근처에서는 보기 드문 나무집이 정말 멋지다고 생각하며 내내 보고 있었습니다. 한참 뒤, 너무도 조용해서 아무도 살지 않는가 하고 현관문을 두드려봤더니 웃는 얼굴의 멋진 할머니가 나왔습니다.

그날부터 나와 할머니는 친구가 되었습니다.

오늘도 평소와 마찬가지로 그 커다란 나무집은 여전히 멋진 그대로였습니다.

"할머니가 만들어주는 과자는 왜 이렇게 항상 맛있을까요?"

"살아온 시간만큼 어떻게 만들면 맛있어지는지 알고 있지. 그냥 그것뿐이야."

할머니는 아무 일도 아니라는 듯 차를 마시면서 말했습니다. 나는 할머니가 만들어준 마들렌을 먹으며 그 맛의 비밀을 풀어보려고 합니다. 꼬리 끊긴 그녀는 거실과 들판이 내다보이는 툇마루에서 해바라기를 합니다.

키 낮은 탁자가 놓인 다다미방에서 마들렌을 야금야금 먹으며 나는 오늘 할머니와 하고 싶었던 이야기를 꺼냅니다.

"할머니가 알려준 『어린 왕자』, 학교 도서관에 있어서 읽어봤어요."

"재미있었어?"

"흠, 단어는 멋있었는데 나한테는 좀 어려웠어요."

"그랬구나. 나노카는 역시 영리하다니까."

"그런 줄 알았는데 아직 멀었어요. 전혀 모르겠던데요, 뭘."

"전혀 모른다는 것을 분명하게 아는 것이 중요한 거야. 알지도 못하는데 안다고 믿어버리는 것이 가장 좋지 않아."

"그런가?"

"모르면 모르는 대로 뭔가 마음에 남는 건 있었어?"

"네, 나한테는 상자 속의 얌전한 양보다 함께 산책해주는 고양이 쪽이 더 어울릴 거 같아요."

할머니는 다정하게 웃으며 툇마루에서 잠든 그 아이를 돌아보았습니다.

"나노카가 일껏 칭찬해줬는데 기분 좋게 잠들어버렸네?"

"됐어요, 쟤가 금세 우쭐하거든요."

그녀는 끊어진 꼬리를 흔들며 하품을 했습니다. 나한테도 전염이 되어 그만 상스럽게 입을 크게 벌리고 하품을 했습니다. 하품을 하는 참에 생각이 나서 나는 아바즈레 씨에게 했던 이야기를 할머니에게도 해드렸습니다. 오늘 학교에서 있었던 그 일입니다.

내가 똑똑하게 처음부터 다 이야기했더니 할머니는 아바즈레 씨와 똑같이 크게 웃었습니다.

"그래, 운동장도 뛰라고 하고 방과 후에는 혼자 남으라고 하고, 거참 힘들었겠구나."

"그렇지도 않아요. 체육은 하기 싫었지만, 남으라고 한 건 별로 나쁘지 않았어요. 나는 히토미 선생님이 좋으니까요."

"훌륭한 선생님이네."

"맞아요, 훌륭한 선생님. 약간 허당끼가 있지만. 후훗, 이 얘기, 아바즈레 씨하고도 했었는데."

"오늘은 오셀로 게임 이겼어?"

"딱 한 번. 하지만 그 한 번도 겨우 한 개 차이였어요. 나도 언젠가 오셀로 게임을 잘하게 될 날이 올까요?"

"그렇고말고. 나노카에게는 앞을 내다보는 능력이 있거든. 게임에는 그런 능력이 꼭 필요하지."

할머니가 하는 말은 거짓말이 아니다, 라는 것을 알고 있었기 때문에 나는 아주 흐뭇했습니다. 할머니의 말이나 웃는 얼굴에서는 향냄새와는 다른 좋은 냄새가 납니다. 다른 어른들과는 다른 뭔가 좋은 냄새. 전에 그런 얘기를 할머니에게 했더니 할머니는 웃으면서 "이미 어른을 졸업해버렸기 때문인가?"라고 말했습니다.

"그러면 아바즈레 씨에게도 앞을 내다보는 능력이 있겠네요?"

"글쎄다, 어른은 어린아이와 달라서 과거를 보는 생물이니까."

"그래도 아바즈레 씨는 나보다 게임을 잘하는데요?"

"그동안 살아온 세월이 길기 때문이지. 어떻게 하면 이기는지,

나노카보다 더 잘 아는 거야."

할머니는 살아온 세월에 대한 얘기를 자주 합니다. 분명 할머니는 내가 지금까지 살아온 세월을 일곱 번이나 살았으니까 나도 아마 그 정도 살고 나면 맛있는 마들렌을 구워낼 수 있을지도 모릅니다.

첫 번째 마들렌을 다 먹고 접시에 놓인 두 개째에 손을 내밀었다가 결국 아무것도 집지 않고 손을 거뒀습니다. 오늘은 요구르트도 아이스바도 먹었는데 거기에 마들렌을 두 개나 먹어버리면 엄마가 해준 저녁밥을 먹을 수 없습니다.

마들렌을 잊기 위해 나는 다른 것에 머리를 쓰기로 했습니다.

"할머니, 이다음에 학교에서 행복에 대해 연구하는 수업을 할 거예요."

"그거 꽤 재미있어 보이는 수업이구나."

"그렇죠? 하지만 너무 어려워요. 몇 가지든 모두 다 말해도 된다면 좋겠는데, 수업 시간은 정해져 있고 우리 반에는 나만 있는 게 아니니까요."

"그렇구나. 깔끔하게 정리해서 핵심을 꿰뚫는 답을 말해야겠네."

"히토미 선생님을 깜짝 놀라게 하고 친구들을 납득시킬 만한 답을 찾아내고 싶은데."

나는 히토미 선생님에게서 칭찬받는 나 자신을 상상하고 우쭐해졌습니다. 나도 모르게 신바람이 나서 마들렌을 덥석 집어들 뻔했지만 아슬아슬하게 꾹 참았습니다. 할머니가 그걸 보고 웃었습니다.

"할머니의 행복은 뭐예요?"

"내 행복? 아주 많지, 이렇게 날씨 좋은 날에 차를 마시는 것이라든가 혼자 사는 적적한 나에게로 나노카가 와주는 것이라든가. 하지만 한 가지 답을 찾는다는 건 역시 어렵구나. 나도 생각을 좀 해볼게."

"네, 꼭 생각해주세요. 그러고 보니 할머니는 지금 행복해요?"

할머니는 차를 한 모금 마시고 웃는 얼굴로 대답했습니다.

"응, 행복했었지."

할머니가 정말로 행복해보여서 나까지 행복해졌습니다. 툇마루 쪽으로 시선을 돌리자 마찬가지로 그녀도 행복한 얼굴로 자고 있었습니다. 이 나무집에 지금 행복의 성분이 가득 차있는지도 모릅니다.

"할머니, 다시 추천할 책 알려주세요."

"톰 소여는 읽었다고 했지?"

"네, 재미있었어요."

"그럼 톰의 친구가 주인공인 이야기는?"

"집 없는 허클베리 얘기? 그런 책이 있어요?"

"어라, 모르는구나. 『허클베리 핀의 모험』이야. 그것도 재미있어. 도서실에 없다면 히토미 선생님에게 여쭤보면 될 거야."

나는 정말 좋은 얘기를 들었다 하고, 『허클베리 핀의 모험』이라는 제목을 소중한 추억을 넣는 곳과 똑같은 장소에 단단히 챙겨 넣었습니다.

나와 할머니는 책 이야기를 아주 좋아합니다. 그래서 매번 시간이 가는 것도 잊어버립니다.

『어린 왕자』 중에서 가장 좋았던 이야기는 무엇이었니? 나는 왕자님과 장미 이야기가 좋았어요. 정말 사랑스럽게 느껴졌거든요. 할머니는? 나는 보아 뱀이 코끼리를 삼켜버린 그림 이야기가 좋았나?

그런 이야기를 하다 보니 밖이 완전히 오렌지색이었습니다. 벽에 걸린 시계는 어느 새 다섯 시 반을 가리키고 있습니다. 여섯 시까지는 집에 돌아가야 합니다. 엄마와 그러기로 약속한 것입니다.

나는 꼬리를 움찔거리는 친구를 깨워 할머니에게 작별 인사를 했습니다.

"그럼 또 올게요, 할머니."

"응, 조심해서 가거라."

"네. 허클베리 핀의 책, 찾아볼게요."

현관까지 나와 배웅해주는 할머니에게 손을 흔들고, 또 한 녀석은 꼬리를 흔들고, 우리는 언덕의 산책길을 내려갑니다. 오렌지색 길이 정말 아름답습니다. 이런 안녕 때에 나는 전혀 섭섭하지 않습니다. 왜냐면 나한테는 내일도 모레도 있으니까요.

"행복은 제 발로 찾아오지 않아~. 그러니 내 발로 찾아가야지~."

"냐아냐아~."

꼬리 끊긴 친구와도 중간에 헤어지고, 집에 돌아와 숙제를 하고 있는데 여섯 시 반쯤에 엄마가 왔습니다. 엄마는 토요일도 일요일도 어쩌다 가끔 집에 있지만, 저녁 먹을 시간만큼은 반드시 집에 와줍니다. 그래서 나는 내내 저녁 시간이었으면 좋겠다고 생각하는데, 그랬다가는 아침밥 때의 요구르트를 포기해야 합니다.

오늘 저녁은 카레라이스. 나는 요구르트도 아이스바도 마들렌도 먹었으면서 카레라이스를 한 그릇 더 먹기까지 했습니다.

"나, 다이어트 해야 할까?"

엄마는 하하하 웃더니 "전혀 그럴 필요 없어"라면서 회사에서 사온 쿠키를 내주었습니다. 나는 한참 망설인 끝에 그 쿠키에 바닐라 아이스크림을 얹어 먹었습니다.

"행복이란 쿠키에 내가 좋아하는 아이스크림을 얹어먹는 것인지도 모르겠어."

눈앞에 앉은 엄마는 "나는 커피와 함께 먹는 것"이라면서 쿠키를 뜨거운 커피에 살짝 적셔 먹었습니다.

그러고는 평소와 똑같이 욕조에 몸을 담근 뒤, 열 시에는 잠이 솔솔 몰려와서 평소와 똑같이 엄마에게도 잠든 사이에 돌아온 아빠에게도 아바즈레 씨와 그 밖의 사람들에 대한 이야기는 하지 않았습니다.

2

학교 신발장에서 실내화를 갈아 신는데 아침부터 싫은 녀석이 나타나는 바람에 내 기분은 색깔로 말하자면 회색이 되었습니다. 이런 때는 '블루'라고 하는지 모르지만 파란색은 내가 좋아하는 색깔이니까.

"엇, 머리 이상해진 애가 왔어!"

교실 쪽에서 들려온 지성이라고는 한 조각도 없는 그 소리에 나는 보란 듯이 한숨을 내쉬고 한 마디 해주었습니다.

"머리 이상해진 나보다 시험 점수가 형편없는 너희는 진짜로 머리가 나쁜 거네? 와아, 새로운 발견!"

바보 같은 반 아이들 몇 명의 화난 얼굴에 속이 후련해져서 나는 그 이후의 대화는 모조리 거부했습니다. 그 애들이 무슨 소리를 해도 무시했더니 이윽고 "쫄았네, 쫄았어"라나 뭐라나, 그나마 말을 할 줄 아는 게 다행이다 싶은 수준의 말을 던지고 사라져서 그제야 나는 실내화를 신고 교실로 갔습니다.

그러자 한 목소리가 회색빛 내 발걸음을 뒤에서 불러 세웠습니다.

"안녕, 나노카?"

뒤돌아본 나는 그 친구를 발견하자마자 당장 표정이 환하게 바뀌었습니다.

"안녕, 오기와라?"

"어제 그거 다 읽었어, 『톰 소여의 모험』. 정말 재미있었어."

"그렇구나. 다행이다. 어떤 장면이 좋았어?"

"페인트 얘기? 그리고 톰은 진짜 멋있는 것 같아."

"맞아, 톰은 매력적이지. 머리도 좋고."

"나는 허클베리 핀도 좋던데."

"집 없는 허클베리 핀? 그러고 보니 나, 이제부터……."

거기까지 말하다가 나는 입을 다물었습니다. 할머니에게서 들은 책 정보를 나 혼자 독차지하려는 것이 아닙니다. 오기와라 뒤쪽에서 남자애가 달려와 그에게 슬쩍 몸을 부딪쳤기 때문입니다. 놀라는 오기와라를 두고 나는 돌아섰습니다. 오기와라는 내 등을 보고 있지는 않겠지요. 오기와라에게 몸을 부딪친 남자애는 오기와라와 무척이나 사이가 좋은 친구로, 사이가 좋기 때문에 남자애 특유의 스킨십으로 몸을 부딪친 것입니다. 미리 말하겠는데, 결코 왕따가 아닙니다. 오기와라는 따돌림을 당하는 것도 누군가를 따돌리는 것도 아닙니다. 그에게는 친구가 많으니까요.

그에 비해 반 친구가 없는 나는 이렇게 등을 돌리는 것을 선택했습니다. 하지만 나도 딱히 따돌림을 당하는 것은 아닙니다. 다만 왜 그런지 오기와라 이외의 친구들은 나를 어려워하고 꺼려하는 것 같습니다. 단 한 번도 친구들에게 왕따 같은 건 한 적이 없는데.

그래서 나는 오기와라의 친구를 배려해 먼저 가기로 했습니다. 남자애들끼리의 우정에 여자애는 끼어들 수 없으니까요.

교실에 가기 전에 나는 들를 데가 있습니다. 도서실입니다. 내가 다니는 초등학교는 도서실을 아침부터 개방합니다. 이건 매우 기쁜 일입니다. 히토미 선생님이 교실에 들어오기 전까지의 그 시끄러운 시간을 나는 교실 대신 조용한 도서실에서 보냅니다.

도서실에 들어서면 책들이 지닌 특별한 냄새와 다정한 도서실 선생님이 나를 맞아줍니다. 나는 어제 할머니에게서 들은 『허클베리 핀의 모험』이 있는지, 도서실 선생님에게 물었습니다. 그러자 선생님은 한 책장 앞으로 나를 안내해주었고 그다음에는 내가 직접 책을 찾습니다. "책을 좋아한다면 그걸 찾아볼 때의 두근거리는 기분도 맛보고 싶겠지?"라고 도서실 선생님은 전에 말했습니다. 정말 맞는 말이죠.

나는 곧바로 『허클베리 핀의 모험』을 찾아 손끝이 마비되는 듯한 콩닥거림과 함께 꺼내들고, 가까운 자리에 책가방을 놓고 앉았습니다.

첫 페이지를 펼칠 때의, 다른 그 무엇과도 비교할 수 없는 이

기분. 아마도 우리 반에서는 나와 오기와라밖에는 그런 기분을 알지 못한다는 게 정말 안타깝습니다.

나는 집 없는 허클베리 핀의 이야기에 나 혼자 작은 한 걸음을 내디뎠습니다.

도서실은 아주 조용하고 좋은 냄새가 나고 선생님은 다정하고, 정말 좋은 곳입니다. 하지만 이 장소에도 딱 한 가지 안 좋은 점이 있습니다. 그것은 책에 지나치게 빠져버린다는 것입니다.

나는 도서실 선생님이 알려주러 오기 전까지 내가 학교에 와있다는 것을 잊어버립니다. 오늘도 아침 수업 벨이 울리기 직전에 도서실 선생님이 이름을 불러줘서야 가까스로 이쪽 세계로 돌아왔습니다. 서둘러 『허클베리 핀의 모험』을 대출해 책가방에 넣고 도서실 선생님과 책들에게 잠시 안녕 인사를 했습니다.

학교에 도착했을 때보다 더 소란스러워진 복도를 지나고 계단을 한 단씩 올라가 삼 층 교실로 향합니다.

교실 앞에는 복도를 쿵쾅쿵쾅 뛰어다니는 남자애들이 있지만, 모르는 척 교실 안으로 들어갑니다. 내가 교실에 온 것 따위, 아무도 알아주지 않습니다. 나는 여느 때처럼 맨 뒤에 있는 내 자리로 직행해 책가방을 내려놓고 의자에 앉습니다.

옆자리의 키류는 내가 온 것을 알자마자 무릎 위의 노트를 황급히 덮었습니다.

"안녕, 키류?"

"아, 안녕, 나노카?"

그는 장난치다 꾸지람을 들은 아이처럼 다급한 말투로 방금 덮은 노트를 책상 속에 쑥 넣었습니다.

"뭘 그리고 있었어?"

"아, 아무것도 아냐."

거짓말입니다. 옆자리의 키류가 거짓말을 한다는 것을 나는 알고 있습니다. 그는 그림을 그리고 있었던 것입니다. 그는 수업 중에도 곧잘 노트에 뭔가를 그립니다. 자기는 잘 감췄다고 생각하는지도 모르지만 옆자리에 앉은 나는 뻔히 다 보입니다.

그림 그리는 멋진 재능이 있으니까 주위 친구들에게 좀 보여주면 좋을 텐데, 라고 매번 생각하지만 그는 그렇게 하지 않습니다. 가만히 앉아서 그림이나 끼적거린다고 비보 남자애들이 놀림거리로 삼았기 때문입니다. 몇 번이나, 몇 번이나.

"키류, 인생이란 충치 같은 것이야."

"무, 무슨 뜻이야?"

"싫은 건 일찌감치 없애버려야지. 다음에 또 그림 그린다고 놀리면 그 녀석들 얼굴에 침을 뱉어줘."

책가방을 뒤쪽 사물함에 넣고 다시 자리에 앉은 뒤에 그렇게 말했더니 키류는 내 쪽을 쳐다보지도 않고 "모, 못해, 그런 건"이라고 작디작은 목소리로 말했습니다.

키류에게 "그런 약해빠진 태도로는 안 돼"라고 충고해준 참에 벨이 울리고 그와 동시에 히토미 선생님이 교실로 왔습니다. 다들 히토미 선생님을 아주 좋아하기 때문에 선생님이 교실에 있는 것만으로도 분위기가 단숨에 환해집니다.

"여러분, 안녕하세요!"

"선생님, 안녕하세요!"

반장 오기와라의 구령으로 히토미 선생님에게 인사를 하고 오늘도 학교에서의 따분한 하루가 시작됩니다.

1교시는 수학, 2교시는 사회, 그리고 3교시째에 어제 선생님이 나한테만 알려준 행복에 대한 수업이 있었습니다. "나는 사실 어제부터 알고 있었어"라고 자랑하고 싶었지만, 선생님이 아무에게도 말하지 말라고 했기 때문에 수업에 대한 것도 초콜릿에 대한 것도 비밀로 해두었습니다.

교과서에 실린 이야기를 읽고 그 이야기 속 주인공의 마음을 생각하다 보니 행복에 대해 고민할 틈도 없이 50분은 금세 지나갔습니다. 그러자 히토미 선생님은 오늘 4교시도 3교시 수업을 이어서 하겠다고 말했습니다. 달랑 50분 수업으로는 부족한데, 라고 생각했던 나는 히토미 선생님의 제안에 전적으로 공감했습니다.

4교시 수업에서는 즉각 각자의 행복에 대해 토론에 들어갔습니다. 두 사람이 짝꿍이 되어 자신이 행복하다고 느끼는 것들을 하나하나 말해서 한데 모아보는 것입니다.

나는 옆자리의 키류와 짝꿍이 되었습니다. 키류는 웬만해서는 자기 쪽에서 먼저 입을 열지 않기 때문에 내가 토론을 리드합니다.

"어제 쿠키에 아이스크림을 얹어 먹었어. 그때 행복하다고 느꼈어."

"으응."

"키류, 너는 뭔가 없었어?"

"나는……, 음……, 할머니가 해준 오하기 떡*이 맛있었어."

"맞아, 할머니가 해주는 간식은 진짜 맛있지."

"응, 엄마가 해주는 과자도 좋지만 할머니 것과는 뭔가 달라."

"엄마가 과자도 만들어줘? 좋겠다. 우리 엄마는 저녁때까지 집에 없어."

그런 식으로 둘이 이린서런 이야기를 나누고 그 내용을 노트에 적습니다. 작업은 순조로워서 중간에 둘러보던 히토미 선생님에게도 칭찬을 받았지만, 한 가지 마음에 걸리는 것이 있었습니다. 아무리 행복한 순간에 대해 얘기하고 나는 책 이야기까지 실컷 했는데도 키류는 그림 그리는 것에 대해 한 마디도 하지 않는 것입니다. 이상해서 내가 물어봤습니다.

"그림 그릴 때는 행복하지 않아?"

"그, 글쎄, 좋기는 한데……."

"그럼 그것도 행복의 하나잖아."

"하, 하지만 그, 그림을 그리면 바보라고 노, 놀리니까……."

"그딴 게 무슨 상관이야!"

---

*찹쌀과 멥쌀을 쪄서 거칠게 찧은 뒤 동글납작하게 빚어 팥 앙금, 콩고물, 참깨 등으로 겉을 감싼 떡

생각보다 큰소리가 터져서 키류뿐만 아니라 우리 반 모두가 깜짝 놀랐고 나 스스로도 흠칫 놀라서 이쪽을 바라보는 히토미 선생님에게 "죄송합니다, 너무 열이 올라서"라고 사과했습니다.

히토미 선생님의 "놀라게 하지 말아줘"라는 다정한 꾸지람에 교실은 다시 와글와글 떠드는 소리에 묻혔고 나는 거기에 슬쩍 섞여 다시 "그딴 거 상관없어"라고 키류에게 말해줬습니다. 그리고 노트에 '그림 그리는 것'이라고 적었습니다. 키류는 고개를 푹 숙이고 아무 말도 하지 않았습니다.

4교시가 끝나고 급식시간도 끝나자 나는 쉬는 시간을 도서실에서 보냈습니다. 아침보다는 약간 소란스럽지만 교실보다는 훨씬 더 기분 좋게 집 없는 허클베리 핀과의 모험에 빠져들었습니다.

점심시간이 끝나는 벨이 울리면 그 다음은 청소 시간입니다. 나는 교실로 돌아가 빗자루를 들었습니다. 키류도 당번이라 먼저 청소를 하고 있었습니다.

우리가 착실히 청소를 하는데 그 바보 남자애가 운동장에서 돌아와 "너희 둘은 항상 그림이나 그리고 책이나 읽고, 진짜 재수 없어!"라고 진짜 머리 나쁜 소리를 했습니다. 그래서 나는 "재수 없는 건 네 얼굴이야. 알아?"라고 쏘아붙였습니다. 키류에게도 한마디 해주라고 눈짓으로 신호를 보냈지만 그는 여전히 입을 열지 않았습니다.

5교시도 6교시도 끝나고 드디어 기다리고 기다리던 종례시간, 나는 후우 숨을 내쉬었습니다. 이제 선생님께 인사하고 끝, 이라고 생각했는데 오늘은 아주 중요한 공지사항이 있었습니다.

"다음다음 주에 수업참관이 있어요. 부모님들께는 미리 연락을 드렸지만, 여러분의 평소 학교생활을 지켜보시는 중요한 날이니까 지금 나눠주는 프린트를 꼭 아빠 엄마에게 전달하도록. 이건 선생님과의 약속! 알겠죠?"

"네에!"라는 아이들의 외침소리와 함께 앞자리에서 프린트가 넘어왔습니다. 나는 그 프린트를 읽어보고 신이 나서 가방에 챙겨 넣었습니다. 나는 수업참관을 아주 좋아합니다. 엄청 똑똑한 내 모습을 엄마 아빠에게 보여줄 수 있으니까요.

이번에야말로 수업이 모두 끝나고, 오늘은 히토미 선생님에게 불려가는 일도 없이 나는 항상 하던 대로 혼자서 집에 돌아왔습니다. 그리고 항상 하던 대로 내 방에 책가방을 내려놓고 집을 나오려다가 중요한 것이 생각났습니다. 얼른 내 방으로 돌아가 책가방에서 수업참관 프린트를 꺼내 거실 테이블에 올려놓고 다시 외출하기로 했습니다.

아파트 앞에 여느 때처럼 꼬리 끊긴 친구가 와서 기다립니다. "냐아" 하고 우는 그녀에게 인사를 건네고 널찍하게 흐르는 큰 강을 향해 함께 걸어갑니다.

둑길에 올라서자 오늘도 기분 좋은 바람이 내 머리칼과 그녀의 짧은 꼬리를 흔들었습니다. 기분이 좋아진 우리는 함께 노래를 불렀습니다.

잠시 뒤 노래 소리와 함께 크림색 건물에 도착해 평소처럼 문 앞에서 초인종을 눌렀습니다. 첫 번째 벨소리에 누군가 나오는 소리는 들리지 않았습니다. 두 번째 벨소리에도 문은 열리지 않았습니다. 세 번째 벨소리와 함께 그녀가 발밑에서 냐아 울었지만 어떤 반응도 돌아오지 않았습니다.

"아무래도 오늘은 아바즈레 씨가 집에 없는 모양이야."

"냐아."

아바즈레 씨는 이래저래 바빠서 이따금 집을 비우기도 합니다. 우리는 포기하고 서운한 마음을 바람에 실어 보내며 올 때와는 다른 길로 돌아가기로 했습니다. 물론 집에 가는 것은 아닙니다. 아바즈레 씨의 집에서 향하는 곳은 항상 정해져 있습니다.

우리는 다시 노래를 하며 커다란 집과 작은 집 사이를 걷고 내가 사는 고층 아파트 앞을 지나 평소처럼 길을 건너 뒤편 언덕으로 향했습니다. 나는 길에서 이웃들을 만나면 인사를 하지만 무뚝뚝한 그녀는 짧은 꼬리만 흔들 뿐, 얼굴을 홱 돌려버립니다.

"너, 인간에게는 그나마 괜찮지만 고양이 세계에서도 그러면 미움받는다?"

그녀는 못 들은 척하며 앞장서서 걷다가 언덕 입구에 도착하자 나무 사이로 척척 올라갔습니다.

그리고 항상 그 자리에 있는 광장의 커다란 나무집에 도착해 현관문을 두드렸습니다.

첫 번째 노크에 대답은 없었습니다.

몇 번이나 문을 두드리고 손잡이를 돌려보고 나무 집 주위를 빙빙 돌았지만 할머니는 아무래도 집에 없는 것 같았습니다.

나는 텅 빈 나무상자 끝에 걸터앉아 짧은 팔짱을 꼈습니다.

"아바즈레 씨도 할머니도 없다니, 웬일이람."

"냐아냐아."

그녀는 먹을 것을 얻어먹지 못하는 것을 슬퍼하는 눈치였습니다.

"이렇게 슬퍼하고만 있을 수는 없지. 인생이란 급식 같은 것이야."

"냐아?"

"좋아하는 게 없을 때라도 나름대로 즐겨야지. 안 그래?"

그녀가 그 정도 말에 넘어갈 리는 없지만, 어떻든 우리는 언덕을 내려가기로 했습니다. 어쩌면 외출했다가 돌아오는 할머니와 마주칠지도 모른다고 생각했는데 그런 행운도 없이 우리는 아래 공원까지 내려왔습니다. 공원에서는 나보다 작은 아이들이 엄마가 지켜보는 가운데 달리기 시합을 하고 있었습니다.

이제 어떡하나. 나는 생각했습니다. 꼬리 끊긴 그녀는 기대가 어그러진 것이 어지간히 슬펐는지 내 발치에서 데굴데굴 뒹굴었습니다.

그녀 대신 나는 영리한 머리로 궁리했습니다. 그리고 한 가지 생각을 해냈습니다.

"할머니 집에 가는 도중에 갈림길이 있지?"

"냐아."

"그러고 보니 또 하나의 길 쪽으로는 가본 적이 없어. 한 번 가보자."

아직도 뒹굴고 있는 그녀의 등을 발끝으로 툭 건드리자 그녀는 투덜투덜 일어나 큰 하품을 하고 다시 언덕길을 오르기 시작했습니다.

그녀를 뒤따라 이마에 땀을 흘리며 올라가자 이윽고 내가 말했던 두 갈래 길이 나타났습니다. 평소에는 오른쪽으로 다니는데 오늘은 처음으로 왼쪽을 선택해봅니다. 찬찬히 보니 왼쪽 길은 완만한 계단 길이었습니다. 운동을 해서 그녀도 기분이 좋아졌는지 내 앞을 졸랑졸랑 나아갔습니다. 고양이란 참 속편한 녀석입니다.

오 분쯤 되었을까요. 나무 냄새가 조금씩 진해지는 길을 올라가자 녹슨 철문이 나타났습니다. 마법처럼 나타난 그 문은 딱 몇 센티미터쯤만 입을 벌리고 있었습니다.

살짝 밀어보니 꺼끌꺼끌한 감촉의 그 문이 목쉰 소리로 천천히 움직였습니다. 나는 잠시 망설였지만 꼬리 끊긴 그녀와 눈을 마주치고는 어렵사리 여기까지 왔으니까, 하고 문 안으로 들어가기로 했습니다. 혹시 혼이 나더라도 용서받을 수 있게, 슬쩍 위를 쳐다보며 혀를 쏙 내미는 연습을 몇 번 해뒀습니다.

안으로 들어가자 지금까지와는 다른 번듯한 돌계단이 있었습니다. 신중하게 돌계단을 디디며 올라가자 이윽고 계단이 끊기고 우리는 자갈이 깔린 광장 같은 곳으로 나섰습니다.

나는 눈앞에 펼쳐진 것에 놀라 그 근처 공기를 단숨에 흡 들이마셨습니다. 발치의 그녀는 놀랐는지 어떤지 모르겠으나 평소대로 "냐아"하고 울었습니다.

"이런 곳에 이런 것이 있었어?"

할머니 집과는 반대편 길 끝에 할머니 집과는 완전히 정반대의 것이 있었습니다. 네모난 돌덩이 상자 같은 건물입니다. 벽에 뚫린 창문 비슷한 구멍을 보니 이 층 건물인 모양인데 그곳이 원래 어떤 곳이었는지는 전혀 짐작도 가지 않았습니다. 이렇다 할 무늬도 글씨도 없는 그 건물은 그야말로 돌덩이 상자로만 보였습니다. 나무로 지은 커다란 할머니 집 같은 따스함은 어디에도 없습니다.

건물로 다가서니 입구인 듯한 곳에는 문조차 없었습니다. 나는 잠시 망설이다가 뻐끔 뚫린 그 구멍으로 머뭇머뭇 들어섰습니다. 꼬리 끊긴 그녀는 긴장 따위는 꿀꺽 삼켜버린 것처럼 유유히 건물 안으로 들어갔습니다. 이건 비밀이지만, 실은 조금 무서워서 나는 작은 친구 뒤를 따라가기로 했던 것이죠.

우선 일 층을 둘러보았습니다. 일 층에 방 같은 건 없었습니다. 모든 바닥이 하나로 이어졌고 모두 텅 비었습니다. 사람이 사는 듯한 분위기라고는 하나도 느껴지지 않습니다. 한가운데 자리한 계단만이 이 돌덩이 상자가 건물이고, 위로 가는 것밖에 다른 길은 없다, 라고 일러주는 것 같아서 나와 그녀는 용기를 내 신중하게 그 중앙계단을 딛고 위로 올라갔습니다. 오늘은 계속 올라가기만 하네요.

이 층도 텅 비었습니다. 창문 비슷한 네모 구멍은 역시 창문이 있었는지 구석에 아직 유리 파편이 붙어 있었습니다. 위험하니까 물론 손은 대지 않습니다.

이 층을 다 둘러보고는 아, 이 건물에는 이제 아무것도 없구나, 라고 생각했습니다. 무서워서 그런 셈 치고 빨리 밖으로 나가고 싶었다는 것은 비밀입니다.

그런데도 내가 즉시 밖으로 나오지 않은 것은 위로 올라가는 또 다른 계단을 발견해버렸기 때문입니다. 계단 위로 하늘이 보여서 옥상이라는 것을 알았습니다. 나는 발치의 그녀와 다시 한 번 눈을 마주치고 그 옥상에 가보기로 했습니다.

한 걸음 한 걸음, 먼지 낀 계단에 우리의 발자국이 새겨졌습니다. 옥상 바닥으로 고개를 쓱 내밀자 우선 햇살이 얼굴을 때리고 바람이 나를 위로해주었습니다.

그다음 순간, 책상다리를 하고 앉아 손목에 커터를 대고 있는 여자와 눈이 딱 마주쳤습니다.

그날 나는 진짜로 놀랐을 때 인간의 시간은 멈춰버린다는 것을 배웠습니다.

그런 다음에 갑작스럽게 시간은 급발진을 합니다.

"우와아아아아아아아!"

"우와아아아아아아아!"

"냐아."

그게 나와 미나미 언니의 만남이었습니다.

3

계단 끝 근처에 앉아 있던 미나미 언니와 나는 동시에 비명을 질렀고, 꼬리 끊긴 그녀만 반갑다는 듯 옥상으로 폴짝 뛰어올라 갔습니다.

미나미 언니는 커터를 덜그럭 하고 돌바닥에 떨어뜨렸습니다. 나는 한 차례 놀란 다음에 미나미 언니와 커터와 손목을 번갈아 보고 한 번 더 놀랐습니다. 미나미 언니의 손목에서 빨간 피가 뚝 뚝 떨어지는 것입니다.

"무슨 짓이에요! 빨리 치료해야 돼요!"

"대체 넌 누구야!"

"나 반창고 있으니까 우선 이거 붙이고 병원에 가요!"

"자, 잠깐, 난 괜찮으니까 제발 조용히 좀 해줄래?"

허둥대는 나에 비해 미나미 언니는 이미 침착해졌습니다. 나중에야 알았지만, 역시나 고등학생은 고등학생입니다.

니는 미나미 언니의 바람을 들어주기 위해 히토미 선생님이 가르쳐준 방법으로 어떻게든 침착해지려고 스읍 하아, 스읍 하아, 숨을 깊이 들이쉬고 토해냈습니다. 그렇게 하면 내 마음에 들어온 공기가 틈새를 만들어 넉넉한 파자마를 입었을 때처럼 마음이 편안해지니까요.

스읍 하아, 스읍 하아, 스읍 하아.

몇 번이나 심호흡을 해서 마음이 편안해지자 나는 가까스로 미나미 언니에게 손수건과 반창고를 내미는 데 성공했습니다. 하지만 미나미 언니는 떨떠름한 얼굴로 "나도 있어"라면서 자신의 손수건으로 손목의 피를 닦았습니다. 내가 내민 반창고는 옥상 바닥에 덩그러니 놓인 채였습니다.

입이 ㅅ자로 삐뚜름해진 미나미 언니와 그 손목을 보면서 나는 생각난 것을 말했습니다.

"머리가 이상해졌어?"

미나미 언니는 ㅅ자 입을 느릿느릿 움직여 몹시 따분하다는 듯 대답했습니다.

"뭐, 그럴지도."

"정말로 머리가 이상해지면 자기가 자기 손목을 긋는구나. 아마 나는 절대 못할 거야. 아픈 거, 너무 싫으니까."

"나도 싫어."

"근데도 손목을 긋다니, 역시 머리가 이상한 거야."

"시끄럽네, 진짜. 빨리 어디로든 꺼져버려."

나는 미나미 언니가 하는 말은 듣지 않고 옥상으로 올라갔습니다.

꼬리 끊긴 그녀와 나란히 미나미 언니 옆에 앉아 피가 난 손목을 슬쩍 관찰했습니다. 미나미 언니는 아마도 잔뜩 짜증난 표정을 짓겠지만, 그렇다고 부상당한 사람을 그냥 버려둘 수는 없습니다. 하지만 몹시 아파보이는 그 상처를 오래 쳐다보면 나한테도 전염될까봐 더럭 겁이 나서 얼른 미나미 언니의 얼굴 쪽으로 시선을 돌렸습니다.

"뭘 봐?"

"그 손목, 엄청 아플 거 같아."

"어린애는 얼른 집에 가."

"미나미 언니는 왜 이런 곳에 있어?"

"네가 무슨 상관이야? 그보다 그 '미나미'라는 건 뭐냐?"

"이름 적혀 있잖아. 초등학생이라도 그 정도는 읽을 수 있어."

나는 미나미 언니의 감색 스커트에 수놓인 글씨를 가리켰습니다. 미나미 언니의 옷은 교복이라는 것으로, 정사각형처럼 각이 잡힌 모습이 좋아서 언젠가는 나도 꼭 입어보고 싶습니다.

하지만 미나미 언니는 자기 스커트를 내려다보고 왜 그런지 한숨을 내쉬었습니다.

"왜 그래?"

"왜 그러긴, 뭘?"

"혼자야?"

"……혼자면 안 되냐? 꼭 누군가와 함께 있을 필요는 없어."

"그건 그래. 니도 같은 생각이야."

"어린 주제에 잘난 척하지 마."

"그리 잘난 건 없어. 하지만 이 근처 애들보다는 잘났을 거야. 책이 얼마나 좋은지, 알고 있거든."

"……너, 애들한테 미움받지?"

"뭐, 그럴지도."

나는 미나미 언니를 그대로 흉내 내서 말했습니다. 미나미 언니는 잔뜩 찌푸린 얼굴 그대로 꼬리 끊긴 그녀를 바라보았습니다. 그녀도 미나미 언니를 빤히 보며 고개를 갸우뚱했습니다. 그녀도 분명 나와 똑같이 이상하다고 느끼는 것입니다. 그녀는 말을 못하기 때문에 내가 대표로 물어봤습니다.

"미나미 언니."

"뭐."

"손목은 왜 그었어?"

"……내가 왜 그런 걸 방금 만난 너한테 얘기해야 돼?"

"뭐, 어때? 나, 떠벌리고 다니지 않아."

미나미 언니는 찡그린 얼굴을 홱 돌렸습니다. 그래서 대답해주지 않을 줄 알았는데 그건 내 지레짐작이었습니다.

잠시 뒤에 미나미 언니는 조용히 대답해주었습니다.

"별 거 없어. 마음이 차분해져."

"마음이 차분해진다는 것은 깊은 호흡으로 마음속에 틈새를 만들거나 나무집에서 해님 냄새를 맡는 것을 말하는 거야."

"그거하고 똑같아. 나는 이렇게 해야 마음이 차분해져."

"이상하네?"

"……시험 삼아 해볼래?"

미나미 언니는 피가 굳은 커터 칼날을 차르륵 밀어서 내게로 향했습니다. 나는 급히 고개를 가로저었습니다.

미나미 언니는 커터를 다시 챙겨 넣으며 슬쩍 웃는 것처럼 보였습니다. 실제로는 어떤지 모릅니다. 미나미 언니의 눈은 거의 대부분 앞머리로 가려져 있었으니까요.

"내가 정말로 나쁜 사람이면 어쩔 거야? 너 같은 꼬맹이, 칼침을 맞을 수도 있어."

"난 괜찮아. 미나미 언니에게서는 싫은 냄새가 안 나니까."

"뭐가 괜찮아?"

"싫은 어른 냄새가 안 나."

"내가 어른이 아니니까 그렇지."

나는 미나미 언니의 손목이 아무래도 걱정스러워서 용기를 내 일단 만져보려고 했습니다. 하지만 미나미 언니가 팔을 거둬 자신의 양 무릎을 껴안았기 때문에 내 손은 허공에 하릴없는 선을 그렸습니다.

"손목을 그어야 마음이 차분해지는 사람이 있다니, 세상은 진짜 알다가도 모를 것이야."

"어린 꼬맹이 주제에 잘난 척은."

"근데 나는 이런 곳이 있다는 거 처음 알았어."

"그러셔?"

"미나미 언니는 항상 여기에 있어?"

내 작은 친구가 꼬리를 움찔거리며 옥상을 돌아다니기 시작해서 나도 자리에서 일어나 그녀 뒤를 쫓아갔습니다. 걸어보고서야 생각보다 옥상이 넓다는 것을 알았습니다. 미나미 언니의 손목의 피가 보일 만큼 가까이 되돌아오자 미나미 언니는 "왜 그렇게 촐랑거리냐?"라고 말한 뒤에 "나도 얼마 전에야 발견했어"라고 대답했습니다.

"여기서 뭘 하는데?"

작은 그녀를 품에 안고 한참을 빙빙 돌다가 가슴팍에서 신음소리가 들려 얼른 풀어줬더니 그녀는 바닥이 사라진 것처럼 비틀비틀하다가 미나미 언니의 발치에 털썩 자빠졌습니다. 그걸 보고 나는 깔깔 웃었습니다.

"괴롭히지 마."

"괴롭힌 거 아냐. 같이 노는 거야."

미나미 언니는 검은 털이 마음에 들었는지 그녀의 등을 쓰다듬었습니다. 기분 좋은 듯 귀엽게 그르렁거리며 애교까지 떨다니, 역시나 그녀는 악녀라고 나는 생각했습니다.

"그래서 미나미 언니는 뭘 하고 있었어? 이런 넓은 장소가 있다면 나는 춤을 출 거야. 미나미 언니도 춤 춰?"

"춤 안 춰. 그냥 앉아있거나 하늘을 올려다보거나."

"그리고 손목을 긋거나? 가만 보니까 그은 흔적이 몇 줄이나 있잖아? ……그러다 진짜 죽어.”

내가 손끝으로 가리키자 미나미 언니는 자신의 팔을 바라보며 후우 한숨을 내쉬었습니다. 어떤 뜻의 한숨인지는 알 수 없습니다. 이런 얘기를 계속해도 좋을지, 그것도 알 수 없었습니다. 미나미 언니는 얘기를 하고 싶은 것 같기도 하고, 하고 싶지 않은 것 같기도 한, 뭔가 못마땅한 표정이었으니까요. 어린아이인 내가 분명 지어본 적이 없는 얼굴 표정이었습니다. 나는 하고 싶은 말은 하고, 하고 싶지 않은 말은 안 합니다.

나는 미나미 언니가 지은 표정에 대해 아바즈레 씨나 할머니와 함께 이야기해보고 싶다고 생각했습니다. 어른에 대한 것은 어른에게 물어보는 것이지요. 그 대신, 또 한 가지 궁금한 게 생각나서 나는 그쪽으로 화제를 돌리기로 했습니다.

“미나미 언니.”

“왜! 말도 많은 꼬맹이네.”

“내 생각에는 미나미 언니가 그림 그리는 사람인 것 같아.”

“무슨 소리야, 갑자기?”

나는 미나미 언니가 몰래 뒤쪽에 숨겨둔 노트와 펜을 넘어다보았습니다. 내 말을 알아들었는지 미나미 언니는 얼른 노트와 펜을 엉덩이 밑에 깔고, 네가 본 건 환영이야, 노트 같은 건 없어, 라는 얼굴을 했지만 나는 그게 거짓말인 것을 알 만큼은 영리했기 때문에 미나미 언니의 엉덩이를 가리키며 말했습니다.

“왜 그림 그리는 사람들은 그걸 감출까? 우리 반에도 그런 애가 있어. 그림 그리는 거 진짜 멋진 일인데, 남들이 알까봐 자꾸 감추는 친구. 왜 사람들에게 보여주기를 싫어하지?"

"……."

미나미 언니는 잠시 하늘을 올려다보며 입을 꾹 다물었고, 검고 작은 그녀가 배추흰나비를 쫓아 뛰어가자 다시 후우 한숨을 내쉬며 말했습니다.

"그림이 아니야."

미나미 언니는 아주 잠깐 틈을 두었다가 마치 용기를 쥐어짜내 듯이 말했습니다.

"글을 쓰고 있어."

"글? 일기 쓰는 거야?"

"아냐. ……소설 쓰고 있어."

"와아아, 진짜 진짜 멋있다!"

한순간, 자칫 눈이 머는 게 아닌가 싶을 만큼 눈을 질끈 감았던 미나미 언니는 진심에서 튀어나온 내 말에 깜짝 놀란 얼굴을 보였습니다. 내 목소리가 너무 컸는지도 모릅니다.

하지만 미나미 언니는 내 우렁찬 외침 때문에 놀란 것이 아니었습니다. 너무 이상해서 놀란 것입니다.

"너……, 비웃지 않아?"

그녀가 하는 말의 의미를 나는 알아듣지 못했습니다.

"비웃어? 비웃다니, 내가? 아직 재미있는 농담을 읽은 것도 아닌데 왜 웃음이 나지? 혹시 소설 때문에 웃는다는 뜻이라면, 나는 책 읽다가 배꼽이 빠지려고 할 때가 많아. 근데 미나미 언니는 소설 쓰는 사람만 봐도 웃겨?"

내 질문에 미나미 언니는 고개를 좌우로 내저었습니다. 출렁이는 앞머리 틈새로 미나미 언니의 눈이 처음으로 제대로 보였는데 그 눈은 아바즈레 씨나 할머니와 똑같이 매우 아름다웠습니다.

"내가 왜 비웃겠냐!"

미나미 언니는 고개 젓기를 멈추고 내가 했던 것처럼 갑작스럽게 큰소리를 냈습니다. 나는 놀라지는 않았습니다. 이런 일에 놀란다면 나는 나 자신에게 너무 깜짝 놀라 벌써 죽었겠지요.

놀라지 않는 나는 미나미 언니에게 분명하게 지금의 내 마음을 말했습니다.

"나, 미나미 언니가 쓴 소설 읽어보고 싶은데."

그 말에도 미나미 언니는 헉 하고 놀란 얼굴이었습니다. 어떤 이야기가 있다면 그걸 읽고 싶어하는 건 매우 자연스러운 일이지만, 나 같은 어린애가 일반적으로 다 그렇지는 않다는 것은 알고 있었기 때문에 이번 미나미 언니의 놀람은 조금쯤 이해가 되었습니다.

"아까도 말했지만, 나는 소설책이 얼마나 멋진지 잘 아는 똑똑한 아이야."

"그래서 뭐? ……아무튼 보여주기 싫어."

"왜? 혹시 따로 미리 약속한 데가 있어?"

"그딴 거 없어."

"그럼 제발 부탁이야. 나, 그 이야기 읽어보고 싶어. 소설이 얼마나 멋진지도 잘 알고 있고, 게다가 실은 나도 언젠가는 소설을 쓰고 싶거든."

내 부탁에 요만큼도 시선을 주지 않던 미나미 언니가 내가 털어놓은 비밀에 앙다문 입술이 살짝 풀렸습니다. 그리고 입가를 가리며 끄응 신음소리를 냈고, 어쩔 수 없네, 라는 식이기는 하지만 "왜 처음 만난 꼬맹이한테……"라나 뭐라나 하면서 결국 내게 노트를 건네주었습니다.

분명 미나미 언니는 알고 있었겠지요. 여자의 비밀은 결코 가볍지 않다는 것을.

내가 털어놓은 것은 아직 아무에게도 말하지 않은 비밀이었습니다. 언젠가 내가 쓴 소설로 사람들을 감동시키고 또한 깜짝 놀라게 해줄 계획이었기 때문에 이걸 남에게 밝힌 것은 이번이 처음입니다. 그래도 그 덕분에 나는 새 소설을 만날 기회를 손에 넣은 것이지요. 이런 것을 거래라고 하던가요?

"아, 잠깐!"

"왜?"

"깜빡 잊고 있었네. 나, 지금 집 없는 허클베리 핀 이야기를 읽는 중이야."

"그거 나도 어렸을 때 읽었는데."

"나는 소설 한 편을 읽는 중에 다른 소설은 읽지 않기로 하고 있어. 하나의 세계를 최대한 맛보려고 그런 규칙을 만든 거야."

"……그럼 돌려줘."

미나미 언니는 입을 툭 내밀고 노트를 가져갔습니다. 그러고는 작은 목소리로 "그 규칙은 나도 이해하지"라고 웅얼거리고, 노트를 다시 엉덩이 밑에 끼웠습니다. 마치 누군가에게 들키지 않게 숨겨두는 보물 상자처럼. 그 상상 때문에 나는 점점 더 미나미 언니의 소설을 읽고 싶어졌습니다.

"허클베리 핀은 이제 곧 다 읽을 거야. 그다음에 미나미 언니 소설 읽게 해줘, 응?"

"굳이 그럴 거 없어. 그냥 잊어버려."

"아니, 잊을 수 없어. 인생이란 냉장고 안의 내용물 같은 것이니까."

"뭐냐, 그건?"

"먹기 싫은 피망은 깜빡 잊어도 내가 좋아하는 케이크는 절대로 잊지 않는다는 얘기."

미나미 언니는 입술 끝으로 피식 웃으며 "잘난 척하는 꼬맹이"라고 말했습니다.

나는 나쁜 말을 들었는데도 전혀 속상하지 않았습니다. 그 뒤로 미나미 언니는 줄곧 나를 '꼬맹이'라고 불렀습니다. 그것이 아이를 난폭하게 부르는 말이라는 건 알지만, 미나미 언니의 '꼬맹이'라는 말에는 아바즈레 씨의 '꼬마 아가씨'나 할머니의 '나노카'와 똑같이 멋진 냄새로 가득 채워져 있었습니다.

나는 미나미 언니가 나를 친구로 인정해준 것이라고 생각했습니다. 분명 미나미 언니도 나처럼 이야기를 아주 좋아하기 때문이겠지요. 나는 온 세상 사람들이 우리처럼 이야기를 좋아한다면 세상은 평화로워질 거라고 생각합니다. 이렇게나 재미있는 게 있다는 것을 알면 남을 상처 입히는 짓 따위는 아무도 생각하지 않을 테니까요.

하지만 그렇기 때문에 더더욱 미나미 언니가 자신의 팔에 상처를 낸 이유를 알 수 없었습니다.

미나미 언니는 자신의 손목을 그은 것에 대해서는 거의 말을 해주지 않았지만, 그 이외의 것, 이를테면 책에 대한 이야기는 떨떠름해하면서도 분명하게 얘기해주었습니다.

미나미 언니는 나보다 훨씬 더 책과 소설에 대해 잘 알고 있었습니다. 하지만 그런 미나미 언니도 『어린 왕자』를 정확하게는 알지 못하는 것 같아서 나는 고등학생도 모르는 문제를 척척 풀어내는 할머니가 정말 대단하다고 생각했습니다. 미나미 언니는 사막 여우를 좋아한다고 말했습니다.

"자, 그럼 또 올게."

"안 와도 괜찮거든? 뭐, 맘대로 하셔. 이곳이 딱히 나만의 장소는 아니니까."

"미나미 언니 소설, 기대할게."

"하든지 말든지."

"이제 다시는 손목 그으면 안 돼?"

미나미 언니는 아무 대답도 하지 않고 나와 꼬리 없는 그녀를 쫓아내듯 오른손을 훼훼 털었습니다. 저녁노을의 하늘을 말없이 바라보는 미나미 언니를 두고 나는 친구와 함께 신중히 계단을 내려왔습니다.

오늘, 내 일상에 또 한 군데 찾아갈 곳이 늘었습니다.

"행복은 제 발로 찾아오지 않아~. 그러니 내 발로 찾아가야지~."

"냐아냐아~."

간드러진 목소리의 그녀와 노래를 부르며 산을 내려왔더니 작은 공원에 이미 어린아이들은 없었습니다.

그 대신 어른 한 명이 흔들거리지도 않는 그네에 몹시 슬픈 얼굴로 앉아 있었습니다. 나는 그 사람이 왠지 마음에 걸렸습니다. 어디선가 본 듯한 느낌이 들었지만 그게 누군지 전혀 생각나지 않았던 것입니다.

하지만 쫓아오는 시간과 앞서가는 꼬리 끊긴 친구가 더 신경이 쓰여서 그날은 그대로 집에 돌아오고 말았습니다.

집에 돌아왔더니 오늘은 웬일로 엄마가 나보다 먼저 집에 와있었습니다. 엄마는 내가 테이블에 올려둔 프린트와 자신의 수첩을 번갈아 들여다보고, 나에게 수업참관에 대해 아주 기쁜 대답을 해주었습니다. 나는 행복에 대해 더 진지하게 연구해야 되겠다고 의욕이 불끈 솟았습니다. 나는 엄마와의 약속을 마음 속 보물 상자에 소중히 넣어놓고 부드러운 침대로 기어들었습니다.

이튿날부터 나는 아주 어려운 선택을 해야만 했습니다.

"인생이란 빙수 같은 것이야. 좋아하는 맛의 종류가 너무 많은데 모두 다 먹을 수는 없어. 배탈이 나니까."

나는 선택을 하지 않으면 안 되었습니다. 아바즈레 씨와 할머니와 미나미 언니. 모두 다 찾아가 놀았다가는 엄마와의 약속 시간을 놓칩니다. 하루에 갈 수 있는 곳은 많아야 두 군데. 그건 딸기 맛과 레몬 맛과 소다 맛 중에서 두 개를 고르는 것만큼 어려운 일입니다.

"근데 왜 나한테로 왔어?"

그렇게 말하며 부루퉁한 얼굴로 미나미 언니는 페트병 보리차를 마셨습니다.

"어제는 내 맘대로 하라고 했으면서?"

"꼬맹이는 학교 친구들하고 놀아."

"학교에 같이 놀 아이가 없어."

"뭐야, 진짜 외톨이?"

"그건 아냐. 친구는 있지. 이 아이도 있고, 미나미 언니도 있고."

"나를 네 맘대로 친구로 만들지 마라."

흥 코웃음을 치더니 미나미 언니는 하늘을 올려다보았습니다. 나도 그대로 따라서 해봤더니 하늘에 새가 날아가고 있었습니다. 혹시 내 등에 날개가 있다면 침대에서 잠을 잘 때 몹시 힘들겠다, 라고 생각했습니다.

"미나미 언니에게 찾아온 것은 언니에 대해 전혀 모르기 때문이야. 나, 미나미 언니에 대해 좀 더 많이 알고 싶거든."

"나에 대해서는 알 필요 없어."

"그렇지 않아. 인생이란 아침식사 같은 것이니까."

"뭐냐, 그건?"

"알 필요 없는 일은 없다는 뜻이야."

미나미 언니는 잠시 생각해보고 "아, 된장국?*"이라고 말하더니 "잘났어, 정말"이라고 덧붙였습니다.

"잘난 건 없어. 굳이 잘나고 싶지도 않고. 그보다 좀 더 똑똑해지고 싶어."

"이미 잘난 꼬맹이가 잘나고 싶지 않다니, 이상한 얘기잖아."

"너무 잘나면 일요일에 가족과 함께 외출할 시간도 없어. 그렇다면 잘나봤자 아무 의미도 없잖아."

나는 그저 그 말만 했을 뿐입니다. 그랬는데도 미나미 언니는 즉각 답했습니다.

"너희 엄마 아빠 얘기구나?"

나는 깜짝 놀랐습니다. 역시나 고등학생은 다르다고 생각했습니다. 하지만 순순히 고개를 끄덕이기가 왠지 신경질이 나서 아무 말도 안 했더니 미나미 언니는 자신의 무릎을 양손으로 끌어안으며 "똑똑해지는 것도 그리 좋은 건 아닐지도 몰라"라고 말했습니다.

"그렇지 않아. 나는 아주 많이 똑똑해지고 싶어. 소설도 똑똑해지지 않으면 쓸 수 없잖아? 바오밥이라는 나무가 있다는 거, 『어

---

*일본어에서 '알다(知る)'와 '국(汁)'은 똑같이 '시루'라고 발음한다. '알(시루) 필요 없는 일은 없다'는 말의 동음이의어를 활용해 '아침식사에 국(시루), 특히 된장국(미소시루)이 필요 없는 일은 없다'라고 말놀이를 한 것.

린 왕자』를 읽고 처음 알았어. 말하는 장미꽃이 있다는 것도."

"참내, 그런 장미꽃이 실제로 있겠냐?"

"엇, 그럼 바오밥 나무도 실제로는 없어?"

태어나서 지금까지 바오밥 나무를 한 번도 본 적이 없었기 때문에 나는 불안해졌습니다. 하지만 미나미 언니는 역시나 고등학생입니다.

"바오밥 나무는 있지. 백 년 넘게 자라는 큰 나무야. 지구상에서 가장 큰 나무로 알려져 있고, 지구상에서 가장 최초의 나무라는 말도 있어. 게다가 바오밥 나무는 가지가 뿌리처럼 생겼는데, 그건 질투심 강한 바오밥 나무에 화가 나서 신이 거꾸로 심어버렸기 때문이래."

"바오밥 나무가 누구를 질투했는데?"

"자신보다 날씬한 야자나무와 과실이 열리는 무화과를 질투했다나봐."

나는 진심으로 감탄했습니다.

"정말 특이하고 멋진 이야기다. 역시 미나미 언니는 대단해."

"그냥 그런 전설이 있다는 거야. 내가 만든 이야기도 아닌데, 뭘."

"그래도 그런 재미있는 이야기를 알고 있는 건 미나미 언니가 나보다 훨씬 더 똑똑하기 때문이잖아. 나도 똑똑해져서 재미있는 이야기를 아주 많이 알고 싶어."

미나미 언니는 나에게도 바오밥 나무에게도 흥미 따위 없다는 듯 흥, 하고 콧방귀만 뀌었습니다.

하지만 미나미 언니가 그리 기분이 나쁘지 않다는 것을 나는 금세 알았습니다. 내가 그밖에도 재미있는 옛 이야기를 해달라고 부탁했더니 이런저런 것을 알려주었기 때문입니다.

언니의 몇 가지 이야기 중에서 가장 멋있다고 느낀 것은 영어로 'under the rose', 즉 '장미꽃 아래에서'라는 말이 '비밀'이라는 뜻으로 쓰인다는 얘기였습니다. 나는 아직 영어는 못하지만 언젠가 커서 말할 수 있게 되면 꼭 써보고 싶은 말입니다.

오늘은 미나미 언니와 이야기하느라 시간이 가는 줄도 몰랐습니다. 문득 정신을 차렸을 때는 할머니 집에 가는 것도, 아바즈레 씨 집에 가는 것도 까맣게 잊어버린 채 집에 갈 시간을 맞이해버렸습니다.

다음 날, 나는 아침부터 미나미 언니를 만나 어제 나누던 이야기를 계속하고 싶었지만, 아무리 따분하더라도 학교에는 날마다 가기로 정해놓았기 때문에 어쩔 수 없었습니다.

바보 같은 아이는 여전히 바보 같고 옆자리의 키류는 여전히 슬금슬금 그림을 감추고, 역시 학교는 변함없이 따분한 곳이었지만 딱 한 가지 좋은 일이 있었습니다.

점심시간에 나 혼자 도서실에 가있는데 그곳에 오기와라가 온 것입니다. 나는 망설일 것 없이 오기와라에게 말을 걸었습니다. 어제 미나미 언니가 알려준 것을 누군가에게 들려주고 싶었는데 말할 상대가 없었기 때문입니다.

오기와라가 도서실 한쪽에 있던 나를 미처 못 보고 나가려고 해서 나도 지금 막 나가려고 했던 척하며 얼른 쫓아갔습니다.

"오기와라!"

"나노카, 도서실에 있었구나. 몰랐어."

"응, 근데 뭐 빌렸어?"

그가 들고 있는 책을 가리키자 그는 기쁜 듯이 표지를 내보였습니다. 새 책을 손에 들었을 때의 그 기쁨을 잘 아는 나는 오기와라가 짓는 표정의 의미도 모두 잘 알고 있습니다.

"『흰 코끼리의 추억*』이구나. 나도 그거 읽었어."

"응, 『어린 왕자』와 똑같이 프랑스 소설이라고 해서 읽어보려고."

그렇죠, 역시나 오기와라답습니다. 책을 고르는 방식도, 그리고 마침 내가 이야기하려는 것에 레일을 깔아준 것도.

그가 깔아준 레일을 타고 나는 어제 미나미 언니가 가르쳐준 바오밥 나무 얘기며 장미꽃 얘기를 마치 내가 처음부터 다 알고 있었던 것처럼 오기와라에게 들려주었습니다. 오기와라는 일일이 감탄을 해주었죠. 이런 이야기를 재미있어 하는 것은 아마 우리 반에서 나와 오기와라뿐일 것입니다. 왜 그런가 하면 뭐, 둘 다 똑똑하기 때문이겠지요.

이야기를 하고 또 해도 나는 만족스럽지 않았습니다. 하지만 나와 오기와라의 대화는 갑작스럽게 끝이 났습니다. 복도 건너편에서 나와는 거의 말을 섞어본 적이 없는 우리 반 남자애가 오기

---

*프랑스 동화작가 주디트 고티에(1845~1917)의 동화. 1894년에 첫 출간되었으며, 아르누보 양식의 대표적 화가 알폰스 무하의 삽화로도 유명하다.

와라를 부르자 그는 나와 얘기하던 것 따위는 싹 잊어버린 듯 후다닥 그쪽으로 뛰어간 것입니다. 어쩔 수 없죠. 오기와라는 똑똑할 뿐만 아니라 친구도 많으니까요.

결국 다 하지 못한 얘기는 따분하지 않은 방과 후에 마음껏 풀어놓게 되었습니다. 파란 하늘 아래 콘크리트 바닥에 앉아 나는 미나미 언니에게 오늘 일을 이야기했습니다.

"얘도 이제 슬슬 물이 드는구나."

"그 남자애? 머리 염색 안 했는데?"

"그런 뜻이 아니야."

미나미 언니는 오늘도 입이 ㅅ자로 삐뚜름합니다. 하지만 딱히 화가 난 것은 아닙니다. 조금씩 미나미 언니의 속마음이 보이기 시작했습니다.

"그나저나 이제 『허클베리 핀의 모험』, 다 읽어가는데."

"그래서, 뭐?"

"미나미 언니가 쓴 소설을 읽을 수 있다는 거야. 엄청 기대하고 있어."

"누가 보여준대?"

기분 나쁜 척하는 미나미 언니의 엉덩이 밑에는 항상 그렇듯이 똑같은 색깔의 노트가 있었습니다. 분명 내가 오기 전까지 소설을 쓰고 있었겠지요.

"자, 그럼 또 올게."

"맘대로 하셔."

미나미 언니의 "맘대로 하셔"라는 거 아바즈레 씨의 "어제든지 또 오렴, 꼬마 아가씨"와 똑같습니다. 나는 언니의 등을 향해 손을 흔들었습니다. 그날은 할머니 집에 들러 미나미 언니에게 했던 것과 똑같은 이야기를 했습니다. 정말로, 좋은 날이었습니다.

요즘 나는 국어 수업시간을 좀 복잡한 심정으로 맞이합니다. 마음이 설레기는 하는데, 어쩐지 몹시 긴 오르막 계단 앞에 세워진 듯한 느낌이라고나 할까요. 이를테면 판타지 소설에서 용자(勇者)가 거대한 드래곤 앞에 섰을 때와 같은 심정일 것입니다. 나는 드래곤이나 험악한 숲길을 맞닥뜨려도 용감하게 맞서는 타입이지만 개중에는 흠칫 움츠러드는 아이도 있습니다. 옆자리의 키류가 그렇습니다.

"너, 지금 무슨 그림 그리고 있어?"

"응? 아니, 뭐 그냥……."

그렇게 우물우물 키류는 오늘도 그림 그리는 게 행복하다는 말을 제 입으로 하지 않습니다. 키류와 짝꿍이어도 정말 괜찮을까, 하고 나는 모험을 함께할 동지에게 슬슬 불안감을 느꼈습니다.

옆자리라서 키류와 함께 급식을 먹고 나는 역시 혼자서 도서실에 갔고, 방과 후에는 오늘도 미나미 언니에게 가기로 했습니다. 이유는 딱히 없습니다.

"모험에는 동지가 많으면 많을수록 좋잖아?"

"냐아."

꼬리 끊긴 그녀도 미나미 언니가 마음에 든 모양입니다. 우리는 생김새는 전혀 다르지만 사람 보는 취향은 같은 것입니다.

평소의 그 옥상, 나를 보자마자 미나미 언니는 부루퉁하게 "또 왔어?"라고 말했습니다. 물론 할머니가 말하는 "어서 오너라"와 똑같은 뜻입니다.

양 무릎을 껴안고 앉은 미나미 언니 옆에 나는 같은 자세로 쪼그려 앉았습니다.

"안녕하시옵니까? 미나미 언니도 평안하신지요?"

"큭, 뭐냐, 그거?"

무척 기품 있게 인사를 해봤는데 미나미 언니는 내 말을 입에 머금었다가 바닥에 퉷 뱉듯이 대꾸했습니다. 하지만 나한테는 이미 다 들켜버렸어요, 일부러 그런 식으로 거칠게 말한다는 거.

"전혀 평안하지 못하시다. 비도 쏟아질 것 같고."

"날씨예보를 봤는데 오늘 비는 내리지 않는다고 했어. 확률 10퍼센트래. 즉 아홉 명은 비가 내리지 않는다고 말했는데 딱 한 명만 비가 내린다고 말한 거잖아."

아홉 명의 반대에 맞서야 하는 그 외톨이의 심정을 생각하면 꼭 응원해주고 싶지만, 그럴 수는 없습니다. 비가 내리면 이 옥상에서 미나미 언니를 만날 수 없으니까요.

"그런 뜻이 아니야, 날씨예보의 확률이라는 건."

"엇, 아니야?"

"그건 오늘 같은 날씨를 나타낸 날이 예전에 며칠인가 있었는데 그중 며칠 동안 비가 내렸느냐, 라는 거야. 즉 10퍼센트라는 것은 오늘 같은 날이 이를테면 예전에 열흘이 있었고 그 중 하루만 비가 내렸다는 거야. 그러니까 누군가를 따로 외톨이로 만들어버리는 게 아냐."

역시나 미나미 언니, 라고 나는 다시금 감탄했습니다. 그리고 모험에 나서기에 딱 맞는 동지를 발견한 것이 무척 기뻤습니다.

"나는 용자, 이 아이는 요정, 미나미 언니는 숲에 사는 현자(賢者). 어때, 괜찮아?"

"뭔 소리야, 얘가."

"오늘은 물어볼 게 있어."

나는 즉시 말을 꺼냈습니다. 좋아하는 것은 맨 처음에 먹는 타입인 것입니다.

"소설 쓰기에 대한 거?"

"그것도 궁금하지만, 오늘은 아니야. 나, 오늘 수업에서 아주 어려운 문제에 뛰어들었어."

"수학 문제? 그 정도는 네가 해, 이 꼬맹아."

"아니야. 수학 문제라면 나도 풀 수 있어. 하지만 이 문제는 엄청 어려워. 국어수업에서 하는 건데, 행복이란 무엇인가, 라는 문제야."

"행복……?"

"응, 미나미 언니에게 행복이란 무엇인지, 말해줄래? 힌트로 삼을게."

미나미 언니는 곧바로는 대답하지 않았습니다. 다리 위에 앉은 꼬리 끊긴 그녀의 검은 머리를 쓰다듬으며 오늘은 흐릿한 하늘을 올려다봅니다.

그리고 잠시 뒤에 입을 연 미나미 언니의 목소리도 흐린 하늘 같은 느낌이었습니다.

"행복이라고? 난 그딴 거 몰라."

"소설을 쓸 때는? 행복하지 않아?"

"글을 쓰는 건 즐겁지만, 그것이 행복인지는 모르겠어. 행복이란 좀 더 가득 채워진 상태잖아. 이렇게 마음속이 좋은 기분으로 가득해지는 상태."

미나미 언니는 행복에 대해 아주 알기 쉽게 자신의 생각을 알려주었습니다. 곧바로 그런 말을 할 수 있다니, 역시나 고등학생은 다르지요. 나는 어서 빨리 나이 들고 싶다고 생각했습니다.

"맞아, 그래서 나는 쿠키에 바닐라 아이스크림을 얹어 먹으면 행복을 느끼는 거구나."

그리고 내가 찾아가면 아바즈레 씨와 할머니는 마음속이 좋은 기분으로 가득 채워집니다. 나는 흐린 하늘이 단숨에 맑게 개는 것처럼 아주 좋은 기분이 되었습니다.

"미나미 언니는 어떤 때 마음속이 가득 채워져?"

오늘은 피를 흘리지 않는 미나미 언니의 팔목을 보았습니다. 자기 손으로 그었으면서 상처 딱지를 슬쩍 손으로 가리더니 언니는 목소리에 한숨을 섞었습니다.

"없어, 그런 거."

"없다니, 그럼 미나미 언니에게는 행복한 일이 없다는 거야?"

"뭐, 그럴지도."

미나미 언니는 미나미 언니를 흉내 냈던 나를 다시 흉내 냈습니다.

"책을 읽을 때는? 과자를 먹을 때는?"

"재미있고, 맛있어. 하지만 그게 행복인지는 모르겠어."

미나미 언니는 부루퉁함을 연기하는 것처럼 말했습니다.

"엄마와 함께 저녁을 먹을 때는?"

"나, 엄마도 아빠도 없어."

"없어? 따로 사는 거야?"

나는 역시나 고등학생답다고 생각했는데…….

"죽었어."

라고 미나미 언니는 말했습니다.

내가 깜짝 놀라 작은 입을 떡 벌리자 미나미 언니는 한숨을 내쉬며 팔을 내밀어 내 입을 손끝으로 딱 맞붙였습니다. 그러고는 벌써 몇 번째인지 모를 한숨을 내쉬었습니다. 내 눈을 봐주지는 않았습니다.

"죽었어, 한참 전에, 사고로."

미나미 언니는 스커트 자락을 꾹 쥐었습니다.

"엄마 아빠가 죽고 시간이 꽤 많이 지나서 이제 울지는 않아. 하지만 행복할 수 없다는 것쯤은 꼬맹이인 너도 알겠지?"

미나미 언니는 내 눈을 쳐다보지 않았습니다. 그래서 아직 눈치채지 못했습니다. 미나미 언니 무릎 위에 앉은 꼬리 끊긴 그녀가 나를 쳐다봐서 나는 급히 그녀의 작은 눈을 손바닥으로 가렸습니다.

"그러니까 미안하지만 너의 그 숙제는 도와줄 수가⋯⋯."

미나미 언니의 말을 가로막은 것은 나였습니다. 결국 언니에게 내 눈을 들켜버렸습니다. 내 눈이 말을 가로막은 것입니다. 언니는 내 얼굴을 바라보다 무척 우아한 동작으로 호주머니에서 오늘은 피가 묻지 않은 손수건을 꺼내주었습니다.

나는 즉시 그걸 사용했습니다.

"⋯⋯줄게, 그거."

나는 결국 그날 미나미 언니와 더 이상 이야기할 수 없었습니다. 나중에 찬찬히 보니 미나미 언니가 내게 준 손수건은 전에 아빠가 내게 준 것과 똑같은 무늬여서 어쩌면 미나미 언니도 언젠가 아빠에게서 이 손수건을 받았는지도 모른다고 생각했습니다.

미나미 언니와 헤어져 할머니 집에 가자 오늘도 할머니는 집에서 과자를 굽고 있었습니다. 하지만 할머니는 그 과자를 권하기 전에 "웬일이니, 나노카?"라고 내 이름을 불렀습니다.

나는 할머니가 챙겨준 오렌지주스를 마시며 미나미 언니 얘기를 했습니다. 아니, 사실은 언니의 소중한 이야기를 제대로 들어주지 못했다는 얘기를 한 것입니다.

나는 어쩌면 할머니에게 혼이 날지도 모른다고 생각했습니다.

그럴 만큼 나는 지독한 아이였던 것입니다. 하지만 할머니는 그런 나에게 갓 구운 피낭시에*를 차려주었습니다.

"그 미나미 언니라는 아이는 아마 기뻤을 거야."

할머니가 묘한 말을 했습니다. 나는 목이 떨어져나갈 듯 힘껏 고개를 가로저었습니다.

"그렇지 않아요."

"아니, 그 아이는 기뻤던 거야. 처음으로 자신을 위해 울어주는 사람을 만난 게. 그래서 소중한 손수건을 나노카에게 줬겠지."

나는 구깃구깃 젖은 손수건을 보았습니다.

"그러니까 너무 미안해할 거 없어. 그 미나미 언니라는 아이에게 사과할 필요도 없고. 하지만 나노카, 할머니와 한 가지만 약속할까?"

할머니의 눈을 지그시 보면서 나는 꾸벅 고개를 끄덕였습니다.

"이다음에 그 미나미 언니를 만날 때는 반드시 웃는 얼굴로 만나야 해. 만일 나노카가 미나미 언니를 좋아한다면 말이지."

"나, 미나미 언니 진짜 좋아요."

"그렇다면 미나미 언니의 괴로운 추억보다 더 많이, 나노카의 웃는 얼굴로 좋은 추억을 만들어줘야지."

"내가 정말 할 수 있을까요?"

웬일로 소심해진 내 가느다란 어깨에 할머니는 가만히 부드러

---

*financier, 아몬드 가루, 계란 흰자로 만든 부드러운 맛의 직사각형 모양 프랑스 과자.

운 손을 얹었습니다.

"사람은 슬픈 추억을 없앨 수는 없어. 하지만 그것보다 더 많이 좋은 추억을 만들어 즐겁게 살아갈 수는 있어. 나노카의 웃는 얼굴은 미나미 언니나 나를 그렇게 만들어줄 만큼 멋진 능력을 갖고 있어."

"……그, 그런가?"

손수건을 내줄 때의 미나미 언니의 얼굴을 떠올렸습니다. 나는 가만히 눈을 감고 생각했습니다. 주위 어린아이들보다는 약간 똑똑하지만 멋진 어른들에는 아직 한참 못 미치는 내 머리로 열심히 생각해봤습니다. 그리고 한 가지 결심을 했습니다

오래 감고 있던 눈을 뜨자 빛나는 눈빛의 친구와 시선이 마주쳐서 나는 그녀를 무릎에서 내려놓고 불쑥 일어섰습니다.

"할머니, 오늘은 그만 돌아갈래요. 얼른 『허클베리 핀의 모험』을 다 읽어야 하거든요."

"응, 그렇게 마음먹었다면 그렇게 해야지. 과자는?"

"그건 먹고 갈래요!"

달콤하고 부드러운 피낭시에는 마치 해님이 과자라면 이런 맛일 거야, 라는 맛을 갖고 있습니다. 문득 바라보니 구름 낀 하늘에도 해가 나왔습니다.

그날 집에 돌아오는 길에 나는 다시 언덕 아래 공원에서 지난번에 본 어른을 봤습니다. 하지만 역시 그가 누구인지, 생각해내지 못했습니다.

<u>4</u>

 그 뒤 며칠 동안, 바보 같은 남자애에게 욕도 해주고 겁쟁이 키류에게 주의도 주고 오기와라에게는 집 없는 허클베리 핀의 책을 추천하기도 하면서 보냈습니다. 그리고 요즘 날마다 드나드는 미나미 언니의 옥상에 갔습니다. 나는 하늘을 올려다보며 매우 만족스러운, 마치 큼직한 햄버거를 먹어치웠을 때처럼 배가 빵빵한 긴 숨을 후우 내쉬었습니다.

 내가 그렇게 한 이유를 미나미 언니는 뻔히 다 알 텐데도 계속 앞만 쳐다보며 털이 고운 내 친구의 등만 쓰다듬었습니다.

 예의 따위 차릴 것도 없이 마음속에서 마구 솟구치는 이 기분을 어떻게 말로 표현해야 할지, 나는 열심히 생각해본 끝에 옆에 앉은 미나미 언니 쪽으로 돌아앉았습니다.

 "인생이란 염소 같은 것이야."

"뭐냐, 그건?"

"멋진 소설을 읽으면 그런 생각이 들잖아. 나는 이 책을 먹으면서 살 수 있을지도 모른다, 라고."

"그게 가능하겠냐?"

"하지만 나는 지금 배가 불러. 엄청 멋진 소설을 읽었으니까."

이 흥분 때문에 자칫 몸이 폭발할까봐 나는 한 차례 심호흡을 하고, 그러고는 숨을 토해내는 것과 동시에 내 쪽을 영 돌아봐주지 않는 미나미 언니를 불렀습니다.

"미나미 언니, 정말 대단해! 이런 소설을 써내다니, 정말 대단해!"

나는 진심을 다해 언니에 대한 존경을 말로 옮겼습니다.

전에 말했던 대로 나도 언젠가 소설을 쓰고 싶다는 비밀을 갖고 있습니다. 그런데 비밀이 또 한 가지 더 있습니다. 나는 몇 번 이야기를 써봤습니다. 하지만 시험 삼아 써보면 멋진 톰이나 집 없는 허클베리 핀 같은 등장인물이 전혀 만들어지지 않아서 그때마다 몹시 우울했습니다. 그건 뭐, 할머니가 구워준 머핀조차 목을 넘어가지 않을 정도였습니다. 이러다가 말라죽는 게 아닌가 하는 느낌까지 들었습니다.

그런 경험이 있는 나로서는 깜짝 놀랄 만한 전개와 멋진 등장인물들을 만들어낸 미나미 언니가 텔레비전에 나오는 그 어떤 훌륭한 사람들보다 더 훌륭한 사람으로 보였습니다.

어떻게 하면 이런 이야기를 쓸 수 있는지, 나도 꼭 배우고 싶었습니다. 하지만 미나미 언니는 왜 그런지 돌연 말수가 줄어든 채 어떤 말에도 "아, 그래?"라는 대답만 했습니다.

"나는 모두가 이 소설을 읽었으면 좋겠어."

"난 싫은데? 게다가 읽어줄 사람도 없어."

"아깝잖아. 이렇게 멋진 소설, 더 많은 사람들에게 읽혀야지. 인생이란 점심시간 같은 것이야."

"……도시락이 맛있어서?"

"시간이 45분으로 정해져 있잖아. 그 시간 안에 멋진 것들을 접해야지. 사람들 모두가 자신의 45분 안에 미나미 언니의 이 소설을 읽었으면 좋겠어."

실제로 내 마음속에 있는 것을 말했는데도 미나미 언니는 "공치사는 그만해"라고 말하고 노트를 낚아채갔습니다. 언니는 여전히 자신의 노트를 오래 갖고 있게 해주지 않습니다. 사실은 미나미 언니의 노트를 집에 가져가 한꺼번에 다 읽고 싶었습니다. 하지만 반드시 옥상에 와야만 읽을 수 있어서 다 읽기까지 며칠이나 걸렸습니다. 내가 주스나 아이스크림으로 노트를 더럽힐까봐 그런 걸까요. 나는 깔끔한 사람이라서 절대로 그럴 일이 없는데.

"아무튼 내가 미나미 언니의 첫 번째 팬이야. 다음 소설도 손꼽아 기다릴게."

미나미 언니는 역시 나를 돌아보지 않고 손만 홰홰 저으며 돌연 하늘에서 뭔가 떨어진 것처럼 고개를 쳐들고 이런 질문을 던졌습니다.

"그나저나 행복이 뭔가에 대한 답은 찾았어?"

내 마음속에는 아직도 미나미 언니가 쓴 소설의 흔적이 짙게 남아 있었지만, 남의 말을 무시해서는 안 된다고 히토미 선생님에게 배웠기 때문에 일단 그 질문에 답하기로 했습니다.

"아니, 이것저것 생각나는 건 있는데 모두를 깜짝 놀라게 하고 선생님에게도 칭찬받을 만한 답은 아직 생각이 안 나. 실은 별로 시간이 없어. 다음 수업참관 때, 그동안 연구한 것을 중간까지만이라도 친구들 앞에서 발표해야 하는데."

"그래?"

미나미 언니는 내 말을 응원하듯이 맞장구를 쳐주었습니다. 그 맞장구가 내 몸에 스르륵 스며드는 것 같아서 아주 기분이 좋았습니다. 미나미 언니의 무릎에 앉은 그녀도 배를 쓸어주는 게 아주 기분 좋은 모양입니다.

"뭔가 생각나는 거 있으면 알려줘."

"쉽게 생각이 나겠냐, 그게? 하지만 뭐, 요즘에는 이렇게 이 아이를 안고 있을 때 아주 조금 평소보다 행복하긴 해."

자신이 칭찬받은 것을 아는지 모르는지 꼬리 짧은 그녀는 미나미 언니의 손을 핥으며 "냐아"하고 울었습니다. 눈을 슬쩍 위로 치뜨는 내숭은 여자의 무기라더니, 자기가 무슨 방랑하는 플레이걸*이라도 된 것처럼 굴고 있네요.

작은 친구에게 잔뜩 눈을 흘겨주었지만, 나는 어떻든 미나미

---

*미국 작가 트루먼 커포티의 소설 『티파니에서 아침을』의 여주인공 홀리.

언니가 행복한 것이 흐뭇했습니다. 내가 좋아하는 사람들은 모두 행복해지고 내가 싫어하는 사람들은 모두 없어져버렸으면 좋겠다고 생각하니까요.

가만히 보니 미나미 언니의 손목에 있던 상처 딱지는 이미 없어졌습니다.

나는 자리에서 일어나 파란 하늘을 내 손으로 잡을 것처럼 한껏 발돋움을 했습니다. 지금은 선반 높은 곳의 컵도 못 꺼낼 만큼 작지만, 언젠가는 학교 운동장 농구골대에 손이 닿을 만큼 커버리려는 발돋움입니다.

내가 일어선 것을 보고 작은 그녀는 이쪽을 돌아보며 아쉬운 듯 미나미 언니의 무릎에서 내려왔습니다. 미나미 언니는 역시 내 쪽을 돌아봐주지 않습니다.

"그만 가야겠어, 미나미 언니. 또 올게. 다음 소설, 얼른 썼으면 좋겠다. 기대할게."

"맘대로 하셔."

"아참! 행복이 무엇인지에 대한 답은 아직 잘 모르겠지만 나는 미나미 언니의 소설을 읽고 행복했어."

미나미 언니는 다시 말없이 손을 홰홰 저었다, 라고 생각했는데 그게 아니었습니다. 정말 작았던 내 목소리보다 훨씬 더 작은 소리로 던져준 말이 내 귀에 바람처럼 와 닿았습니다.

"고마워……."

미나미 언니가 있는 옥상을 벅차오르는 기분으로 상쾌하게 내려온 뒤, 나는 오랜만에 아바즈레 씨 집에 가보기로 했습니다. 오랜만, 이라고 해봤자 며칠 안 갔을 뿐입니다. 하지만 그 며칠 동안은 나와 아바즈레 씨 사이에서는 평소 같으면 꼭 만났어야 할 하루하루입니다.

아바즈레 씨도 역시 나와 똑같은 생각을 하고 있었습니다. 강변의 케이크 같은 크림색 건물, 그곳에서 한결같이 기다려준 아바즈레 씨는 커피를 마시며 나를 맞아들였습니다.

"꼬마 아가씨, 오랜만이구나. 잘 지냈니?"

"네, 우울한 일도 있었지만, 아주 잘 지냈어요."

"꼬마 아가씨는 키키, 그리고 이 아이는 지지였나*?"

"유감스럽지만 나는 마법은 쓸 줄 몰라요. 그러니까 어느 쪽인가 하면 찰리와 스누피겠죠. 여자애와 남자애, 고양이와 개라는 차이는 있지만."

"아이, 언젠가는 마법을 쓸 수 있을 거야. 자, 어서 들어와. 오늘은 어쩌다 보니 케이크도 있고 우유도 있단다."

"고마워요!"

아바즈레 씨 집에서 케이크를 먹으며 나는 지난 며칠 동안 왜 아바즈레 씨 집에 오지 못했는지, 이야기했습니다. 그리고 미나미 언니에 대해서 아바즈레 씨에게 물어보려던 것도 말했습니다.

"미나미 언니는 머리가 이상하지는 않아요. 왜냐면 아주 멋진

---

*미야자키 하야오 감독의 애니메이션 〈마녀배달부 키키〉의 등장인물. 주인공 초보 마녀 키키는 항상 검은 고양이 지지와 함께 다닌다.

소설을 써냈거든요. 하지만 머리가 이상한 것도 아닌데 자신의 몸을 칼로 긋다니, 진짜 이상하지 않아요? 아바즈레 씨는 미나미 언니가 왜 그런 짓을 했는지 알아요?"

아바즈레 씨는 쇼트케이크의 마지막 한 조각을 입에 넣으며 미간에 힘을 꾹 주었습니다. 아바즈레 씨의 눈썹은 내 눈썹과는 다르게 사르륵 소리가 날 만큼 아름다운 곡선입니다.

"그래, 그런 사람이 가끔 있더라. 그러니까 본인에게 그 이유를 잘 들어봐야 해. 피를 보고 싶다든가 호기심이라든가 마음이 차분해진다든가."

"앗, 미나미 언니는 마음이 차분해진다고 했어요."

"그랬구나. 그래서 꼬마 아가씨는 그 말을 이해할 수 있었어?"

"아뇨, 전혀. 시험 삼아 내 손목을 꼬집어봤는데 그냥 아프고 빨개지기만 했어요."

"그렇지? 결국 그 사람이 아니고서는 모르는 일인 것 같아. 하지만 알지 못해도 괜찮아. 특히 꼬마 아가씨는. 그 언니의 상처를 보고 자신을 상처 입히는 일은 당장 그만뒀으면 좋겠다고 생각했잖아?"

"네, 나는 내 친구가 아픈 건 싫어요."

"그래. 만일 꼬마 아가씨가 자신을 상처 입히는 이유를 이해하고 혹시라도 그런 짓을 따라한다면, 나도 당장 그만뒀으면 좋겠다고 생각할 거야. 그러니까 그런 걸 알 필요 따위는 없어. 전에도 말했듯이 푸딩의 달콤한 부분만 좋아하며 살 수 있다는 건 아주 멋진 일이야."

"하지만 나는 미나미 언니의 마음을 알아보고 싶은 생각도 있어요."

"응, 그렇겠지."

아바즈레 씨는 마치 히토미 선생님처럼 손가락 한 개를 번쩍 세웠습니다.

"꼬마 아가씨, 이를테면 내가 지금 머릿속으로 어떤 숫자를 떠올렸는지 알겠니?"

갑자스럽게 이상한 질문을 받고 나는 아바즈레 씨의 눈을 응시하며 그 머릿속을 들여다보려고 했습니다. 하지만 아직 마법을 쓸 줄 모르기 때문에 아바즈레 씨의 머릿속은 아무리 들여다봐도 보이지 않았습니다.

"혹시…… 8?"

"틀렸네요. 정답은 24야. 어때, 어느 누구도 마법처럼 남의 마음을 다 알 수는 없지? 그래서 사람에게는 남을 생각해준다는 능력이 갖춰져 있어. 꼬마 아가씨는 그 언니에 대해 알고 싶다, 하지만 왜 손목을 긋는지 도저히 이해가 안 된다. 자, 그럴 때는 생각해주는 거야, 그 언니가 어떤 심정일지. 그렇게 해서 조금씩 조금씩 이해해나가면 돼. 알겠니?"

"네, 아주 잘 알겠어요."

"역시 우리 꼬마 아가씨는 똑똑해."

아바즈레 씨는 나를 칭찬했지만 나는 내가 똑똑한 건 아니라고 생각했습니다.

정말로 똑똑한 사람은 그 자리에서 즉각 알아듣기 쉽게 설명해 준 아바즈레 씨입니다. 나는 아바즈레 씨의 느린 동작을 저절로 찬찬히, 아주 찬찬히, 쳐다보게 됩니다. 뜨거운 커피를 잔에 따라 마시는 아름답고 똑똑한 아바즈레 씨, 역시 내가 되고 싶은 미래의 나와 딱 맞아떨어집니다. 거기에 미나미 언니처럼 소설을 쓰고 할머니처럼 과자를 구워낼 수 있다면 그야말로 완벽하게 멋진 어른이 되겠지요. 그 참에 마법까지 쓸 수 있다면 두말할 것도 없죠.

똑똑하고 멋진 아바즈레 씨에게 나는 오늘도 오셀로 게임을 이기지 못했습니다.

안녕 인사 때 아바즈레 씨가 "수업참관, 열심히 해"라고 말해서 "물론 똑똑한 나를 잘 보여드릴 거예요"라고 약속하고 나는 저녁 노을 아래 집에 가기로 했습니다.

우유를 얻어먹고 기분이 좋아진 그녀와 강변 둑길을 걸으며 이제 곧 닥쳐올 행복에 대한 발표에 대비해 나는 저녁노을과도 상의했습니다. 어쩌면 아바즈레 씨가 말했던 생각하는 능력이라는 게 아주 큰 힌트인지도 모릅니다.

이제 조금만 더 가면 둑길을 내려가는 계단에 도착하려는 때, 나는 아무것도 돌아보지 않고 걸었기 때문에 저 앞에서 오는 친구를 조금 늦게야 알아봤습니다.

"엇, 키류, 안녕?"

내가 말을 건네자 키류는 "나, 나노카……"라면서 함께 걷던 아저씨 뒤로 얼른 숨어버렸습니다. 나와 함께 가던 꼬리 짧은 그녀도 내 뒤로 얼른 숨어버렸습니다. 한 자리에 낯가림 심한 자들이 둘이나 있다는 게 재미있어서 나는 킥킥 웃음이 터졌습니다.

웃으면서 또 한 가지 기쁜 일이 있었습니다. 얼마 전부터 계속 마음에 걸렸던 의문이 풀린 것입니다.

"안녕?"

키류와 함께 걷던 아저씨가 다정한 인사를 했습니다. 그는 내가 요즘 몇 번이나 언덕 아래 공원에서 봤던 그 사람이었습니다. 그렇죠, 아무래도 생각나지 않던 그 사람이 바로 키류 아빠였습니다. 딱 한 번 운동회 때 본 적이 있었는데, 딱 한 번뿐이었기 때문에 생각이 안 났던 것이지요. 나는 속이 후련해졌습니다.

"네, 안녕하세요?"

나는 씩씩하게 키류 아빠에게 인사했습니다. 아직도 아빠 뒤에 숨어 있는 키류. 마치 내가 학교에서 못살게 굴기라도 한 것 같잖아요, 이제 제발 좀 썩 나와주면 좋을 텐데.

오늘의 키류 아빠는 지난번에 봤을 때처럼 음울한 얼굴은 아니었습니다. 키류 아빠도 나처럼 이런저런 사연이 있었지만 이제는 기운을 차린 것이겠지요. 그건 아주 좋은 일입니다.

나와 키류 아빠는 그저 그런 이야기 몇 가지를 주고받았습니다.

"자, 그럼 다음 수업참관 때 또 보자."

그렇게 인사하고 나는 키류 부자와 헤어졌습니다. 결국 키류는 잘 가라는 인사를 할 때까지 한 마디도 하지 않았습니다.

"쟤가 저렇긴 해도 그림은 아주 잘 그려."

나중에 내 옆의 작은 친구에게 말해줬더니 그녀는 반신반의인 듯 고개를 갸우뚱거리며 "냐아"하고 울었습니다. 단순히 인간 남자애에게는 흥미가 없었던 것뿐인지도 모릅니다.

친구와 헤어져 집에 돌아오자 희한한 일이 있었습니다. 엄마가 나보다 먼저 와있고, 게다가 저녁밥까지 다 차려놓은 것입니다. 그것도 내가 좋아하는 메뉴 일색이어서 나는 혹시 내 생일을 내가 여태까지 잘못 알고 있었나 하고 어리둥절했을 정도입니다.

엄마가 해주는 요리는 맛있습니다. 회사일이 바빠 근처 슈퍼에서 반찬을 사들고 올 때도 많지만 역시 엄마가 직접 해주는 요리는 각별합니다.

나는 진짜로 좋아하는 엄마의 진짜로 좋아하는 요리를 맛있게 먹었습니다.

하지만 중간에 뭔가 이상하다는 것을 깨달았습니다. 엄마가 요리에 전혀 손을 대지 않고 나만 쳐다보는 것입니다. 내가 그렇게 걸신들린 듯 먹었나, 하고 창피해졌지만 아무래도 그런 게 아닌 것 같았습니다.

고개를 들고 엄마를 봤더니 엄마는 심각한 얼굴로 나를 불렀습니다. 그제야 뭔가 안 좋은 예감이 들었습니다. 어른이—그렇죠, 아이는 그런 일이 없습니다, 어른이 그렇죠— 이런 심각한 얼굴을 할 때는 거의 대부분 뭔가 안 좋은 말이 나올 때입니다. 내가 좋아하는 히토미 선생님의 그 진지한 얼굴과는 종류가 다릅니다. 무서운 선생님이 학교 유리창을 깬 범인을 잡아내려고 했을 때도 그랬습니다. 아빠가 내 생일을 깜빡 잊고 선물을 사오지 않았을 때도 그랬습니다. 어쩌다 상대를 깜짝 놀라게 해주려고 그야말로 기쁜 일이 일어나기 전에 그런 표정을 짓기도 하지만, 그런 경우는 굉장히 드물죠.

그래도 나는 이것이 나를 깜짝 놀라게 해주려는 엄마의 연기라면 얼마나 재미있을까, 하고 생각했습니다. 하지만 그렇지 않다는 것은 엄마의 말이 "미안해"에서부터 시작된 것으로 금세 알았습니다.

엄마는 말했습니다. 엄마도 아빠도 수업참관 날에 멀리 출장을 가게 되었다. 그래서 정말로 가고 싶었고 기대도 컸고 진심으로 안타깝지만 수업참관에 갈 수가 없다…….

엄마의 말을 듣고 나는 정말로 딱 일 초 동안 방안이 캄캄해진 듯한 느낌이었습니다. 그 어둠 속에서 나는 몹시 침울한 채로 입을 뾰로통하게 내밀고 함박 스테이크를 먹을 수도 있었겠지요.

하지만 그렇게 하지 않았습니다. 일 초 동안 캄캄해진 듯한 그 느낌, 그리고 지금까지 내가 얼마나 고대해왔는가 하는 마음을 마치 잔뜩 움츠러든 용수철처럼 사용해 한꺼번에 폭발시켜버린 것입니다.

"온다고 약속했잖아!"

내 목소리가 크다는 것은 엄마도 알고 있겠지요. 그런데도 엄마가 깜짝 놀란 것은 내가 화를 낸 것이 무척 오랜만이었기 때문입니다.

오랜만이기는 했지만 사실은 내내 생각해온 것이 있었습니다.

"항상 그렇잖아! 항상 엄마는 약속을 안 지켜! 아빠도 똑같아!"

"정말 미안해. 하지만 아무리 시간을 조정해도 도저히 갈 수가 없어."

"왜 항상 일 쪽을 선택해? 왜?"

엄마는 설명했습니다. 일이 중요한 이유. 분명하게, 나도 이해할 수 있도록 알기 쉽게. 하지만 나는 엄마에게 그런 설명을 듣고 싶었던 것이 아닙니다.

나는 생각했습니다. 엄마는 나를 알지 못한다. 그건 뭐, 별 수 없다. 하지만 아바즈레 씨가 말했던 것처럼 나를 생각해주지도 않다니.

그래서 그런 말은 절대로 해서는 안 된다는 것, 똑똑한 나는 다 알고 있었는데도 말해버리고 말았습니다.

"나도 아빠 엄마가 일 때문에 바쁘지 않은 집에서 태어났어야 했어!"

엄마에게 큰 상처가 되는 말이라는 것은 곧바로 알았습니다. 하지만 나는 멈출 수 없었고 아마 엄마도 그랬겠지요. "어쩔 수 없잖아!"라는 엄마의 큰소리를 듣고 나는 더 이상 아무것도 먹지 않고 내 방으로 돌아와 침대로 뛰어들었습니다.

저녁밥은 반밖에 먹지 못했지만 배는 고프지 않았습니다.

인생은 염소 같다고 말했지만, 어쩌면 우주인 같은 것인지도 모릅니다. 소설이나 기쁨뿐만이 아니라 나는 슬픔이나 실망으로도 배가 부를 수 있다는 것을 그때 처음으로 알았던 것입니다.

하지만 역시 점점 배가 고파져서 아빠도 엄마도 잠든 한밤중에 나는 주방에 놓아둔 식빵을 먹었습니다.

다음 날 아침, 엄마가 차려준 아침밥은 한 숟갈도 먹지 않았습니다.

5

집에 가고 싶지 않았던 나는 방과 후에 꼬리 끊긴 그녀만 데리고 책가방을 멘 채 아바즈레 씨에게로 갔습니다. 항상 다니던 강변 둑길을 지나 네모난 크림색 케이크 같은 건물을 향해 걸었습니다. 나와 그녀는 평소처럼 노래를 부르는 일은 없었습니다.

건물 계단을 탕탕탕 올라가 항상 하던 대로 이 층 맨 끝 집의 문 앞에서 초인종을 눌렀습니다. 집 안에서 울리는 초인종 소리. 그 이외에 다른 소리는 들리지 않았습니다.

하지만 몇 번을 눌러도 아바즈레 씨는 나오지 않았습니다. 아무래도 오늘은 집에 없는 모양입니다. 별 수 없죠, 어른들은 원래 바쁘니까.

우리는 온 길을 중간까지 되돌아가 항상 다니던 언덕으로 향했습니다. 언덕 아래, 키류 아빠가 매번 앉아 있던 공원에서 좌우로 갈라지는 오르막길, 오늘은 할머니네 집으로 가는 오른쪽 길을 선택했습니다. 미나미 언니에게는 어제도 갔으니까 우선 할머니에게 가보기로 한 것입니다.

오늘도 털이 고운 그녀와 나는 이마에 땀을 흘리며 언덕길을 올라갑니다. 친구를 만나 이야기하면 조금쯤 마음이 풀릴지도 모른다, 라는 바람으로.

하지만 할머니를 만나 내 마음이 풀리는 일은 없었습니다. 커다란 나무집의 커다란 문은 몇 번을 두드려도 목소리를 돌려주는 일이 없었던 것입니다.

나는 한숨을 내쉬며 나보다 작은 친구를 내려다보았습니다.

"어른들이 하나같이 나를 돌봐주지 않아."

"냐아."

그렇다면 이제 내가 아는 어른 친구 중에서는 가장 나와 가까운 미나미 언니를 찾아가는 수밖에 없습니다.

언덕을 내려와 이번에는 왼편 계단으로 올라갔습니다. 검고 작은 그녀는 평소와 마찬가지로 씩씩하고 경쾌하게 통통 뛰듯이 걸었습니다. 하지만 나는 시간이 갈수록 마치 몸속에 쇠구슬이 하나씩 차오르는 것처럼 묵직해져가는 느낌이었습니다.

항상 보던 철문을 열고 다시 계단을 올라 광장으로 나서자 오늘도 차갑고 큼직한 돌덩어리 상자가 털썩 떨어진 것처럼 서있었습니다.

그 안으로 들어가 옥상으로 가자 미나미 언니는 나를 기다리고 있었습니다.

나는 말없이 미나미 언니 곁에 앉았습니다. 꼬리 끊긴 그녀는 한참 전부터 미나미 언니의 무릎이 아예 자기 자리가 되었습니다.

그리고 그 참에 나는 깨달았습니다. 미나미 언니의 기색이 평소와 다르다는 것을. 실례를 무릅쓰고 미나미 언니의 앞머리를 살그머니 손끝으로 올려봤더니 그 안쪽의 눈이 부드럽게 감겨 있었습니다.

"미나미 언니."

말을 건네자 언니는 케이크 상자를 열 때처럼 아주 조금만 눈을 떴습니다. 나와 한쪽 눈으로 시선이 마주치자 언니가 "왔냐?"라고 말했기 때문에 나도 "안녕하시옵니까?"라고 답했습니다.

"여기 낮잠 자는 데는 최고의 장소인 것 같아."

"……또다시 같은 꿈을 꾸었어."

"같은 꿈이라니, 어떤 꿈?"

"어렸을 때의 꿈이야. 자주 꿔. 학교는, 어때, 재미있었어?"

"아니, 전혀."

"그런 거 같네. 전혀 재미있어 보이는 얼굴이 아니야."

미나미 언니는 나를 쳐다보지 않는 것 같으면서도 사실은 그 긴 앞머리 사이로 나를 똑똑히 보았던 모양입니다. 내 입으로 우울하다는 말 따위는 하고 싶지 않아서 화제를 바꾸기로 했습니다. 좋아하는 것에 대해 이야기하면 미나미 언니에게 내 우울함을 들키지 않을 만큼은 환해질 것 같았으니까요. 언니의 손목에 난 상처가 점점 사라진 것처럼 내 마음속 쇠구슬 더미도 사라질 것 같았으니까요.

"나, 생각해봤어."

"초등학교는 왜 재미가 없는지에 대해서? 생각해볼 것도 없어, 거긴 애초에 재미있는 곳이 아냐."

"그것도 맞는 말인데, 아니야, 내가 생각해본 것은 미나미 언니의 소설을 어딘가 책 만드는 회사에 보여주면 좋겠다는 거야."

미나미 언니는 웬일로 내 쪽을 진지하게 돌아보며 어리둥절한 얼굴이었습니다.

"느닷없이 뭔 소리야?"

"미나미 언니의 소설을 많은 사람들이 읽지 못하는 이유는 언니의 소중한 노트에만 적어두었기 때문이야. 이 옥상까지 일부러 찾아오지 않는 한, 아무도 읽을 수 없어. 그러니까 그 소설을 책으로 만들면 되잖아. 그러면 도서실에 미나미 언니의 책이 꽂힐 거고, 아바즈레 씨나 할머니에게도 소개할 수 있어."

"누구냐, 그 아바즈레 씨, 라는 건?"

"내 친구."

"이상한 친구 사귀지 마."

"전혀 이상하지 않아. 아주 멋진 사람이야. 계절을 파는 일을 한다고 했어. 어때, 멋있지?"

미나미 언니가 이상하다는 듯 입가를 일그러뜨리고 "너는 이상한 사람에게 접근하는 게 취미냐?"라고 말했기 때문에 나는 "뭐, 그럴지도"라고 미나미 언니를 흉내 낸 나를 흉내 낸 미나미 언니를 흉내 냈습니다.

"미나미 언니가 하는 일도 진짜 멋있어. 언니 소설을 읽으면 책 만드는 회사 사람들은 틀림없이 언니를 꽉 잡고 놓아주지 않을 거야. 그러면 언니는 날마다 소설을 쓰겠지. 온 세상 사람들의 마음에 또 하나의 세계를 자꾸자꾸 만들어낼 수 있는 거야. 마크 트웨인이나 생텍쥐페리처럼."

"이 꼬맹이, 말로는 뭘 못하겠냐."

"그리고 소설은 집에서도 쓸 수 있으니까 가족이 생기고 아이 가 태어나도 함께 놀아주고 함께 여행하고 수업참관에도 갈 수 있어서 그 아이를 외롭게 할 일도 없어."

또르르 굴러 나온 내 마음의 파편. 미나미 언니는 그것을 다정 한 한숨으로 흘려보내주었습니다.

"쉽게 말하지 마라, 꼬맹아."

"응, 어려운 일이지, 멋진 소설을 쓴다는 것은. 그러니까 더더 욱, 멋진 소설을 써낸 미나미 언니를 사람들이 좀 더 알아주었으 면 하는 거야."

미나미 언니는 아까보다 좀 더 큰 한숨을 내쉬었습니다. 그리 고 화가 난 듯한, 또는 슬퍼하는 듯한 목소리로, 하지만 그 감정 을 결코 내게로 내던지는 일 없이 말했습니다.

"잘 들어, 내가 쓰는 글은 멋있지도 않고 진짜 별것도 아냐. 그 냥 나는 글 쓰는 것을 좋아할 뿐이야. 세상에는 나보다 훨씬 더 재능 있는 사람들이 너무 많아. 그런 것쯤은 나도 알아. 나 따위가 써내는 글은 재미고 뭐고 따질 수도 없어."

미나미 언니는 쓰디쓴 벌레를 씹은 것처럼 이어서 말했습니다.

"나는…… 작가가 못돼."

나는 어린 나름대로 미나미 언니의 말의 의미를 받아들였습니다. 그리고 잠시 생각해본 뒤에 고개를 갸우뚱했습니다.

"미나미 언니의 그 말은 좀 이상해."

"뭐가 이상해?"

"미나미 언니는 이미 작가잖아."

이번에는 미나미 언니가 고개를 갸우뚱할 차례였지만, 나는 언니가 왜 의아해하는지 알 수 없었습니다.

"왜냐면 작가는 그 소설을 읽은 사람들의 마음속에 새로운 세계를 만들어내기 때문에 작가라고 불리잖아? 그렇다면 나는 아직 작가가 아니지만 미나미 언니는 이미 작가야. 내 마음속에 그야말로 멋진 세계를 만들어냈어."

물론 직업이란 돈을 벌기 위한 것이고 작가도 사람들에게 책을 팔아 돈을 번다는 것쯤은 어린 나도 잘 알고 있습니다. 하지만 나는 정말로 작가라는 말이 직업명이라는 생각은 하지 못했습니다. 글을 쓰는 것과 책을 팔아 돈을 버는 것을 전혀 별개의 활동으로 생각한 것입니다.

나에게 작가란 책을 파는 사람이 아니라 이야기를 빚어내 인간의 마음속에 또 다른 세계를 만드는 멋진 사람이고, 그 속에는 미나미 언니의 이름도 분명하게 자리잡고 있었습니다. 그래서 미나미 언니의 말은 이상하다고 생각했습니다.

미나미 언니도 그걸 알아준 모양입니다. 어리둥절해하던 미나미 언니는 몇 차례 숨을 들이쉬고 내쉬는 호흡을 되풀이했고, 그러고는 입 끝으로 피식 웃었습니다.

"……그런가?"

"그래. 그러니까 좀 더 많은 사람들이 읽을 수 있게 언니 소설을 책으로 만들어달라고 하자."

미나미 언니는 대답하지 않았습니다. 그 대신 앞만 바라보며 내내 순순히 웃는 얼굴이었습니다. 미나미 언니가 내 제안을 받아들여준 것 같아 나는 흐뭇한 기분으로 언니와 똑같은 표정으로 우리 앞에 펼쳐진 하늘을 보았습니다.

하지만 내 흐뭇한 기분은 오래 가지 못했습니다.

"행복이란 무엇인가……."

하늘에 몸이 빨려들 것 같다고 생각하는 참에 미나미 언니가 돌연 말했습니다.

"행복이란 무엇인가, 에 대한 답은 나왔어?"

그 물음에 나는 애써 잊으려 했던 일이 다시 떠올라서 시선을 콘크리트 바닥으로 떨구었습니다.

"이제 됐어, 그건."

"답을 찾았어?"

"아니. 하지만 이제 그냥 됐어."

"그게 뭔 소리야? 칫, 내가 어렵사리 답을 찾아왔는데."

미나미 언니의 말에 나는 깜짝 놀랐습니다. 이제 그건 됐다고 생각했었고 그렇게 말로 내뱉기까지 했지만 미나미 언니가 찾아왔다는 답이 무엇인지 궁금해서 견딜 수 없었습니다.

"뭔데? 알려줘, 알려줘."

"이제 됐다고 하지 않았냐?"

"응, 이제 됐어. 하지만 미나미 언니가 생각한 답은 알고 싶어."

미나미 언니는 짐짓 뜸을 들이듯 앞머리 안쪽의 눈으로 내 눈을 잠시 바라보았고, 그러고는 역시 중요한 얘기라서 그런지 내 쪽은 쳐다보기 않은 채 저 앞의 하늘만 보면서 마치 뭔가를 툭 내려놓듯이 말했습니다.

"내가 여기에 있어도 된다고 인정받는 것."

미나미 언니의 대답에 나는 고개를 갸웃했습니다.

"여기라니, 이 옥상? 혹시 이 건물 주인에게 여기 있어도 된다고 인정을 받은 거야?"

"……뭐, 그럴지도."

미나미 언니는 미나미 언니를 흉내 낸 나를 흉내 낸 미나미 언니를 흉내 낸 나를 흉내 냈습니다.

미나미 언니가 말한 행복에 대한 답의 의미, 나는 그걸 아직 잘 알 수 없습니다. 역시 내 행복에 대한 답은 나 스스로 찾아야 하는구나, 라고 생각했습니다.

미나미 언니와 새로 읽기 시작한 책 이야기를 하다 보니 하늘에 붉은 노을이 지고 바람도 차가워지고 어느 새 멀리서 종소리가 들려왔습니다.

"이제 그만 돌아갈 시간이야, 꼬맹아."

미나미 언니의 그 말을 듣고서도 나는 평소처럼 자리에서 일어나 네 발 달린 친구에게 가자는 말을 하지 않았습니다.

"집에 안 가도 돼?"

"집에 가고 싶지 않아."

"꼬맹아, 부모님 속 썩이지 마라."

"됐거든?"

내 말에 미나미 언니는 피식 웃었습니다.

"혼났구나?"

"혼난 거 아냐. 싸운 거지."

미나미 언니는 웃는 얼굴 그대로 내 쪽을 돌아보았습니다. 재미있는 얘기도 아닌데 왜 웃는 거야, 실례잖아, 이건, 하고 나는 잠깐 분개했습니다.

"잘 들어, 꼬맹아. 지금부터 집에 가면 엄마는 평소와 똑같이 저녁밥을 차려놓았을 거야. 평소와 똑같이 맛있는 밥을……. 그걸 먹을 때, 딱 한 마디만 해. 어제는 잘못했어요, 라고."

"싫어!"

"고집불통 꼬맹이네."

"잘못한 건 내가 아니라 엄마 아빠란 말이야."

"싸움의 이유 따위, 어차피 사소한 것이잖아?"

미나미 언니의 말투에 나는 조금 불끈했습니다.

"사소한 거 아냐. 항상, 매번, 아빠도 엄마도 일, 일, 하면서 나하고 한 약속을 안 지켜!"

"일은 네가 생각하는 것보다 훨씬 더 중요한 거야."

"흥, 그래, 딸보다 일이 훨씬 더 중요하겠지."

"그건 아니지."

"그럼 왜 항상 나하고 한 약속보다 일을 먼저 챙겨? 이번만 해도 그래, 멀리 출장을 가야 해서 수업참관에 올 수 없다잖아!"

"어……!"

내가 말을 마치는 것과 미나미 언니가 뭔가 말하려고 한 것은 거의 동시였습니다. 정면에서 강한 바람이 한 차례 불었습니다. 갑작스런 바람에 나는 눈을 꾹 감았습니다.

이윽고 바람이 내 긴 머리로 장난치는 것을 멈추자 나는 천천히 눈을 뜨고 다시 한 번 미나미 언니 쪽을 보았습니다.

단 몇 초. 바람이 앗아간 것은 단 몇 초일 터였습니다.

그래서 그 짧은 시간에 대체 무슨 일이 일어났는지 나는 언뜻 알지 못했습니다.

"……미나미 언니?"

그건 마치 손을 대면 바짝 움츠러드는 미모사 같았습니다.

미나미 언니의 얼굴에서도 입가에서도 조금 전의 웃음기는 완전히 사라지고 없었습니다.

아무런 전조도 없었던 미나미 언니의 변화에 나는 깜짝 놀랐습니다.

"왜 그래?"

내가 물어봤는데도 미나미 언니는 대답하지 않았습니다. 그냥 말없이 강하게 고개를 저을 뿐이었습니다. 아무것도 아니다, 라고 말하고 싶었던 것이겠지요. 하지만 아무것도 아닌 게 아니라는 것쯤은 어린 나도 충분히 알 수 있었습니다.

"미나미 언니……."

"나노카……."

미나미 언니의 목소리는 파르르 떨렸습니다. 그 떨리는 목소리로 나를 불렀습니다. 미나미 언니가 '꼬맹이'가 아니라 내 이름으로 불러준 것이 처음이었기 때문에 나는 묘한 기분이 들었습니다. 왜 내 이름으로 불러줬는지도, 미나미 언니가 파르르 떠는 이유도 알지 못했습니다. 그래서 다시 한 번 물었습니다.

"왜 그래?"

"나노카……, 한 가지, 나하고 약속해."

미나미 언니는 내 질문을 무시했습니다. 그리고 다시 뜻밖의 일이 일어났습니다. 미나미 언니가 나를 똑바로 마주보더니 내 어깨를 움켜잡은 것입니다. 정면으로 보는 미나미 언니의 앞머리 안쪽의 눈은 지금까지 본 적이 없는 빛깔이었습니다.

"야, 약속?"

"응, 약속. 아니, 내 부탁이라고 해도 좋아. 잘 들어."

"갑자기 왜 그래, 미나미 언니?"

"아무튼 내 말 잘 들어. 딱 한 가지야. 지금 집에 돌아가면 반드시 엄마 아빠와 화해해."

의미를 알 수 없는 미나미 언니의 부탁. 나도 모르게 고개를 젓는 내게 미나미 언니는 말을 이었습니다.

"내 말 들어봐. 네 마음은 잘 알아. 섭섭하기도 하고 억울하기도 했겠지. 그래서 네 성격에 심한 말도 했을 거야. 고집이 세서 뒤로 물러설 수 없다는 것도 알아. 하지만 그래도 오늘은 꼭 네가 먼저 사과해. 잘못했어요, 라고 말해."

"시, 싫어. 애초에 잘못은 엄마랑 아빠가……."

"평생 후회할 일이 된단 말이야!"

바람을 칼로 자르는 듯한 미나미 언니의 큰소리에 이번에는 내가 파르르 떨었습니다. 그러다 미나미 언니의 얼굴을 보고 다시 한 번 파르르 떨었습니다.

미나미 언니는 화가 나 있었습니다. 게다가 왜 그런지 이번에는 그 분노를 명백히 내게로 향하고 있었습니다.

뭐가 뭔지, 어린 나는 도통 알 수 없었습니다. 그런 나를 무시하고 미나미 언니는 계속 말했습니다. 의미를 알 수 없는 말을, 계속.

"후회하고 있어. 지금도 후회하고 있다고! 그때 왜 잘못했다고 말하지 않았을까. 이제는 싸울 수도 없어. 혼이 날 수도 없어. 저녁을 함께 먹을 수도 없단 말이야!"

"미나미 언니……, 무슨 얘기야?"

"나는 이제 더 이상 잘못했다고 말할 수가 없어. 그러니까……

제발 부탁이야……."

미나미 언니의 눈에서 투둑 한 줄기 눈물이 떨어졌습니다. 내가 아는 한, 어른의 눈물만큼 어린아이를 깜짝 놀라게 하는 것은 없습니다.

자신이 울고 있다는 것을 깨닫고 그걸 감추려고 한 것이겠지요. 미나미 언니는 옷소매로 거칠게 눈을 훔쳤습니다.

"잘 들어, 인생이란 자신이 써내려가는 이야기야."

미나미 언니는 내가 늘 입버릇처럼 하던 말투를 따라했습니다. 하지만 나는 그 답을 얼른 알아듣지 못했기 때문에 남들이 항상 내게 했던 것과 똑같이 "무슨 뜻이야?"라고 묻고 고개를 갸우뚱했습니다.

"퇴고와 첨삭, 자신이 어떻게 하느냐에 따라 해피엔드로 바꿔 쓸 수 있다는 뜻이야. 잘 들어, 엄마 아빠와 절대 싸우면 안 된다는 말이 아니야. 하지만 싸움과 화해는 한 세트라는 것을 그때 나는 알지 못했어. 하지만 너는 똑똑하니까 금세 알 거야. 엄마가 수업참관에 못 간다는 것을 알았을 때, 너만큼 엄마도 슬펐다는 거. 함께 놀아주지 못해서 엄마도 너만큼 안타깝다는 거. 그런데도 네가 가장 좋아하는 것을 먹이려고 일하고 또 일하고, 그 와중에도 엄마가 왜 저녁식사만은 반드시 너와 함께해주는지, 아빠가 왜 생일이면 반드시 네가 원하는 것을 사오는지, 그 이유를 너는 분명 잘 알고 있을 거야."

"……."

미나미 언니의 말을 듣고 나는 추억 속에서 기억들을 끄집어냈습니다.

일이 끝나지도 않았는데 일부러 집에 들러 나와 함께 저녁을 먹고 다시 일하러 가는 엄마. 내가 갖고 싶다고 한 봉제인형이 근처 가게에 없다면서 저 먼 동네까지 사러갔던 아빠. 오늘 아침, 나는 화가 나서 입도 뻥긋하지 않았는데, 차려놓은 아침밥도 먹지 않았는데, 집을 나서는 내 등 뒤로 들려온 "잘 다녀와"라는 말.

나는 하나하나 떠올렸습니다.

"나처럼 싸우고 화해도 못한 채, 더 이상 만나지 못하는 일은 없었으면 좋겠다."

그 말을 듣고서야 마침내—그제야 겨우—나는 미나미 언니가 왜 어른인데도 울어버렸는지 알았습니다.

"그러니까 약속해. 오늘 못해도 괜찮아. 내일이라도 좋아. 하지만 반드시 화해한다고 약속해. 시간은 다시 돌아오지 않아."

미나미 언니는 앞머리를 쓸어 올리고 내 눈을 똑바로 보았습니다. 처음으로 보는 미나미 언니의 하얀 얼굴은 아바즈레 씨처럼 투명하고 할머니처럼 다정하고 멋있었습니다.

나는 친구의 부탁을 허투루 생각하는 아이는 아닙니다. 하지만 어제 일을 금세 잊어버리는 머리 나쁜 아이도 아닙니다.

그래서 생각했습니다. 많이, 아주 많이, 생각했습니다. 내 작은 머리로 정말 많이 생각했습니다.

무엇이 올바른 것인가, 무엇이 똑똑한 것인가, 무엇이 착한 것인가.

그리고 생각 끝에 나는 미나미 언니의 얼굴을 보며 고개를 끄덕였습니다.

"알았어. 약속할게."

나의 그 말 한 마디에 미나미 언니의 눈 끝에 남아 있던 마지막 한 방울이 툭 떨어졌습니다.

"고맙다."

"근데 미나미 언니, 나한테도 약속해줘."

이번에는 미나미 언니가 의아한 얼굴을 할 차례였습니다.

"책을 출간하라고?"

"응, 그것도 있어. 하지만 그보다 더 중요한 거야. 꼭 약속해줬으면 좋겠어. 미나미 언니는 행복이란 무엇인지 알아냈잖아? 하지만 전에는 행복하지 않다고 말했었어. 나는 친구가 행복하지 않은 거 너무 싫어. 그러니까 부탁해. 미나미 언니도 다시 고쳐 써줘."

울고 있는 미나미 언니를 보고, 지난번에 울음을 터뜨린 내게 건네준 손수건이 생각나서 나는 미나미 언니의 행복을 빌어주지 않을 수 없었습니다. 내 친구는 언제라도 웃으며 살아주면 좋겠다, 그렇게 빌지 않을 수 없었습니다.

내 부탁에 미나미 언니는 어리둥절한 얼굴이었습니다. 하지만 금세 피식 웃으면서 천천히 고개를 끄덕였습니다.

"약속할게. 응, 약속해."

짧은 새끼손가락을 걸고 약속하는 우리 두 사람을 금빛 눈동자의 친구가 올려다보았습니다. 아마도 그녀는 무슨 일인지 알지 못하겠지요. 실은 나도 미나미 언니가 어째서 이렇게까지 나와 엄마를 걱정해주는지, 그 이유는 알지 못했습니다. 하지만 내가 엄마와 화해하지 않으면 안 되는 이유는 똑똑히 알았습니다.

"또 보자."

나와 작은 친구가 옥상을 떠날 때, 미나미 언니는 이쪽을 보며 그렇게 말했습니다. 평소에는 손을 홰홰 털며 보냈었는데 오늘은 이쪽을 향해 인사를 해주는 것이 기뻐서 나는 미나미 언니에게 빙긋 웃음을 건넸습니다. 오늘은 미나미 언니와 전보다 훨씬 더 각별한 친구가 되었다는 것이 정말로 뿌듯했습니다.

약간 빠른 걸음으로 집에 돌아왔고 벌써 엄마가 와있다는 것을 아파트 아래 서있는 파란색 차를 보고 알았습니다.

나는 작은 친구와 헤어지고, 한 차례 심호흡을 했습니다.

그렇게 준비를 하고 엘리베이터로 우리 가족의 집이 있는 십일 층까지 올라갔고, 복도를 지나 현관문 앞에 선 참에 다시 한 번 심호흡을 했습니다. 마음속에 틈새를 만든 것이지요. 그래서 슬픔과 섭섭함, 억울함 같은 나쁜 놈들을 한쪽 구석으로 밀쳐내는 것입니다. 그러면 그 빈 틈새에 나는 얼마든지 즐거운 것들을 채워 넣을 수 있으니까요. 그렇게 나 자신을 타이르며 몇 번이고 미나미 언니의 얼굴을 떠올렸습니다.

각오를 하고 나는 몇 번 숨을 들이쉰 상태에서 심호흡을 멈췄습니다. 그대로 열쇠를 꽂고 손잡이를 잡은 뒤 들이쉰 숨을 모조리 토해낸다는 마음으로, 타고난 큰 목소리의 인사로 온 집안을 왕왕 울렸습니다.

"다녀왔습니다!"

급식 끝나고 쉬는 시간. 청소를 하고 나자 평소에는 바보 같은 남자애들의 시끄러운 소리만 울리던 교실에 평소에는 없던 어른들이 마치 작은 새 같은 소리를 내고 있었습니다.

오늘은 수업참관일. 특별한 행사 날이라는 건 알고 있지만 막상 그날이 되자 예상보다 훨씬 어색한 분위기여서 나는 우선 수업이 시작되기 전까지 어떻게 해야 할지 몰라 내내 책상에 엎드려 있었습니다. 그러자 내 몸 상태가 안 좋다고 생각했는지 웬일로 키류가 먼저 말을 걸었습니다.

"나, 나노카, 괜찮아?"

"괜찮아. 걱정해줘서 고마워."

"나노카는 아빠와 엄마, 어느 쪽이 오셨어?"

진짜 키류 녀석, 웬일로 자기가 먼저 말을 걸어준다 했더니만 이런 쓸데없는 소리를 합니다.

"둘 다 안 왔어. 일이 바쁘대."

"그, 그렇구나."

"키류 너는, 아빠?"

"아니, 아빠는 일하러 가서 엄마가 왔어. 그날 둑길에서 만났을 때는 아빠가 쉬는 날이었어."

키류가 평소보다 말을 많이 한 것은 엄마가 와준 게 좋았기 때문일까요. 나는 순수하게, 좋겠다, 부럽다, 하는 마음이었습니다. 그런 얘기를 하는 것도 왠지 짜증이 나서 나는 키류에게 "너희 아빠는 공원과 관련된 일을 해?"라고 줄곧 궁금했던 것을 묻고 싶었지만 이번에도 묻지 못했습니다.

드디어 수업이 시작되고 히토미 선생님의 지시에 따라 우리는 인사를 했습니다. 평소보다 다들 목소리가 쩌렁쩌렁한 게, 나 이외의 친구들은 모두 엄마 아빠 앞이라 잔뜩 신이 난 모양입니다. 히토미 선생님이 "다들 평소보다 씩씩하구나"라고 말해서 나는 역시나 히토미 선생님은 허당이라고 생각했습니다.

오늘 수업은 지금까지 연구해온 행복이란 무엇인가에 대해 각자의 생각을 중간 발표하는 것입니다. 교실 가장 앞줄에 앉은 아이부터 차례대로 자리에서 일어나 자신의 생각을 말합니다.

나와 키류는 맨 끝 자리라 발표순서도 맨 끝입니다. 뒷자리라서 어른들이 소곤소곤하는 소리가 다 들렸습니다. 나는 히토미 선생님이 왜 주의를 주지 않는지 모르겠다고 생각했습니다.

우리 반 아이들의 대답 속에 힌트가 될 만한 게 있을지도 모른다는 생각에 나는 조용히 발표를 들었습니다. 하지만 그런 건 없었습니다. 하나같이 맛있는 간식이나 재미있게 놀았던 것 같은, 내가 지금까지 떠올렸다가 내버린 아이디어만 줄줄 늘어놓았습니다. 그런 속에서 단 한 사람, 책에 대한 이야기를 한 오기와라는 역시 대단하다고 생각했습니다.

한 명 두 명 발표가 끝나고 마침내 옆자리 키류의 차례였습니다.

키류가 그림에 대한 말을 할지도 모른다, 그렇게 조금쯤은 기대를 품었던 내가 바보였습니다. 키류는 벌벌 떨면서 자리에서 일어나 자신의 작문을 손에 들고 세 번째 전의 아이가 말했던 시시한 내용과 똑같은 소리를 한 것입니다.

"어휴, 이 겁쟁이!"

자리에 앉은 키류에게 내 말이 들렸는지 어떤지는 모르겠습니다. 아무튼 그는 여전히 아무 대꾸도 하지 않았습니다.

그리고 내 차례가 돌아왔습니다.

나는 천천히 자리에서 일어섰습니다. 오늘 발표를 위해 숙제로 써오라고 선생님이 건네준 원고지. 나는 행여 잘못 읽지 않도록 눈을 크게 떴습니다. 내 작문, 그 첫 문장은 이렇습니다.

나는 아직 행복이 무엇인지 알지 못합니다…….

엄마 아빠가 오지 않아서 숙제를 대충대충 날림으로 한 게 아닙니다. 나는 내 작은 머리로 많이, 아주 많이, 생각했습니다. 미나미 언니가 내린 답의 의미도 생각해보고, 미나미 언니의 눈물도 떠올려봤습니다. 하지만 그래도 나는 아직 내 마음에 딱 맞는 모양새의 답을 찾아내지 못한 것입니다.

거짓말은 나쁜 짓입니다. 그래서 나는 생각하고 생각하다가 이런 발표를 선택했습니다.

히토미 선생님의 웃는 얼굴을 보고, 고개 숙인 키류를 보고, 내 쪽을 향한 오기와라를 본 뒤에 나는 작문을 가슴 높이까지 들고 읽어 내려갔습니다. 아니, 읽어 내려가려는 바로 그때였습니다.

누군가 복도를 뛰어오는 소리가 들렸습니다. 퉁탕퉁탕퉁탕. 그건 우리 실내화 소리가 아니었습니다. 진짜 어른이 되면 복도에서 뛰어서는 안 된다는 것도 잊어버리는 걸까요. 나는 그 퉁탕퉁탕을 무시하고 얼른 내 글을 읽어버리기로 했습니다.

하지만 그럴 수 없었습니다. 퉁탕퉁탕은 우리 교실 앞에서 멈추고, 게다가 교실 뒷문을 드르륵 열었던 것입니다.

어휴, 대체 누구야, 내 발표를 방해하는 사람.

그렇게 생각한 순간이었습니다. 히토미 선생님이 복도를 뛰어온 나쁜 어른에게 주의를 주는 게 아니라 유난히 환한 웃음을 지으며 말했습니다.

"어머, 마침 잘 됐네요!"

뭐가 마침 잘 됐다는 건가. 내가 고개를 갸우뚱하자 교실 뒤쪽을 바라보던 히토미 선생님의 유난히 환한 웃음이 왜 그런지 내게로 쏟아졌습니다.

저절로 나는 뒤를 돌아보았습니다. 돌아볼 수밖에 없었습니다.

그리고 히토미 선생님과 똑같이 환하게 웃으며 나는 작문 내용을 바꿔 이렇게 읽어 내려갔습니다.

"나의 행복은 지금 이곳에 엄마 아빠가 와준 것입니다!"

나는 아바즈레 씨와의 약속을 깼습니다. 엄마 아빠에게 똑똑한 나를 보여준다고 말했었는데 그냥 어리석은 어린애처럼 당장 이

자리에서 생각난 것을 말할 수밖에 없었습니다.

하지만 그 말에 거짓은 하나도 없었습니다. 그 뒤를 준비하지 않았기 때문에 내 발표는 다른 아이들보다 짧은 것이 되고 말았습니다. 그런데도 히토미 선생님은 유난히 환하게 웃는 얼굴 그대로 내게 박수를 쳐주었습니다.

"어떻게든 꼭 와보고 싶어서 아빠와 상의해 오전 중에 일을 마무리하고 달려왔어."

그날 밤, 우리는 오랜만에 온 가족이 모여 저녁식사를 함께했습니다. 어디 레스토랑에 가자고 했지만 나는 엄마 요리를 먹고 싶다고 말했습니다. 내 사정만 밀어붙인 그 부탁을 엄마는 웃는 얼굴로 받아주었습니다.

아주 맛있는 큼직한 고로케를 먹으며 나는 미나미 언니에게 꼭 감사인사를 해야겠다고 생각했습니다. 내일 학교가 끝나는 대로 내 작은 친구와 함께 그 옥상에 가자고 마음속 깊은 곳에서 결심했습니다.

다음날, 학교가 끝나고 검은 털이 고운 그녀를 만나자 곧장 언덕으로 향했습니다. 평소 같으면 누구에게 먼저 갈지, 레스토랑 메뉴보다 더 망설인 끝에 결정했겠지만 오늘은 아침부터 미나미 언니에게 가기로 정했습니다.

언덕 아래 작은 공원에서는 여느 때처럼 나보다 작은 어린아이들이 뛰어놀았습니다. 평소에는 엄마와 함께 공원에 나온 아이들이 부럽기도 했지만 오늘은 그런 건 없었습니다. 나는 이제 엄마 아빠와 내가 누구보다 강하게 맺어져 있다는 것을 잘 아니까요.

　오른쪽 언덕길과 왼쪽 계단, 나는 내 의지로 왼쪽 계단을 선택했습니다. 계단을 오르기 전부터 이마에 땀이 난 것은 강한 햇볕 때문만은 아닙니다. 내 머릿속이 온통 미나미 언니와의 만남에 대한 기대로 가득 차 있었기 때문입니다.

　한 걸음 한 걸음 계단을 올라가다가 오늘은 드물게도 우리 이외의 사람을 마주쳤습니다. 혹시 그 건물의 주인인가? 그렇다면 나는 항상 그곳을 이용했던 것에 대해 감사인사를 하지 않으면 안 됩니다. 하지만 내 마음대로 드나든 것에 대해 화를 낼지도 모른다는 생각이 들어서 나는 정장 차림의 아저씨에게 "안녕하세요?"라는 인사만 건넸습니다. 아저씨는 뭔가 어리둥절한 얼굴이었습니다. 그래도 다정하게 "응, 안녕?"이라고 답해주었습니다. 왜 그런지 어른들은 아이들에게는 인사를 잘하라고 가르치면서도 막상 인사를 받으면 어리둥절한 얼굴을 하는 경우가 대부분이더라고요.

　좀 더 올라가자 항상 보던 철문이 보였습니다. 평소에는 대부분 열려 있지만 이따금 누군가 점검을 하러 오는지, 닫혀 있을 때도 있습니다.

　오늘은 닫혀 있었습니다. 그리고 처음 보는 광경이 그곳에 펼쳐졌습니다. 철문 안으로 길게 이어진 계단이 보여야 하는데 오늘은 그 계단을 어른 둘이 가리고 서 있었습니다. 두 사람 앞에는 검정색과 노란색 줄무늬 테이프가 둘러쳐졌습니다.

무슨 일이지? 내가 알지 못하는 것을 그대로 그 어른들에게 물어보려고 하자 두 사람 중의 한 사람, 우리 아빠보다 나이가 많아 보이는 아저씨가 먼저 말을 건넸습니다.

"애, 산책 중인 모양인데 미안하구나. 여기서부터는 들어갈 수 없어."

"그래요? 왜요?"

"저 위에서 공사를 하고 있어. 위험하니까 여기서부터 통행금지야."

나는 고개를 갸웃했습니다.

"공사라니, 무슨 공사예요?"

"저 위에 오래된 건물이 있거든. 무너지면 위험하니까 지금 철거 중이야."

저 위에 오래된 건물, 이라는 건 하나밖에 없습니다. 나도 모르게 큰소리가 터졌습니다.

"앗, 안 돼요!"

어른들은 놀란 얼굴이었습니다.

"혹시 친구들과 비밀기지로 이용했었니? 하지만 그곳은 이제 정말 위험해. 거기서 놀다가는 무너진 건물에 깔릴 수도 있어."

비밀기지. 그 말은 나와 미나미 언니의 그 옥상 분위기와 딱 맞는 것이었습니다. 그래서 더더욱 그런 딱 맞는 말을 들은 나는 그곳이 철거된다는 게 안타까워 견딜 수 없었습니다. 무엇보다 미나미 언니의 슬퍼하는 얼굴은 보고 싶지 않았습니다.

"오늘 여기에 고등학생 언니 안 왔어요?"

"고등학생? 아니, 못 봤는데? 어이, 자네는 봤어?"

아저씨가 옆의 젊은 남자에게 묻자 그는 고개를 저었습니다.

"여기서 만나기로 약속했어?"

"네, 맞아요. 근데 그 철거 공사는 건물 주인이 정한 거예요?"

"응? 뭐, 그렇지."

그렇다면 어쩔 수 없다, 라고 나는 생각했습니다. 오래 유지하는 것도 철거해버리는 것도 집 주인이 결정할 일이라는 긴 이런 나도 잘 알고 있습니다. 가능하면 오래 유지해줬으면 하는 바람이 있지만, 말도 없이 드나든 우리가 하는 말 따위, 어른들은 들어주지 않겠지요.

너무도 안타깝지만 나는 그 건물, 그리고 옥상을 포기하지 않으면 안 된다고 깨달았습니다.

"저, 부탁이 있는데요."

나는 웃는 얼굴이 착해 보이는 아저씨에게 말을 전하기로 했습니다.

"뭔데?"

"미나미 언니라는 고등학생이 오면 초등학생 꼬맹이는 저쪽 언덕길 끝의 커다란 나무집에 있다고 전해주세요."

"그래, 꼭 전해주마."

아저씨와 새끼손가락을 걸어 약속하고, 나는 꼬리 끊긴 그녀와 함께 계단을 내려와 할머니 집에 가기로 했습니다.

그날은 할머니 집에서 과자를 먹으며 미나미 언니를 기다렸지만 집에 돌아갈 시간이 되어도 미나미 언니는 오지 않았습니다. 다음 날도 그다음 날도 미나미 언니는 오지 않았습니다. 할머니에게 미나미 언니가 오면 알려달라고 말했지만, 역시 내가 없을 때도 미나미 언니는 오지 않은 모양입니다.

한참 지난 뒤에 그 건물이 서있던 광장에 가보니 이제 자갈 깔린 땅바닥 말고는 모든 게 깨끗이 사라져버려서 나는 몹시 섭섭한 기분을 맛보았습니다. 마치 옥수수 수프에 옥수수가 한 알도 안 들었을 때처럼.

결국 그 이후로 나는 미나미 언니를 한 번도 만나지 못했습니다.

이상한 일이 몇 가지 더 있었습니다. 첫 번째는, 분명 같은 동네에 살 텐데도 미나미 언니를 마주치기는커녕 똑같은 교복을 입은 고등학생조차 단 한 명도 본 적이 없다는 것입니다.

두 번째는, 미나미 언니가 건네준 손수건, 내가 소중히 책상 속에 넣어둔 그 손수건이 없어져버린 것입니다. 아무리 찾아봐도 눈에 띄지 않아서 그야말로 안타깝다는 말로는 다할 수 없을 만큼 안타까운 마음이었습니다.

그리고 마지막 한 가지가 가장 이상한 일입니다. 나는 미나미 언니가 쓴 소설이 어떤 이야기였는지, 하나도 떠올릴 수 없었습니다. 그토록 크게 감동했는데, 그토록 새로운 세계를 목격했는데, 그 포만감은 모두 다 기억나는데, 아무리 머릿속에 떠올려보려고 해도 이야기 내용이 전혀, 하나도, 생각나지 않는 것입니다.

　이상한 일은 멋진 일이다, 라는 말을 소설책을 아주 많이 읽어본 나는 잘 알고 있습니다. 하지만 그런 나도 미나미 언니와의 사이에서 일어난 이상한 일에는 수없이 고개를 갸웃거렸습니다.

　그것이 미나미 언니와 나의 작별이었습니다.

6

이제 곧 본격적인 여름입니다. 기온이 점점 올라가서 나는 아바즈레 씨와 함께 선풍기 바람을 맞으며 아이스바를 먹었습니다.

"신기해요, 선풍기 찬바람을 맞으면 아이스바가 평소보다 빨리 녹아요."

"바람이 불면 아이스바에 따뜻한 공기가 자꾸자꾸 닿기 때문이야."

"이렇게 시원한 바람인데요?"

"꼬마 아가씨에게는 시원한 바람이지. 하지만 아이스바에게는 뜨끈한 바람이겠지?"

나는 갑자기 눈이 번쩍 뜨인 것처럼 감탄했습니다. 역시나 아바즈레 씨는 나보다 훨씬 더 똑똑합니다.

하지만 그런 아바즈레 씨도 미나미 언니가 사라져버린 비밀에 대해서는 전혀 알지 못하는 모양입니다. 그래서 미나미 언니와의

116

일은 이상한 것 중에서도 진짜 이상한 일이라고 생각했습니다.

"인생이란 수박 같은 것이에요."

"무슨 뜻이지?"

"거의 모든 부분을 먹을 수 있지만, 먹다보면 입 안에 아주 작은 먹을 수 없는 것들이 남아요."

"아하하, 그러네. 하지만 먹지 못해도 어딘가에 묻으면 싹이 나올지도 몰라."

"와아, 멋있다!"

"그나저나 꼬마 아가씨, 배고프지 않아?"

"완전 배고파요. 여름에는 식욕이 떨어진다고 히토미 선생님이 말했는데, 정말 그것도 이상한 일 중의 하나예요. 나는 날이 더우면 에너지를 더 쓰니까 더 많이 먹어야 한다고 생각해요."

"그러면 꼬마 아가씨에게 심부름 좀 부탁할까. 슈퍼에 가서 잘라 파는 수박 좀 사다줄래?"

"네, 다녀올게요!"

나는 신이 나서 아바즈레 씨에게서 돈을 받자마자 벗어둔 노란 양말을 신었습니다. 아바즈레 씨는 일하기 전에 화장을 해야 해서 집에 있기로 했습니다. 아이스바도 그렇지만 나는 수박도 정말 좋아합니다. 내 친구 아바즈레 씨가 나와 똑같은 걸 좋아한다는 게 너무 기뻤습니다.

"혹시 유령이었나?"

내가 뙤약볕 아래 나서기 전에 보리차로 몸속의 수분을 보충하고 있는데 아바즈레 씨가 얼굴에 크림을 바르며 말했습니다.

"무슨 얘기예요?"

"미나미 언니 말이야."

유령? 그건 나로서는 상상도 못해본 미나미 언니의 정체였습니다. 나는 미나미 언니의 얼굴을 머릿속에 떠올렸습니다.

"하지만 미나미 언니는 투명하지 않았어요. 발도 있었고. 어느 쪽인가 하면 유령이라기보다 토토로*가 더 잘 어울리는 것 같아요."

"아하하, 그렇구나. 그러면 꼬마 아가씨가 어린아이인 동안에 분명 다시 만날 수 있겠네."

분명 그럴지도 모른다고 생각했습니다. 나는 미나미 언니와 다시 만날 날을 두근두근 고대하고 있습니다.

"다녀오겠습니다!"

신발을 신고 호주머니에 돈을 넣고, 문 앞의 그늘에서 뒹굴뒹굴 놀고 있던 작은 친구와 함께 가까운 슈퍼에 가기로 했습니다.

바깥은 무척 더웠습니다. 해뿐만 아니라 땅바닥과 벽까지 뜨거운 공기를 뿜어내서 나는 보리차를 마시고 오기를 잘했다고 생각했습니다. 그 보리차가 아니었다면 슈퍼에 도착하기도 전에 작은 미라가 되어버렸을지도 모릅니다.

여름날에 어울리지 않게 검은 털을 껴입은 그녀는 그늘만 찾아가며 걸었습니다. 그녀는 네 개의 발에 신발조차 신고 있지 않으

---

*미야자키 하야오 감독의 애니메이션 〈이웃집 토토로〉의 캐릭터. 어린아이의 눈에만 보이는 신비한 생명체이다.

니까 그건 당연한 일입니다. 별수 없이 그늘이 전혀 없는 곳에서는 내가 품에 안고 이동했습니다. 내 품에 안겨 있는 동안에 그녀는 내내 "냐아냐아~"하고 노래를 불렀습니다. 나도 박자를 맞춰 함께 노래합니다.

"행복은 제 발로 찾아오지 않아~."

"냐아냐아~."

대형슈퍼 앞에 도착해보니 수많은 사람들이 자동문으로 들락날락하는 모습이 마치 슈퍼가 수박을 먹고 씨를 뱉어내는 것 같았습니다. 출입구 쪽으로 안에서 흘러나오는 차가운 바람은 슈퍼의 날숨인 것 같아서 나는 그 상쾌함에 저절로 발이 멈추는 바람에 잠시 다른 사람을 방해하고 말았습니다.

"너는 여기서 기다려."

"냐아~."

그녀를 앉혀두기에 딱 좋은 응달에는 이미 선약이 있었습니다. 그녀보다 몇 배나 몸집이 큰 금색 개가 목에 줄을 매단 채 앉아 있었던 것입니다. 그녀는 그를 무서워하는 법도 없이 옆에 널름 앉았습니다. 그녀의 존재를 알아차린 그가 그녀를 보고 그녀도 그를 보고, 둘은 한동안 서로를 빤히 응시합니다. 어라, 혹시 사랑이 시작되는 건가요?

악녀인 그녀가 성실해 보이는 그를 행복하게 해줄지 내심 걱정하면서 나는 둘 사이를 방해하지 않도록 조용히 슈퍼 안으로 들어가기로 했습니다.

슈퍼에 들어갈 때 우선 나는 항상 하던 대로 경비원 아저씨에게 인사를 합니다. 이야기 속 문지기처럼 출입구 옆에 각을 잡고 서있는 경비원 아저씨는 나의 인사에 경례로 답해줍니다. 전에는 아저씨가 출장 나온 경찰관인 줄 알았는데 그게 아니라 이 슈퍼를 전문으로 지키는 정의의 용사라는 것을 얼마 전에 마법사처럼 나이 많은 경비원 할아버지가 가르쳐주었습니다.

슈퍼에 들어서자 내 작은 코에 온갖 냄새가 동시에 밀려들었습니다.

나는 대형슈퍼를 아주 아주 좋아합니다. 몇 번을 들락거려도 이곳에는 한 번도 본 적이 없는 것이 있고 한 번도 먹어본 적이 없는 것도 많고, 그 속에 내가 가장 좋아하는 것도 보물처럼 묻혀 있습니다. 도서관에서 멋진 책을 찾아내는 것과 꼭 닮은 기쁨을 나는 이곳에서 느낍니다.

수박은 금세 찾았습니다. 둥글둥글한 것과 삼각으로 잘려진 것이 있어서 나는 아바즈레 씨와 함께 먹을 만큼 2인분을 잘라 파는 것으로 바구니에 넣었습니다. 수박 코너에는 네모난 수박도 있었습니다. 태어나 처음 본 것이라서 깜짝 놀랐습니다. 그건 둥근 수박에 비해 훨씬 값이 비싸서 역시나 수박도 색다른 쪽이 가치가 있구나, 하고 내 나름대로 납득했습니다.

원래 목표였던 수박은 찾았지만 나는 슈퍼 안을 좀 더 둘러보기로 했습니다. 내 작은 친구의 사랑을 방해하고 싶지 않기도 했고 시원한 곳에 조금 더 머물고 싶기도 했기 때문입니다.

생선을 구경하고 채소를 구경하고, 언젠가는 할머니처럼 되고 싶다고 생각하며 과자 재료코너에 있는 레시피 카드를 차례차례 들여다보고 있는데 돌연 뒤쪽에서 누군가 부르는 소리가 들렸습니다.

"고야나기 나노카!"

그 지적인 목소리에 나는 뒤를 돌아보았습니다. 그때 내 얼굴 표정은 오늘의 해님 같았겠지요.

"오기와라! 쇼핑하러 왔어?"

"응, 엄마 심부름. 너는?"

"나는 수박 사러 왔어. 날씨가 덥잖아."

"진짜 덥다. 어린 왕자처럼 어딘가 시원한 별에 가고 싶다."

역시나 오기와라다운 말이지요. 우리 반에서 『어린 왕자』를 읽어본 사람이라고는 나와 오기와라밖에 없을 거예요. 오기와라와 얘기를 나누는 것은 얼마 전에 내가 바오밥 나무에 대해 알려준 뒤로 처음이었습니다. 학교에서는 오기와라가 항상 다른 아이들과 어울리고 있었기 때문에 모처럼 이런 기회에 그와 대화를 할 수 있다는 게 나로서는 무척 기쁜 일이었습니다.

벌써 『흰 코끼리의 추억』을 다 읽어치운 오기와라는 나와 소설책에 대한 이야기를 나눴습니다. 5분? 10분? 나는 아바즈레 씨의 심부름을 왔다는 것도 까맣게 잊어버렸습니다.

바구니에 든 수박을 보고 원래 목적이 생각나는 바람에 몹시 아쉽기는 했지만 내가 좋아하는 아바즈레 씨를 오래 기다리게 할 수도 없어 이쯤에서 오기와라와는 작별하기로 했습니다.

나와 오기와라는 친구는 아닙니다. 대화도 어쩌다 나눌 뿐이고, 함께 도시락을 먹은 적도 함께 과자를 먹은 적도 없으니까요. 게다가 오기와라는 나한테만 말을 걸어주는 게 아니라 우리 반 누구에게나 다 그렇게 합니다. 물론 키류에게도. 그런데도 나는 오기와라와 나누는 대화가 아바즈레 씨나 미나미 언니와의 대화만큼 재미있고 두근두근 기대가 됩니다. 아마도 오기와라가 우리 반에서 나만큼 똑똑한 아이이기 때문이 아닐까요.

미지근해진 수박을 다른 수박과 바꿔 바구니에 넣은 다음 나는 그제야 계산대에 줄을 섰습니다. 잠시 기다리다가 계산대 언니 앞에 수박을 올려놓고 돈을 치르자 언니가 "심부름도 하고, 참 기특하구나"라고 말했습니다. 하지만 딱히 기특할 것도 없는 일이어서 "고맙습니다. 하지만 별로 기특하진 않아요"라고 답했습니다.

흰 비닐봉투를 받아 수박을 넣고, 자, 이제 아바즈레 씨 집으로 돌아가자, 라고 생각했을 때였습니다.

나는 그 자리에서 펄쩍 뛰었습니다.

갑작스럽게 들려온 고함소리에 화들짝 놀란 것입니다.

믿을 수가 없었습니다.

마치 전에 읽은 미스터리 소설 속 같은 일이 일어났습니다.

그것은 슈퍼 출입구 쪽이었습니다. 거친 고함소리가 들렸습니다. 깜짝 놀라 그쪽을 보니 경비원 두 명이 누군가를 덮쳐누르고 있었습니다. 바로 옆에는 자신의 얼굴을 마치 상처라도 감추려는 것처럼 부여잡고 있는 또 다른 경비원도 보였습니다. 고함소리는 바닥에 엎드린 세 사람이 내지른 것이었습니다.

"꼼짝 마!"

경비원 하나가 외치자 얼굴이 바닥에 짓눌린 사람은 슈퍼 안에 왕왕 울리는 의미 불명의 소리를 부르짖었습니다. 무슨 일인지는 모르겠지만, 누군가를 상처 입히려는 듯한 그 목소리에 나는 그 자리에서 발이 딱 얼어붙었습니다.

대체 무슨 일이지? 뭐가 뭔지 모른 채 너무 불안해서 내 작은 머리로 애써 생각을 가다듬고 있는데 나와 함께 멈춰 섰던 어른들이 "도둑질을 했나봐"라고 숙덕거렸습니다. 도둑질, 그게 무엇인지 나는 알고 있습니다. 남의 것을 훔치는 짓입니다.

저 사람은 도둑질을 하다 들켜서 붙잡힌 것인가. 나는 납득했습니다. 납득은 했지만 역시 한동안 움직일 수 없었습니다.

내가 겨우 발을 뗀 것은 출입구 쪽에서 휴대전화로 사진을 찍는 사람들을 경비원이 제지하고 있을 때쯤이었습니다. 나는 아직 휴대전화가 없습니다. 휴대전화가 있다고 해도 나쁜 사람의 사진 따위는 찍고 싶지 않습니다. 얼굴은 보이지 않지만 분명 무서운 얼굴일 게 틀림없습니다. 슈퍼 출입구에서 도둑은 어딘가로 끌려갔고 슈퍼 안은 다시 평소의 소란으로 돌아왔습니다.

사람들이 출입구로 개미처럼 흩어지고 나는 그 틈을 노려 밖으로 나가기로 했습니다. 무서운 일이 일어난 이곳에서 한시바삐

달아나고 싶었던 것입니다. 나오면서 얼핏 보니 조금 전에 격투가 벌어진 곳에 붉은 피가 점점이 떨어져 있었습니다. 나는 얼른 시선을 돌리고 밖으로 뛰쳐나와 더운 공기 속에서 한껏 심호흡을 했습니다. 나는 마음속에 틈새를 만드는 데 필사적이었습니다. 더운 공기는 마음속까지 차가워진 내 몸에 마침 맞게 스며들었습니다.

"냐아."

발밑을 보니 작은 친구가 혼자서 원망스러운 듯 이쪽을 보고 있었습니다. 그녀와 바람직한 관계를 맺었어야 할 금색 개는 이미 사라지고 없었습니다.

"그 눈빛은 뭐야? 아, 너를 잊었던 게 아니야. 이래저래 힘든 일이 있었다니까. 자, 아바즈레 씨에게 돌아가자."

불만스러운 듯한 그녀를 데리고 가면서 나는 가능한 한 조금 전의 사건을 떠올리지 않으려고 했습니다. 노래도 하고 별 의미도 없이 그녀를 품에 안기도 하고 그녀에게 그 개에 대해 물어보기도 했습니다. 하지만 내 마음속은 계속 꾸무럭했습니다. 이런 기분은 오래 전에 아빠 엄마가 집에서 큰소리로 싸웠을 때의 느낌과 비슷합니다.

나는 나쁜 짓을 하는 사람을 나무랄 수 있는 용기와 올바른 마음가짐을 갖고 있습니다. 만일 누군가가 내 눈 앞에서 도둑질을 했다면 분명 나는 그를 나무랐겠지요. 하지만 나쁜 짓을 한 사람이 잡혀가는 장면을 본 것뿐인데도 왜 이렇게 마음속이 꾸무럭할까요. 나는 알 수 없었습니다. 엄청난 뭔가를 목격해버렸다, 라는 기분이 드는 것입니다.

아바즈레 씨의 집에 도착한 뒤에도 뭔가 개운치 않았으니까 나는 아바즈레 씨가 수박을 차게 식히는 동안 그 꾸무럭한 마음에 대해 물어봤어야 했는지도 모릅니다. 하지만 나는 그 일을 말하고 싶지 않았습니다. 괜히 말을 꺼내서 그 광경이며 소리를 내 마음속 수면에 띄워 올리고 싶지 않았습니다. 그래서 즐거웠던 일만 말하기로 했습니다.

"슈퍼에서 우리 반 남자애를 만났어요. 잠깐 얘기도 했어요."

"꼬마 아가씨, 반 친구가 생겼구나? 다행이네. 친구 없다는 얘기 듣고 걱정했는데."

"친구는 아니에요. 중요한 이야기도 안 하고 따로 만나서 놀지도 않는데요, 뭘. 게다가 내 친구라면 아바즈레 씨와 저 아이, 그리고 미나미 언니와 할머니가 있잖아요."

"한 교실 아이들과도 친구가 되면 좋잖아. 나나 미나미 언니나 할머니처럼. 그렇게 안 하는 건 왤까?"

"그야 간단하죠. 마음의 거리를 느끼기 때문이에요."

아바즈레 씨는 뭔가 말하려다가 결국 "그런가?"라면서 미소를 지었을 뿐입니다. 하지만 뒤를 이어 내가 한 말에 왜 그런지 아바즈레 씨의 얼굴은 좀 더 진하게 웃는 얼굴이 되었습니다.

"그 남자애, 친구는 아니지만 함께 얘기하면 진짜 재미있어요. 책에 대해서도 잘 알고 아주 똑똑하거든요. 좀 더 오래 얘기하고 싶은데 그 애는 누구에게나 똑같이 잘해주는 애예요. 우리 반의 아무 생각 없는 아이들과는 다르니까 웬만하면 나랑 좀 더 얘기를 많이 하면 좋을 텐데."

"어라라?"

아바즈레 씨는 펜으로 눈가를 그리던 손을 멈추고 나를 돌아보았습니다. 아바즈레 씨의 웃음은 평소의 빙긋이 웃는 웃음과는 조금 달랐습니다. 느물느물, 이랄까? 그런 웃음을 보일 때, 어른들은 대개는 별로 좋지 않은 생각을 하고 있게 마련이죠.

"꼬마 아가씨, 그 아이를 좋아하는구나?"

"그야 뭐, 드물게도 우리 반에서 가장 마음에 든 아이니까요."

또 한 명, 좀 더 용기를 내준다면 마음에 들 것 같은 아이도 있지만 현재로서는 그런 기미가 영 보이지 않습니다. 수업참관 이후로 그는 자꾸만 나를 피하니까요.

"그런 얘기가 아니야."

"그런 얘기가 아니라뇨?"

"꼬마 아가씨, 그 아이를 사랑하는 거 아닌가?"

그 말을 듣고 나는 얼굴이 팡 터질 것처럼 창피했지만, 물론 실제로 얼굴이 터질 리는 없죠.

"그건 아니에요. 왜냐면 나는 그 아이에 대해 아무것도 몰라요."

"응, 그런 경우도 있지."

"사랑이라면, 결혼하고 싶다고 생각하는 거잖아요? 나는 그런 생각 한 번도 안 했어요."

126

"결혼만이 사랑은 아니야."

"그럼 사랑이 뭔데요?"

"글쎄 모르겠네. 꼬마 아가씨의 똑똑한 머리라면 알 수 있을 것 같은데?"

나는 아바즈레 씨가 모르는 것을 내가 알 수 있을 리 없다고 생각했습니다. 결혼. 사랑. 나도 그런 것이 있다는 건 알고 있습니다. 하지만 이야기 속의 연인들처럼 나는 오기와라와 사랑의 도피행각을 벌이고 싶은 것도 아니고, 언제까지나 서로를 바라보고 싶은 것도 아닙니다. 그저 대화를 좀 오래 하고 싶을 뿐이지요.

아바즈레 씨가 냉장고에서 차게 식혀준 수박을 함께 먹으면서 나는 물어보기로 했습니다.

"아바즈레 씨는 결혼하고 싶은 사람 있어요?"

"없어. 나는 별로 결혼하고 싶은 생각이 없으니까."

"왜요?"

아바즈레 씨는 천장을 올려다보며 흐음 하고 생각해본 뒤에 대답했습니다.

"이를테면 푸딩 같은 것이야. 어렸을 때의 사랑은 달콤한 부분만 보면 되고, 그건 정말 멋진 일이지. 다들 그건 알고 있어. 하지만 어른이 되면서 점점 푸딩에는 씁쓸한 부분도 있다는 것을 알게 되고, 어느 새 그걸 피해가면서 먹는 게 나쁜 일인 것 같아서 함께 다 먹게 돼. 하지만 나는 커피나 술과는 달리 사랑의 씁쓸한 부분이 싫어. 게다가 애써 그 부분을 피하는 작업도 성가셔서 점점 먹지 않게 되어버렸어."

"뭔가 어려운 얘기네요."

수학이나 과학보다 훨씬 더, 라고 생각했습니다.

"뭐, 요즘은 결혼하지 않는 사람도 꽤 많고 하니까."

"나도 어른이 되어도 결혼 따위, 안 할 것 같아요. 인생이란 침대 같은 거니까요."

"무슨 뜻이야?"

"잘 때뿐이라면 싱글로 충분하다는 뜻."

아바즈레 씨는 일 초쯤 내 눈을 들여다보더니 여태껏 들어본 중에서 가장 큰 소리로 웃었습니다. 나는 내 농담을 기꺼이 받아준 게 흐뭇해서 수박을 와삭 베어 물었습니다.

"무슨 뜻인지 알고 하는 얘기니?"

그런 아바즈레 씨의 질문이야말로 무슨 뜻인지 알 수 없어서 나는 고개를 갸우뚱했습니다.

그날 밤, 나는 이런저런 생각을 하다가 역시 열 시에는 졸음이 몰려와 폭신폭신한 침대에서 잠이 들었습니다.

다음날, 학교에 갔더니 믿을 수 없는 소문이 쫙 퍼져 있었습니다.

키류 아빠가 도둑질을 하다가 경찰에 잡혀갔다는 것입니다.

그렇게 착해 보이던 키류 아빠가 그런 짓을 할 리가 없다, 키류에게 그 소문은 거짓말이라고 선언해주자, 라고 마음먹었는데 결국 그렇게 하지 못했습니다.

그날 키류는 학교를 결석했고, 히토미 선생님에게 물어봤지만 어떤 설명도 들을 수 없었습니다.

며칠째 학교를 결석한 키류 때문에 짝꿍이 없어져버린 나는 행복이란 무엇인가 시간에 히토미 선생님과 짝꿍이 되었습니다. 그건 나로서는 전혀 싫은 일이 아니고 오히려 즐거운 일이었지만, 역시 나는 키류를 둘러싼 소문의 정체가 자꾸만 마음에 걸렸습니다. 왜냐하면 만일 그 소문이 사실이라면 나는 그 현장을 목격했었는지도 모릅니다. 게다가 다시 한 번 말하지만, 나는 그 차해 보이는 키류 아빠가 그런 나쁜 짓을 할 사람이라고는 전혀 생각되지 않았습니다.

오랜만에 키류가 학교에 온 것은 그날로부터 주말을 끼고 엿새째 되는 날이었습니다. 항상 하던 대로 히토미 선생님이 오시기 직전 아슬아슬한 시간에 도서실에서 우리 교실로 타박타박 올라가고 있는데 키류가 아래 계단에서 올라오는 게 보였습니다.

"키류! 안녕?"

키류가 나와 똑같은 높이의 계단에 올라올 때까지 기다렸다가 인사를 건넸습니다. 그는 미처 나를 못 봤던 것이겠지요. 정말로 그 자리에서 펄쩍 뛸 만큼 흠칫 어깨를 떨고 큼직한 눈으로 이쪽을 보았습니다.

"나, 나, 나노카……."

"오랜만이다. 바캉스라도 갔었어?"

그런 거라면 좋겠다. 나는 그렇게 생각하고 말했는데 키류는 고개를 숙인 채 아무 대답도 하지 않았습니다.

"그 심정이야 이해가 되지."

"……."

"여기는 너무 덥잖아. 나도 좀 더 시원한 곳에 가고 싶어."

키류는 슬쩍 고개를 들고 나를 쳐다봤지만 역시 아무 말도 하지 않았습니다.

내가 교실에 들어갔을 때, 항상 그렇듯이 어느 누구도 말을 걸지 않고 내 쪽을 돌아보지도 않았습니다. 하지만 내 뒤를 따라 키류가 들어서자 다들 하던 이야기를 뚝 멈추고 키류를 쳐다보았습니다.

아이들의 시선은, 이토록 더운 날씨인데도 써늘한 바람 같았습니다. 이대로 두면 소심해빠진 키류는 꽁꽁 얼어붙는 게 아닐까. 내심 걱정스러웠지만 그렇게 되지 않은 것은 곧바로 히토미 선생님이 왔기 때문입니다. 역시나 우리 히토미 선생님, 유난히 큰 소리로 인사하며 들어왔고 아이들이 모두 그쪽을 바라보는 틈에 키류와 나는 얼른 자리에 앉았습니다.

나는 히토미 선생님이 키류가 왜 그토록 오래 결석을 했는지 설명해줄 거라고 생각했습니다. 하지만 그런 말은 없이 히토미 선생님은 마치 키류가 하루도 결석하지 않은 듯한 얼굴로 조회를 마치고 교실을 나갔습니다.

"히토미 선생님!"

나는 급히 교실 밖으로 선생님을 쫓아갔습니다. 이름을 불러도 선생님은 조금 전의 키류처럼 흠칫 놀라지는 않았습니다. 어쩌면 내가 쫓아올 것을 미리 알고 있었는지도 모릅니다. 그리고 내가 질문을 하리라는 것도. 선생님은 웃고 있었지만 나는 그 얼굴 뒤에서 어른들이 안 좋은 이야기를 할 때의 심각한 표정을 봤던 것입니다.

"나노카, 왜 그러니? 아참, 다음 수학시간 숙제, 검산은 다 했어?"

"네, 완벽하게 했죠. 그보다 선생님, 궁금한 게 있어요."

"······뭘까?"

"키류에 대한 거예요."

그러자 히토미 선생님은 웃는 얼굴 그대로 입술을 꾹 깨물며 나를 아무도 쓰지 않는 구석진 교실 앞으로 데려갔습니다. 비밀 이야기라면 나는 언제든 대 환영입니다.

히토미 선생님은 쪼그리고 앉아 내 키에 눈높이를 맞추고 평소와는 전혀 다른 작은 목소리로 속삭였습니다. 지금까지 아무 설명도 없었던 히토미 선생님이 드디어 뭔가를 알려주려는 것입니다. 나는 한껏 귀를 기울였습니다.

"나노카는 학교 가기 싫다는 생각을 한 적이 있니?"

"그야 날마다 생각하죠. 하지만 똑똑해지기 위해 열심히 다니고 있어요. 히토미 선생님도 만날 수 있고."

내가 솔직히 대답하자 히토미 선생님은 난처한 듯 웃었습니다.

"그렇구나. 자, 그럼 가장 오기 싫은 날은 이를테면 여름방학

끝난 뒤, 아니면 월요일이겠지?"

아닌 게 아니라 주말이나 여름방학이 끝난 날에는 나도 마법을 쓸 줄 알면 좋겠다고 수없이 빌어봤기 때문에 히토미 선생님의 말에 고개를 끄덕였습니다. 그러자 선생님도 고개를 끄덕여주었습니다.

"맞아, 그렇지? 그런 때 학교에 나오려면 엄청난 용기와 굳센 마음이 필요하겠지?"

"네, 그리고 달콤한 과자도."

"응, 그래. 키류는 중요한 볼일이 있어서 학교를 계속 결석했었지만 오늘 오랜만에 학교에 나온 거야. 그러니까 엄청난 용기와 굳센 마음이 필요한 일이었던 거야. 어때, 알아듣겠니?"

"네, 알겠어요."

저 겁쟁이 키류라면 더욱 더 그렇겠지요.

내가 고개를 끄덕이자 히토미 선생님은 흐뭇한 듯 미소를 지었습니다.

"달콤한 과자는 선생님이 준비해줄 수 있어. 하지만 키류가 앞으로도 오늘의 용기와 굳센 마음을 유지하기 위해서는 반드시 우리 반에 한편이 되어줄 친구가 필요해. 선생님은 나노카가 키류와 한편이 되어주었으면 좋겠어."

"나는 키류와 적이었던 적은 한 번도 없었어요."

"맞아, 그렇지. 그렇다면 평소처럼 대해주면 돼. 평소처럼 말을 걸어주고 평소처럼 옆에 앉아주고 평소처럼 함께 급식을 먹어주면 돼. 어때, 할 수 있겠니?"

"할 수 있죠, 그 정도쯤이야. 키류가 머리에 뿔이 난 것도 아닌데요, 뭘."

선생님은 크크 웃었습니다. 그 얼굴은 내가 지난번 수업참관에서 발표했을 때의 얼굴과 아주 비슷했습니다.

"그래, 나노카에게 부탁할 수 있어서 다행이다. 만일 나노카가 한편이 되어줬는데도 키류가 힘들어 하는 것 같으면 그때는 선생님에게 몰래 알려줘. 키류는 스스로는 그런 말을 꺼낼 수 없을지도 모르니까."

"네, 소심한 녀석이니까요."

"그렇지 않아. 오늘 학교에 나온 것은 아주 큰 용기가 없어서는 못할 일이야."

키류에게 큰 용기가 있다니, 히토미 선생님의 말 중에서 그것만은 납득이 가지 않았지만 나는 고개를 끄덕이고 일단 히토미 선생님과는 헤어졌습니다.

키류의 중요한 볼일이라는 건 무엇이었을까. 나는 생각에 잠긴 채 교실로 돌아왔습니다. 결국 나중에 키류에게 물어보기로 했습니다. 히토미 선생님이 평소에 하던 대로 말을 걸어주면 된다고 했으니까 그 정도는 물어봐도 괜찮겠지요.

교실에 들어서자 역시 키류 주위에만 써늘한 공기가 흐르는 것 같았습니다. 나는 그 공기를 깨고 들어가듯이 고개 숙인 키류에게로 다가갔습니다.

"잠깐 실례."

그렇게 말하고 나는 키류의 축 늘어진 앞머리를 내 마음대로 쓰윽 쓸어 올렸습니다. 키류는 깜짝 놀란 기색이었지만 나는 분명하게 미리 양해를 구했기 때문에 정통으로 그의 이마를 봤습니다. 확인해보니 역시나 뿔이 없어서 나는 내 자리에 앉았습니다. 키류는 놀람과 의아함이 뒤섞인 눈빛으로 나를 쳐다봤습니다.

"히토미 선생님이 너무 심각한 얼굴로 얘기해서 정말 너한테 뿔이 나있나 했어. 뿔이 난 게 아니면 됐어. 갑작스레, 미안해."

분명하게 설명을 해줬는데도 키류는 놀람과 의아함이 뒤섞인 눈빛을 거두지 않았습니다. 그 얼굴은 역시 평소의 용기 없는 키류의 얼굴이었습니다.

나는 그의 중요한 볼일이라는 것에 대해 이따 집에 돌아갈 때 물어보자고 생각했습니다. 나는 항상 집에 갈 때 나 혼자고 키류도 항상 혼자이기 때문입니다. 그때 잠깐 불러서 이야기를 들어봐야지. 그렇게 생각했는데, 인생이란 참으로 아빠 같은 것입니다.

그렇죠, 한 마디로 내 마음대로 되질 않는다는 거예요.

"야, 너희 아빠, 도둑놈이지?"

바로 점심시간의 일입니다. 급식이 끝나고 히토미 선생님이 나가고 교실 안이 시끌시끌해지자 운동장에 놀러나가거나 음악실에 피아노를 치러 가는 애들과는 별도로, 몇몇 아이들이 키류에게 몰려온 것입니다. 다름 아닌 그 바보 같은 남자애들입니다.

나는 이유 없이 날아오는 흙탕물은 내 손으로 직접 막아내는 여자애입니다. 하지만 그때는 일이 어떻게 흘러가는지 일단 지켜보기로 했습니다. 키류 아빠의 소문, 그것이 사실이든 거짓이든 분명 키류가 싫은 소리를 들으리라는 것은 알고 있습니다. 하지만 만일 키류에게 용기가 있다면 자기 스스로 똑똑히 대꾸할 거라고 생각한 것입니다. 그래서 키류의 대답을 듣기 위해 잠시 숨을 죽이고 기다린 것입니다.

그랬는데 키류는 평소처럼 고개를 푹 숙이고 있을 뿐 아무 대답도 하지 않았습니다. 이건 안 되겠다고 나는 생각했습니다. 바보들이란 상대가 말대꾸를 못한다는 것은 알면 자기들이 아주 강하다고 착각해버릴 만큼 바보들이니까요.

"우리 엄마가 그랬어, 키류 아빠가 2번지 슈퍼에서 도둑질을 하다가 경찰에 잡혀갔다고."

나는 키류의 옆얼굴을 보며 생각했습니다. 역시 내가 목격한 그 사람이 키류 아빠인 것으로 소문이 퍼졌구나. 하지만 아직 진실인지 아닌지 모르는 일입니다.

키류는 아무 말 없이 어느 쪽도 쳐다보지 않은 채 고개를 푹 숙였습니다.

그 모습이 바보들에게는 영 마음에 들지 않았는지도 모릅니다.

"역시 이상한 그림이나 끼적거리는 놈의 아빠도 똑같이 나쁜 놈이었어."

"……"

"그러고 보니 지난번 다카하시의 자가 없어진 거, 그것도 얘가 그런 거 아니냐?"

"……."

"도둑놈 아들은 역시 도둑놈이지. 키류네 집에서 태어나지 않은 게 천만 다행이다."

아아, 더 이상 기다려줄 수 없어서 미안하다, 키류, 라는 생각 따위, 나는 전혀 하지 않았습니다.

"역시나 진짜 바보들이네."

바보 같은 남자애들의 시선이 일제히 내게로 쏟아졌습니다.

"어라? 내가 누구를 바보라고 콕 집어서 말한 건 아닌데? 아, 늬들이 바보라는 거, 스스로 다 알고 있구나?"

"뭐야?"

남자애들, 특히 그중에서도 최고로 바보 남자애가 나를 쓱 노려봤습니다. 눈곱만큼도 무섭지 않습니다. 그런 것보다 나는 키류를 향한 한 가지 감정이 커서, 그게 마음에 걸려서, 그래서 남자애들에게 던진 나쁜 말은 엉뚱한 화풀이 같은 것이었습니다.

사실은 큰 소리로 키류에게 이렇게 말하고 싶었던 것입니다.

이 소심한 겁쟁이야!

"도둑놈 아들은 도둑놈이라고? 그건 아무 근거도 없는 얘기지. 혹시 너는 도둑놈을 누구 이름쯤으로 생각하니? 그래, 그 생각대로라면 너희 아빠 엄마도 너랑 똑같은 바보라는 얘기네. 하지만 사실은 바보가 아니겠지? 너 같은 바보를 이만큼 키워줬으니까. 아하, 그러면 너는 너 혼자 바보가 된 거구나? 이런 바보 같은 아들을 둔 네 아빠 엄마가 너무 가엾다."

남자애의 얼굴이 점점 빨개졌습니다. 분노한 것입니다. 반응까지 바보 같습니다. 하지만 그런 반응은, 소중한 사람과 소중한 것에 대한 험담을 들어도 분노조차 못하는 키류보다는 그나마 낫다고 나는 생각했습니다. 내가 키류를 향해 직접 그런 말을 하지 않은 것은 히토미 선생님과의 약속이 내 입을 틀어막았기 때문입니다.

바보 같은 남자애들은 당장이라도 내게 뭔가를 집어던질 기세였습니다. 하지만 나는 그들과는 달리 아주 똑똑하니까 아직도 해줄 말이 너무 많았습니다.

"애초에 키류 아빠가 도둑질을 했다는 건 그냥 소문이잖아? 소문을 아무 생각 없이 덥석 믿어버리다니, 역시 바보는 별수 없다."

"봤다는 사람이 있어!"

"아니, 네 눈으로 직접 본 건 아니겠지. 그 사람이 잘못 봤을 수도 있어. 착각한 것일 수도 있고."

"네가 무슨 상관이야!"

"어라, 너 역시 상관없는 일이잖아? 게다가 혹시 사실이라고 해도……."

넘쳐나는 내 마음속 말을 입 밖으로 줄줄 쏟아내던 바로 그때였습니다.

"그만해!"

큰 고함소리가 교실을 울렸습니다. 나는 그 고함소리가 누구

것인지, 처음에는 알지 못했습니다. 내 목소리는 아닌데? 바보 남자애의 목소리도 아니야. 들어본 적이 없는 목소리네?

그것이 키류의 고함소리라는 것을 깨달았을 때, 나와 남자애 사이에 앉아 있던 키류가 왜 그런지 자신을 공격한 남자애들이 아니라 슬픈 눈빛으로 나를 노려보고 있다는 것도 동시에 깨달았습니다.

그렇습니다, 키류는 나를 향해 "그만해!"라고 말한 것입니다.

키류가 왜 나한테 소리를 쳤는지 알지 못해서 어리둥절하고 있는데 그는 자리에서 난폭하게 일어섰습니다. 의자가 뒤로 넘어지면서 귀를 막고 싶은 소리가 울렸습니다.

그리고 키류는 그 소리가 사라지기 전에 말없이 교실을 나가버렸습니다. 그다음은 나뿐만 아니라 교실 안의 아이들 모두가 입을 다물어버렸습니다. 분명 칠판과 책상과 의자도 입을 꾹 다물었을 것입니다. 그럴 만큼 교실 안이 조용해졌습니다.

점심시간이 끝나고 5교시가 시작되어도 키류는 돌아오지 않았습니다. 종례시간이 끝나도 키류는 돌아오지 않았습니다.

나는 히토미 선생님에게 불려가 점심시간의 일을 솔직히 다 이야기했습니다. 나는 키류를 대신해 싸워줬는데 키류가 의자를 박차고 나갈 때 쓰윽 노려본 것은 바로 나였다는 것도 솔직히 말했습니다. 어떻게 하면 좋겠느냐고 히토미 선생님에게 물었더니 선생님은 키류와 얘기를 해볼 테니까 그다음에 다시 생각해보자고 말했고 나는 그만 집에 돌아가라고 했습니다.

다음 날, 학교에 갔지만 키류는 없었습니다.

그다음 날도, 그다음 날도.

어느 날, 다시 히토미 선생님에게 불려가 키류가 한동안 학교에 나오지 않을 것이라는 말을 들었습니다. 히토미 선생님은 "나노카 때문이 아니니까 걱정하지 마"라고 다정하게 말했습니다. 하지만 나는 알고 있습니다. 어른이 그런 식으로 말할 때의 진짜 속뜻은 "모두 다 잘못한 것은 아니지만 어느 정도 책임은 있다"라는 것을.

나는 단지 키류를 대신해 싸워줬을 뿐인데.

역시 히토미 선생님은 허당이다, 라고 생각했습니다.

비가 내립니다. 아바즈레 씨 집에 가서 나는 그 수박을 먹었던 날에 겪은 일을 모두 말했습니다. 그 일에 대해 미리 말하지 않은 것에 대해서는 사과했습니다. 솔직히 그때는 말도 하고 싶지 않았다고도 말했습니다.

아바즈레 씨는 내가 침묵했던 것에 대해 나무라지 않았습니다. 내 말을 듣고 잘 알았다는 듯 고개를 끄덕였습니다.

"꼬마 아가씨가 눈치를 챘던 거야."

"뭘요?"

"어른이 무섭다는 것을."

그럴지도 모릅니다. 그래서 아빠 엄마가 싸웠을 때와 똑같은 기분이 들었던 것인지도 모릅니다.

나는 체포된 사람이 어쩌면 우리 반 친구의 아빠일지도 모른다
는 말도 했습니다. 어쩌면, 이라고 했지만 그때의 키류의 행동을
보면 분명 나는 이미 그 답을 알고 있습니다.

아바즈레 씨에게 그 아빠가 어떤 사람인지를, 공원에 자주 앉
아 있었고 아주 다정한 사람이었다는 것을, 말했습니다. 그러자
아바즈레 씨는 한숨을 내쉬며 "그렇구나"라고 중얼거렸습니다.

"왜 도둑질을 했을까, 게다가 슈퍼에서⋯⋯."

우리 아빠라면 슈퍼의 상품쯤은 뭐든 살 수 있습니다. 거기서
가장 비싼 것이라야 그 네모난 수박 정도뿐일 테니까요.

"아바즈레 씨는 뭔가 알아요? 왜 그런 짓을 했는지."

나는 요즘 이 작은 머리로 내내 그것만 생각했습니다. 왜? 어
째서? 그 말만 머릿속을 맴돌았습니다. 왜 그런 짓을 했을까, 왜
키류는 그때 하필 나를 노려봤을까.

어른인 아바즈레씨가 그걸 알고 있다면 내게 가르쳐주었으면
했던 것입니다.

하지만 아바즈레 씨는 고개를 저었습니다.

"글쎄 왜 그랬을까."

아바즈레 씨도 모른다면 나는 아무리 생각해봐야 알 수 없을
것입니다. 나는 조금 맥이 빠졌습니다.

"이건 그냥 내 상상이기는 한데."

"네?"

"그냥 내가 한 번 해본 상상이야. 그래서 꼭 진실이라고는 할

수 없어. 어때, 그래도 들어볼래?"

"네, 알려주세요."

"어쩌면 도둑질을 한 그 사람은, 끝장을 내고 싶었을 거야."

"끝장을 내다니, 뭘요?"

"이런 일상을. 어떻게든 이 연속된 하루하루를 끝내버리고 싶었을 거야."

"무슨 얘긴지 잘 모르겠어요."

아바즈레 씨는 빙긋이 웃고는 "그렇지?"라고 고개를 끄덕였습니다.

"무슨 얘긴지 잘 몰라도 괜찮아. 우리 꼬마 아가씨는 몰라도 돼."

"아바즈레 씨는 알고 있어요?"

아바즈레 씨는 대답해주지 않았습니다. 그 대신 내게 젤리를 먹을 거냐고 물었습니다. 나는 신이 나서 귤 젤리를 입에 쏙 넣었지만, 이상하죠, 전에 먹었을 때보다 맛이 밍밍하게 느껴졌습니다.

나는 도둑에 대한 것 말고 또 한 가지 고민거리인 남자애에 대해서도 말했습니다. 소심한 겁쟁이라서 내가 대신 나서서 싸워줬는데 그는 도리어 나한테 화를 냈다, 라는 이야기.

그가 왜 그랬는지 이해할 수 없다는 것도, 그리고 계속 학교를 결석 중인 그에게 어떻게 해주어야 할지 모르겠다는 것도.

히토미 선생님이 당부한 대로 한편이 되어줬던 것뿐인데.

내 이야기를 듣고, 그야말로 심각한 고민인데도 아바즈레 씨는 파하하 웃었습니다. 내가 뭔가 농담이라고 착각할 말을 했나, 하고 고개를 갸우뚱하자 아바즈레 씨는 웃으면서 "아, 미안, 미안"이라고 말했습니다.

"그게, 나도 어렸을 때 꼬마 아가씨하고 똑같았어. 마음에 안 드는 일이 있으면 본인보다 먼저 나서서 싸웠거든. 말대꾸도 못 하는 아이에게 화가 나서 말이지."

"진짜 똑같아요."

나는 어린 시절의 아바즈레 씨가 나와 똑같았다는 것이 무척 기뻤습니다. 그리고 아바즈레 씨의 어린 시절에 대해 좀 더 알고 싶어졌습니다. 어떤 가족이 있었을까. 어떤 친구가 있었을까. 내가 항상 입버릇처럼 말하는 '인생이란……' 같은 얘기도 하고 다녔을까.

"나도 꼬마 아가씨처럼 금세 말로 해버리는 타입이었어. 그래서 꼬마 아가씨를 노려봤다는 그 남자애의 마음속을 정확히는 알지 못해. 상상해보는 건 가능하지만 그게 맞는지 어떤지도 잘 모르겠어."

"좋아요, 괜찮다면 그 상상을 나한테 얘기해주세요."

내가 부탁하자 아바즈레 씨는 "글쎄"라고 고개를 갸웃거렸습니다.

"아냐, 말 안 할래."

"왜요?"

"꼬마 아가씨는 그 남자애와 다시 친해지고 싶은 거잖아?"

"아니, 원래부터 친하다고 할 정도의 사이는 아닌데……."

아바즈레 씨는 다시 킥킥 웃으면서 "진짜 똑같다니까"라고 내게 들릴락 말락 하게 중얼거렸습니다.

"다시 친해지고 싶은 게 아니라면 그 아이 생각을 그렇게 많이 하지는 않겠지."

그건 그럴지도 모릅니다. 왜 내가 이렇게 자꾸자꾸 그 아이 생각을 하는지, 나는 잘 알지 못했었기 때문에 그건 아주 적절한 대답이었습니다.

"애써 여태까지 고민해왔는데 꼬마 아가씨 스스로 답을 내리고 어떻게 해야 할지 결정해야지. 그러니까 내 생각은 말 안 할래."

아바즈레 씨는 장난꾸러기 같은 표정으로 입 앞에 둘째 손가락 두 개로 가위표를 만들었습니다. 그 가위표 뒤쪽에서 아바즈레 씨는 "나는 포기했었으니까"라고 들릴락 말락 하게 중얼거렸습니다.

"알았어요. 내가 생각해볼게요. 하지만 인생이란 공작의 구애(求愛) 같은 것이에요."

"무슨 뜻이지?"

"일단 주어지잖아요, 힌트는요."

내가 허공에 손가락 글씨를 써서 보여주자 아바즈레 씨는 내 말을 금세 알아들은 모양입니다. "기품과 깃털*? 아휴, 역시 똑

---

*'힌트는요(ヒントはね)'라는 말은 '힌+트+는요'로 잘라 읽으면 '기품(ヒン=品)+과(ト)+깃털(はね)'이라는 말이 된다.

똑하다니까"라고 나를 칭찬해주었습니다.

"힌트라……. 그렇다면 정답의 힌트가 아니라 생각하는 방법의 힌트를 줄게."

"좋아요!"

"잘 들어봐."

아바즈레 씨는 둘째 손가락을 번쩍 세우고 내게 입을 가까이 댔습니다. 나는 립스틱이 칠해진 입술에 가슴이 쿵했지만, 한껏 귀를 기울였습니다.

"모두 달라. 하지만 모두 똑같아."

"예?"

아바즈레 씨의 말에 나는 이상한 표정을 짓고 말았습니다. 입을 툭 내밀고 눈썹을 ㅅ자로 찌그러뜨렸으니까 진짜 웃기는 얼굴이었겠지요. 아바즈레 씨가 파하하하 웃었습니다. 분명 내가 거울을 봤더라도 그렇게 웃었을 것입니다.

하지만 내 얼굴보다 더 이상한 것은 아바즈레 씨가 내준 힌트입니다.

"그건 이상하죠, 아바즈레 씨. 흠, 그게 뭐였더라. 아, 그 최강의 창과 최강의 방패라는 이야기하고 똑같잖아요."

"모순이라는 거?"

"맞아요, 모순. 모두 다른데 모두 똑같다니."

나는 머릿속이 핑핑 돌고 눈까지 핑핑 돌 것 같았습니다.

"그래, 이상하지. 그러니까 이 힌트는 그냥 생각하는 방법의 힌트야. 조금 더 들어가볼까? 꼬마 아가씨는 어린아이, 나는 어른, 하지만 우리 둘 다 오셀로 게임을 좋아해."

"……끄응, 좀 더 많이 생각해봐야 할 것 같아요."

아바즈레 씨는 머리를 깊숙이 끄덕였습니다.

"그래, 생각하고 또 생각해서 꼬마 아가씨 스스로 답을 내려봐. 나는 그걸 깨닫기까지 시간이 너무 오래 걸렸어. 꼬마 아가씨는 똑똑하고 착하니까 분명 잘 해낼 거야."

"아바즈레 씨도 오래오래 깨닫지 못했던 것을 내가 알아낼 수 있은까요?"

"그럼, 괜찮고말고. 아참, 할머니라면 나보다 훨씬 더 좋은 힌트를 줄지도 몰라. 꼭 상의해봐."

"그러면 내일 가볼래요. 비 오는 날에는 할머니 집에 가지 않기로 했거든요. 진흙투성이가 되니까."

아바즈레 씨는 다정하게 웃으면서 창문으로 하늘을 올려다보았습니다.

"내일은 날씨가 맑았으면 좋겠다."

나도 진심으로 그렇게 생각했습니다.

다음날, 나와 아바즈레 씨의 바람이 통했던 모양이지요, 하늘은 햇빛을 빠짐없이 골고루 지상에 나눠주었습니다. 질척거리던 땅도 학교가 끝날 때쯤에는 단단해져서 내가 좋아하는 신발도, 꼬리 끊긴 그녀의 모피 코트도 더러워질 일이 없었습니다.

언덕 아래 공원에서 오른쪽 고갯길로 올라갑니다. 날씨가 맑은

긴 디행이지만 하루하루 기온이 올라가서 나는 이렇게 온몸으로 땀을 줄줄 흘리다가 바짝 말라버리는 게 아닌지 걱정스러울 정도입니다. 할머니 집으로 가는 길을 단숨에 줄여주는 마법을 써보려고 했지만 내가 아직 마법을 쓰지 못한다는 게 금세 생각났습니다.

그늘 많은 산길이 콘크리트길보다 상쾌했는지 작은 그녀는 활기차게 비탈길을 올라갑니다.

허덕허덕 할머니 집에 도착해 항상 하던 대로 곧장 문을 노크하려고 했습니다. 하지만 그 참에 문에 종이가 나붙은 것을 보았습니다. 나는 글씨를 읽지 못하는 활기찬 친구를 위해 그 종이에 적힌 것을 소리 내어 읽었습니다.

"나노카에게. 문 잠그지 않았으니까 안에 들어가 마음껏 놀아라."

나는 금빛 눈동자를 가진 그녀와 한 차례 마주본 뒤에 나무 문 손잡이를 밀었습니다. 편지에 적힌 대로 문은 열려 있었습니다.

"실례합니다."

집에 인사하며 들어서자 안이 무척 조용했습니다. 평소에는 할머니가 과자를 굽는 소리와 달콤한 냄새가 금세 느껴졌는데 오늘은 그게 없었습니다.

"할머니는 집에 안 계신 건가?"

"냐아?"

현관에 놓인 젖은 타월로 그녀의 발을 닦아주고 나란히 안으로 들어갔습니다. 하지만 역시 우리의 숨소리와 발소리 이외에는 아무 소리도 들리지 않았습니다.

우선은 햇살 좋은 거실로 갔습니다. 할머니가 늘 그곳에 앉아 차를 마시거나 책을 읽곤 했기 때문입니다. 하지만 할머니는 없었습니다. 할머니가 없는 자리만큼 거실이 평소보다 넓어보였습니다. 넓은 장소라면 물론 좋아하지요. 하지만 이상합니다, 그 거실의 넓이는 내 마음을 몹시 수런거리게 하는 것이었습니다.

수런거리는 느낌이 별로 좋지 않아서 우리는 집의 가장 안쪽에 있는 주방으로 가기로 했습니다. 어쩌면 오늘은 할머니가 소리와 냄새가 없는 요리를 하는지도 모른다고 생각한 것입니다.

하지만 그런 일은 없었습니다. 잘 정리된 주방에는 아무도 없고 그 넓이와 조용함은 다시 내 마음을 수런거리게 했습니다.

아무래도 할머니는 집에 없는 것 같았습니다. 장을 보러 나갔는지도 모릅니다. 나와 작은 그녀는 다시 한 번 서로 마주본 뒤에 미리 약속이라도 한 것처럼 거실로 통하는 복도로 나왔습니다.

햇빛이 잘 들지 않는 복도는 컴컴해서 나는 일초라도 빨리 지나가고 싶었지만 이럴 때 함부로 뛰어가면 무서운 것이 뒤쫓아온다는 이야기를 전에 읽은 적이 있어서 한 걸음 한 걸음, 나를 뒤쫓아와봤자 별 볼일 없어, 라고 중얼중얼 읊조리며 복도를 건너갔습니다.

거실까지 가는 중에 방이 몇 개나 있습니다. 하지만 대부분의 방이 텅 비었습니다. 간간이 서랍장이나 책상만 덜렁 놓였을 뿐 인기척 없는 빈방입니다. 원래는 할머니 가족이 살던 곳이었습니다. 내용물은 가족과 함께 떠나버리고 빈껍데기만 남은 것입니다.

텅 비지 않은 방은 할머니의 침실뿐입니다. 그 방에는 몇 번 가본 적이 있습니다. 할머니의 침대와 책장이 있어서 그 책장의 책을 구경하러 갔던 것입니다.

할머니의 침실 앞도 망설임 없이 지나치려다 나는 문득 발을 멈췄습니다. 어쩌면 할머니는 침대에서 자고 있는지도 모른다고 생각했기 때문입니다. 어두운 복도 색깔과 섞여 흐릿하게 보이는 그녀에게 잠깐 멈추라고 말하고 나는 할머니 침실의 유리문을 노크한 뒤에 드르륵 열었습니다. 하지만 그곳에도 할머니는 없었습니다.

그래서 원래는 냉큼 그 방을 나와 따스한 햇살이 가득한 거실로 갔어야 합니다. 그런데 내가 그 방에 한참이나 멍하니 서있게 된 데는 특별한 이유가 있었습니다.

나는 할머니의 침실로 들어가 닫힌 커튼을 촤르륵 열었습니다. 햇빛이 방 안으로 쏟아져 들어와 침실 안 물건들의 색깔이 뚜렷해지고 내가 발견한 그것도 색채 하나하나에 생명이 깃드는 것 같았습니다.

그것은 벽에 걸려 있었습니다. 나는 한 걸음 한 걸음 그것에 다가갔습니다. 그 몇 초 동안 나는 작은 친구도, 어쩌면 할머니까지도 까맣게 잊어버렸는지 모릅니다.

"아, 아름답다……."

아직 '아름답다'는 뜻의 '기려(綺麗)*'라는 한자도 못 쓰는 어린 내가 중얼거린 그 한 마디에는 내가 마음속으로 그려왔던 모든 것이 담겨 있었습니다. 아니, 사실은 마음속으로만 중얼거리려고 했는데 나도 모르게 새어나온 것입니다.

그것은 그림입니다. 수많은 색깔이 겹쳐진, 한없이 아름다운 그림입니다. 지긋이 보고 있으면 그 그림 속으로 빨려들 것만 같은 힘이 느껴져서 나는 그 그림에서 눈을 뗄 수 없었습니다.

어쩌면 나는 정말로 잠깐 동안 그 그림 속에 들어갔었는지도 모릅니다. "얘, 나노카"라고 나를 부를 때까지, 어느 새 옆에 와 있는 할머니를 알아보지 못했으니까요.

다른 때 같으면 갑작스럽게 누군가 나를 부르면 깜짝 놀랐을 텐데 나는 조용히 할머니 쪽을 돌아볼 수 있었습니다.

"이 그림, 어떻게 된 거예요?"

나는 할머니에게 물었습니다. 전에 이 방에 왔을 때는 이런 그림이 없었습니다.

"옛날에 친구가 나에게 준 그림이야. 계속 이 층 작업실에 걸어뒀는데 이제 작업실은 별로 쓸 일이 없어서 여기로 옮겨왔단다."

할머니가 어떤 작업을 했었는지, 그러고 보니 한 번도 물어본 적이 없어서 이참에 물어볼까 하고 생각했지만, 지금은 그런 것보다 눈앞의 그림이 더 궁금했습니다.

---

*일본어로 '아름답다'는 '綺麗'로 쓴다.

"어떻게 하면 이런 그림을 그릴 수 있지요?"

그것은 의문이 아니었습니다. 나중에 알았지만 그때 내가 한숨과 함께 내놓은 그 중얼거림은 이런 것입니다. 감탄.

"할머니는 엄청난 재능을 가진 친구가 있네요."

재능. 말 그대로 재능이라고 생각했습니다. 왜냐하면 나는 앞으로 아무리 연습을 많이 해도 결코 이런 멋진 그림을 그려내는 나 자신을 상상할 수 없기 때문입니다. 공주가 된 나, 사장이 된 나는 얼마든지 상상할 수 있는데 말이죠. 이 마법 같은 그림은 분명 특별한 손을 가진 사람이 아니면 그려낼 수 없다고 나는 생각했습니다. 그렇게 확신했습니다.

그런데 할머니는 천천히 고개를 저었습니다.

"재능만은 아니야. 이걸 그린 사람과 비슷한 정도의 재능을 가진 사람은 많지는 않더라도 있기는 있어."

"설마!"

나로서는 믿을 수 없는 얘기였습니다. 이런 그림을 그려내는 사람이 이 세상에 몇 명씩이나 있다니. 그건 이 세상에 마법사가 몇 명씩이나 있다는 말보다 훨씬 더 깜짝 놀랄 일입니다.

"생각보다 꽤 많아, 재능 있는 사람은. 하지만 재능만으로 이렇게 멋진 그림은 그려낼 수 없어."

"그러면 뭐예요? 노력?"

"그것도 필요하지. 하지만 좀 더 중요한 것이 있어. 할머니는 이 그림을 그린 사람보다 더 그림 그리는 것을 좋아하는 사람은 본 적이 없어. 나노카보다 훨씬 더 오래 살았고 수많은 사람을 만나봤지만 그보다 더 그림에 대해 늘 생각하고 또 생각하는 사람은 만난 적이 없어."

"좋아한다는 마음이 이렇게 멋진 그림을 만들어내는 거예요?"

"그렇지. 자신이 정말로 좋아하는 일에 열과 성을 다하는 사람만이 정말로 멋진 것을 만들어낼 수 있어."

이제 그 내용은 전혀 기억나지 않지만, 그래서 미나미 언니의 소설을 읽은 나는 그토록 감동했었구나, 라고 나는 생각했습니다. 그리고 내가 아는 누군가에게 이 말을 꼭 전해주고 싶다고 생각했습니다.

"정말 좋아하고, 재능도 있고, 그런데도 자기가 좋아하는 것을 남들에게 창피해하면 안 되겠지요?"

"친구 중에 그런 아이가 있어?"

"친구는 아니에요. 하지만 그 애도 그림을 그려요. 근데 그걸 아주 창피해해요. 할머니, 이 그림을 그린 사람은 지금 어디서 어떻게 살고 있어요?"

"가족과 함께 외국에서 살고 있어."

"그렇구나. 난 또 이 그림을 그린 사람이 할머니의 연인인가 했는데."

나는 그림에서 눈을 뗄 수 없었습니다. 그래서 할머니가 어떤 얼굴인지는 알지 못했지만, 돌아온 할머니의 목소리로 나와 나누는 이야기를 즐거워한다는 것을 알 수 있었습니다.

"왜?"

"왜냐면 여기에 러브, 라고 적혀 있으니까."

나는 그림의 오른편 아래 귀퉁이를 가리켰습니다. 영어를 모르는 나도 그 정도는 알고 있습니다. 그곳에는 분명 영어로 러브라고……,

"어?"

"후후후, 나노카, 그건 러브가 아니야. 러브는 엘 오 브이 이, 이건 엘 아이 브이 이. 리브, 라고 읽는 거야. 살다, 라는 뜻이지."

바짝 다가가보니 할머니 말대로 LIVE 라고 적혔습니다. 그리고 무슨 뜻인지는 모르지만 그 뒤에 ME 라고 덧붙어 있었습니다.

"리브, 그리고 뭐예요?"

"리브 미. 미는 '나를'이라는 뜻이지. 그러니까 합하면 '나를 살다'라는 의미야. 문법적으로는 맞지 않지만 이건 그 화가의 사인이야. 일종의 농담이랄까."

영어를 모르는 나는 그 농담을 알아듣지 못해 별수 없이 고개만 갸웃거렸습니다.

"역시 인생이란 다이어트 같은 것이에요."

"노력이 결과로 나타난다는?"

"아뇨, 포동포동*해서는 즐길 수 없어요, 패션도 농담도."

"아하, 그렇구나, 포동포동."

---

*'포동포동'은 일본어로 '무치무치'. 무지무지(無知無知)와 발음이 같다.

"맞아요. 나, 공부를 많이 해서 좀 더 똑똑해져야겠어요."

"그래, 나노카라면 얼마든지 똑똑해질 수 있어. 자, 그러면 공부만큼 중요한 것을 해볼까. 나노카에게 잠깐 일을 좀 부탁해도 될까?"

"일? 뭔데요?"

할머니는 장난꾸러기처럼 웃더니 괜히 뜸을 들여가며 그걸 내 눈앞에 들어 올렸습니다. 그것이 무엇에 쓰이는 도구인지 알고 있는 내 얼굴은 그 순간 분명 기쁨의 색깔로 칠해졌겠지요.

"얼음 가는 일, 여름에 먹는 빙수는 수학 숙제만큼 중요해, 그렇지?"

"네, 맞는 말씀이에요!"

할머니는 여태까지 이 층에 넣어둔 빙수기를 찾고 있었던 것입니다. 그러니 아무리 일 층을 돌아다녀도 할머니가 보이지 않았던 것이지요.

훌륭한 그림의 향기를 콧속에 남겨둔 채 우리는 시원한 거실로 가서 빙수를 만들기로 했습니다. 큰 냉장고 아랫단에서 네모난 얼음을 꺼내다 나는 열심히 갈았습니다. 할머니는 시럽이며 스푼을 준비했고, 꼬리 짧은 그녀는 빙수 가는 걸 처음 본 걸까요, 신이 난 듯 내 주위를 빙빙 돌다가 결국 눈까지 빙빙 돌아 털썩 엉덩방아를 찧었습니다.

듬뿍 쏟아져 내린 눈 같은 얼음가루에 나는 빨간 시럽을 뿌렸습니다. 빙수는 어떤 맛의 시럽이든 다 좋지만 오늘 나는 딸기 기분입니다. 할머니도 그랬는지 나와 할머니는 둘 다 똑같이 혀가 빨개졌습니다. 금빛 눈동자의 그녀는 어떤가 하면, 모처럼 시럽을 뿌려줬는데 아무래도 그냥 하얀 부분이 더 마음에 든 모양입니다. 그럴 거면 그냥 얼음이면 되겠다 하고 네모난 얼음을 접시에 담아줬더니 그걸 정신없이 핥고 있습니다. 어쩌면 그녀의 성격상, 혀에 색깔이 물드는 짓은 하고 싶지 않았는지도 모릅니다.

빙수를 먹으며 나는 최근에 있었던 일을 할머니에게 모두 다 말했습니다. 아바즈레 씨가 해준 이야기도 모두 다. 나는 어쩌면 할머니는 답을 내줄지도 모른다고 생각했습니다. 하지만 할머니도 아바즈레 씨와 똑같은 말을 했습니다.

"흐음, 글쎄. 그건 역시 나노카 스스로 생각해야 하는 거 아닐까?"

"네, 알고 있어요. 그래서 할머니에게 힌트만 얻으러 온 거예요."

"힌트라……."

빙수를 먹은 뒤, 할머니는 배탈이 나지 않게 녹차를 내려 마시며 진지하게 고민해주었습니다. 나도 할머니에게서 어떤 힌트를 얻어야 할지, 아무 생각 없이 그늘에서 늘어지게 자고 있는 그녀 곁에서 고민했습니다.

먼저 생각해낸 것은 나였습니다.

"아, 맞다, 할머니의 친구! 그 그림 그리는 할머니 친구는 어떤 사람이었어요?"

"응?"

"요즘 계속 학교를 결석하는 그 아이도 그림을 그리거든요. 어

154

쩌면 그림 그리는 사람에 대해 할머니는 잘 알 것 같은데요?"

"아, 그런 얘기였어?"

할머니는 아바즈레 씨보다 훨씬 더 부드러운 웃음을 지었습니다.

그리고 그림 그리는 친구에 대해 이야기해주었습니다.

"할머니 친구도 그렇지만, 화가란 아주 섬세한 사람들이야. 상처입기도 쉽고 남들보다 연약한 면도 있어."

"네, 진짜 그래요."

"하지만 누구보다 맑고 착한 사람들이기도 해. 그림 그리는 사람들에게는 이 세계가 그야말로 올곧게 보이는 거야. 좋은 일도 안 좋은 일도 다른 사람들에게 가닿는 것보다 훨씬 더 직접적으로 가닿아. 그러니 그들이 그리는 그림은 사진과는 다르잖아? 화가에게는 세계가 그런 식으로 보이는 것이지."

나는 조금 전에 본 그림과 교실에서 살짝 훔쳐본 키류의 그림을 머릿속에 떠올렸습니다. 그들의 눈에는 이 세계가 그런 식으로 보인다니. 그것은 마치 마법과도 같다고 생각했습니다. 내 눈에 이 세계는 그런 식으로는 보이지 않습니다. 하지만 만일 아까 본 그 그림이 이 세계의 진짜 모습이라면 세계는 얼마나 아름다운 것일까요.

"그렇게 아름다운 세계에는 어떤 힘든 일도 슬픈 일도 없을 거예요."

"그렇지. 하지만 실제 세계에는 힘든 일도 슬픈 일도 아주 많

아. 원래 이 세계에는 그런 일이 있어서는 안 되는 거야. 화가는 그것을 잘 알고 있어. 그래서 힘든 일이나 슬픈 일을 우리보다 훨씬 더 힘들고 슬프게 느끼는 것이겠지.”

키류가 아이들에게 놀림을 받을 때의 얼굴이 생각났습니다. 막연하기는 해도 할머니의 말을 이해할 수 있었습니다.

“그게 아니더라도 인간이란 좋은 일보다 나쁜 일이 마음속에 더 오래도록 남게 마련이야.”

정말로 내 마음속에는 그날 슈퍼에서의 장면이나 키류의 노려보는 눈빛이 원래의 형태를 그대로 유지한 채 아주 짙은 흔적으로 남았습니다. 그 이후로 오늘까지 맛있는 것도 많이 먹고 재미있는 일도 많았는데 그런 좋은 일보다 그때의 나쁜 일이 훨씬 더 짙은 흔적으로 남아 있는 것입니다.

나는 미나미 언니의 눈물을 떠올렸습니다.

“소설을 쓰는 사람도 그래요?”

“응, 그럴지도 모르겠다. 하지만 소설 쓰는 사람보다 그림 그리는 사람이 더 고독한 것 같아. 이야기라는 것은 언어잖아? 언어는 그림보다 그나마 전달하기 쉬운 거야.”

“그럼 나한테는 소설 쪽이 더 잘 맞아요. 나는 내 마음을 다른 사람에게 직접 전하고 싶거든요. ……흠, 좋아, 역시 나한테는 그것밖에 없어요.”

내가 의욕이 넘쳐 빙수 그릇을 든 채 자리에서 벌떡 일어서자 할머니는 호호호 하고 기품 있게 웃었습니다.

"뭔가 찾아낸 거야?"

"네, 약해빠진 화가와 한편이 되어주겠다고 선생님과 약속했거든요. 우선 그것부터 전해야겠어요."

"나노카가 그렇게 결심했다면 그러는 게 좋아. 하지만 그 아이는 어쩌면 나노카가 생각하는 것처럼 약한 아이가 아닌지도 몰라."

"아, 우리 선생님도 똑같은 말을 했어요. 하지만 그 애는 정말 약해빠졌어요. 그리고 진짜 겁쟁이라니까요. 자기 속마음도 똑똑히 말을 못하는데요, 뭘."

그런 주제에 나를 노려볼 때만은 그렇게나 원망스러운 눈빛을 하다니.

그날, 할머니 집에서 돌아온 나는 저녁을 먹으면서도 이를 닦으면서도 잠자리에 든 뒤에도 키류에 대해 생각했습니다. 나 아닌 다른 사람이란 도무지 알 수가 없는 것이죠. 그러니 생각하고 또 생각해보는 수밖에 없습니다. 하지만 아무리 생각해봐도 나와 키류는 다른 점만 가득하고 아바즈레 씨가 말했던 똑같은 점은 도무지 찾을 수 없었습니다.

그리고 나는 또 한 가지 함께 생각해야 할 일이 있었습니다. 내가 한편이라는 것을 어떻게 전해줘야 하느냐는 것입니다. 편지로? 전화로? 아, 메시지는 휴대전화가 없어서 안 됩니다.

그렇다면 역시…….

7

다음날, 조회가 끝나고 나는 다시 히토미 선생님을 찾아갔습니다. 그리고 어제 결심한 것을 똑똑히 선생님에게 말했습니다.

"히토미 선생님이 키류 집에 가져다주는 프린트, 오늘은 제가 가져갈게요. 키류에게 꼭 해야 할 말이 있어서 그것도 함께 전해주려고요."

내 제안에 히토미 선생님은 잠시 고민하는 얼굴이었습니다. 그야 당연히 그렇겠죠. 선생님은 키류가 결석하는 것에는 나한테도 조금쯤 책임이 있다고 생각하니까요. 직접 그런 말을 한 것은 아니지만 나는 다 알고 있습니다.

하지만 선생님이 그렇게 생각한다고 해도 나는 여기서 포기할 마음은 없습니다.

"선생님이 말했잖아요, 키류와 한편이 되라고. 정의의 용사는 설령 자신을 받아주지 않는다고 해도 한편을 그만두지는 않아요.

그러니까 좀 더 강한 내가 약한 쪽으로 찾아가려는 거예요."

그리고 "물론 나쁜 적은 우리 반의 바보 같은 아이들이죠"라고 덧붙였습니다.

히토미 선생님은 아직도 고민하는 것 같았습니다. 만일 선생님이 이 제안을 허락하지 않는다면 어떻게 할지도 나는 생각했습니다.

내가 좋아하는 히토미 선생님의 말씀은 가능한 한 잘 듣고 싶습니다. 그래서 혹시 선생님이 허락하지 않는다면 키류 집에는 내 마음대로 가버리기로 했습니다. 어른이 하는 말이 꼭 옳다고만은 할 수 없다, 라고 가르쳐준 것은 바로 히토미 선생님이니까요.

물론 어린아이인 내가 하는 말은 더욱더 꼭 옳다고만은 할 수 없죠. 그래서 히토미 선생님이 고민 끝에 내린 결정은 나를 믿고 힘들게 내려준 것이라고 생각했습니다.

"알았어. 오늘 프린트는 나노카에게 맡기도록 할게."

"맡은 일, 똑똑히 잘 하겠습니다."

"그런데 세 가지, 선생님과 약속할 것이 있어."

히토미 선생님은 진지한 얼굴로 손가락 세 개를 번쩍 세웠습니다. 내가 좋아하는, 선생님의 진지한 얼굴입니다. 지금은 틀림없이 나와 키류를 진심으로 생각해주고 있는 것이겠지요.

"첫째, 혹시 키류를 만나면 선생님이 언제든 기다리고 있다고 전해줬으면 좋겠어."

나는 깜짝 놀랐습니다.

"선생님도 아직 못 만났어요?"

"응, 아직 나를 보고 싶지 않은가봐."

"어휴, 진짜 겁쟁이 녀석."

내 말에 히토미 선생님은 두 번째 손가락을 꼽았습니다.

"두 번째가 바로 그거야. 결코 키류를 나무라서는 안 돼. 한편이 된다는 것은 공격 같은 걸 하는 게 아니지. 그러니까 절대로 무리하게 학교에 나오라고 다그쳐서는 안 돼."

선생님이 하는 말은 납득할 수 있었습니다. 나쁜 놈을 혼내주는 것은 정의의 용사의 역할입니다. 하지만 키류는 소심한 겁쟁이기는 해도 현재로서는 나쁜 놈은 아닙니다. 그러니까 공격해서는 안 되는 것입니다.

"마지막은 뭐예요?"

"응, 세 번째는 말이지, 우리 반 아이들을 나쁘게 말하지 말아줘. 다른 아이들도 모두 나노카와 마찬가지로 키류를 걱정하고 있어."

그 말을 듣고 나는 생각했습니다.

아, 히토미 선생님은 역시 허당이다.

마지막 약속만은 고개를 끄덕이지 않았다는 것을 선생님은 눈치 챘을까요. 교실로 돌아와 나는 철없이 까부는 아이들을 둘러보았습니다. 우리 반 아이들은 키류가 애초에 이 교실에 없었던 것처럼 평소와 똑같이 아무 생각 없는 얼굴로 시간을 보내고 있습니다. 단 한 사람도 키류에 대해 말하거나 키류에 대해 선생님에게 뭔가 물어본 아이는 없는 것입니다. 네, 그렇습니다, 단 한 사람도.

그래서 선생님이 말했던 세 번째 조건은 거짓말입니다. 단연코 거짓말.

좋은 일인지 슬픈 일인지는 모르겠지만, 그게 어린애인 나의 착각이나 착오가 아니라는 건 당장 그날로 증명되었습니다.

점심시간에 나는 어이가 없어서 말도 안 나올 지경이었습니다.

"너, 뭐하냐? 도둑놈 아들을 위해 그런 것까지 해주는 거야? 너, 키류 좋아하냐?"

바보 같은 남자애가 바보 같은 얼굴을 쳐들고 느물느물 웃으면서 시비를 걸어온 것은 점심시간에 내가 수업 노트를 종이에 옮겨 적고 있을 때였습니다. 바보 같은 남자애의 말대로 그것은 키류에게 전해주기 위한 것이었습니다. 어차피 집에 찾아가는 김에 내 예쁜 글씨로 수업한 것도 알려주자, 라고 생각했던 것입니다.

진짜 바보를 마주하고 잠깐 말문이 막혔던 나는 가까스로 입놀림을 되살려 긴 탄식과 함께 그 시비에 답해주었습니다.

"맞아, 최소한 너보다는 키류를 더 좋아해. 걔는 겁은 많아도 그림을 진짜 잘 그리거든."

"그림이나 끼적거리고 있으니까 겁쟁이가 된 거야."

그건 그럴지도 모릅니다. 할머니의 말을 떠올리며 그렇게 생각했지만, 바보 같은 인간이 그럴싸한 말 한 가지를 했다고 지금까지의 백 가지 잘못이 용서되는 것은 아닙니다. 나는 싸악 무시해버리고 노트 옮겨 쓰기를 계속했습니다.

무시당한 게 영 마음에 안 들었던 것일까요. 바보 같은 남자애는 찌질한 자존심에 상처를 입은 얼굴로 "야, 너 내 말 무시하냐!"라고 말했습니다.

그래도 내가 계속 무시해줬더니 남자애는 난폭하게 내 종이를 낚아채고 팔을 높이 쳐들어 그걸 우리 반 아이들에게 내보였습니다.

"얘가 키류를 좋아한다네?"

남자애의 큰 소리를 듣고 교실에 있던 아이들이 와글와글 이쪽을 돌아봤습니다. 바보 같은 남자애는 그걸로 자신이 우위에 섰다고 생각했는지 의기양양한 눈빛이었습니다. 바보도 이보다 더 바보 같을 수는 없습니다. 나는 그 바보 같은 남자애가 얼마나 바보 같은지를 알려주기 위해 큼직한, 큼직한, 한숨을 내쉬었습니다.

"자기가 바보라는 걸 자랑하고 싶은 마음은 잘 알았으니까 이제 그거 내놔."

나는 자리에서 일어나 바보 같은 남자애의 손에서 내 종이를 가져오려고 했습니다. 남자애는 홱 몸을 돌려 멀찌감치 물러섰습니다.

이 장면을 눈으로 본 아이들은 누가 더 나쁜 사람인지 단 일 초만 생각해봐도 뻔히 알았겠지요. 그래서 제대로 된 인간이라면 그 바보 같은 남자애에게 종이를 돌려주라고 설득했어야 하고, 특히 그 남자애의 바로 뒤에 있던 아이는 종이를 빼앗아 내게 돌려줬어야 할 것입니다.

하지만 아무도 그렇게 하지 않았습니다. 키류가 계속 학교를 결석하고, 옆자리의 내가 항상 그를 위해 싸워준 것을 다 봤을 텐데도 그렇게 하지 않았습니다.

그래서 히토미 선생님이 했던 그 말은 거짓말인 것입니다.

나는 다시 한 번 한숨을 내쉬고 바보 같은 남자애에게 이렇게 질문했습니다.

"안 돌려주겠다는 거지?"

남자애는 내 말을 무시했습니다. 나는 된식과는 반대로, 이제부터 할 말의 양에 적합한 만큼의 공기를 가슴에 빵빵하게 채웠습니다.

선생님과 약속했습니다. 한편을 공격해서는 안 된다고.

"남의 물건을 마음대로 빼앗아가고 돌려주지 않다니, 네가 바로 도둑놈이야."

즉 적이라면 아무리 나무라고 공격해도 괜찮다는 것입니다.

바보 같은 남자애는 얼굴이 빨개져서 나를 노려봤습니다.

"도둑놈이라는 말의 뜻을 알고 있니? 아, 잘 알겠지, 네 입으로 수없이 말했으니까. 도둑놈이란 남의 물건을 마음대로 가져가는 사람이잖아? 어때, 그렇다면 너도 도둑놈이야. 게다가 키류 아빠가 도둑질을 했다는 건 내 눈으로 못 봤으니까 사실인지 아닌지 모르겠지만, 네가 도둑놈이라는 건 명백한 사실이야. 왜냐면 바로 지금 내 눈앞에서 내 물건을 네 마음대로 가져갔으니까."

남자애의 얼굴은 점점 더 빨개졌습니다. 이대로 가다가 혹시 폭발하는 거 아닐까. 하지만 내가 하고 싶은 말은 아직 끝나지 않았습니다. 뭐, 혹시 폭발한다면 그때는 사과하도록 하죠.

"도둑질은 나쁜 짓이야. 그렇지? 그래서 네가 키류를 그렇게 지독하게 나무랐던 거잖아. 그래, 너의 그런 말이 맞는다고 하고, 네가 했던 그 말들을 그대로 적용해볼까? 키류 아빠가 도둑이니까 키류도 도둑놈이라고 했지? 그러면 너희 가족도 모두 도둑놈이네? 진짜 끔찍한 가족이다! 너희 아빠 엄마도 모두 다 도둑이라니. 할아버지도 할머니도 도둑이 되는 건가? 본인은 그렇지 않아도 관계가 있는 사람은 모두 나쁘다고 하면 네 친구들도 다 도둑이겠네? 아니, 한 교실에 있다는 것만으로도 도둑이 되는 건가? 그러면 나도 도둑이겠네. 근데 나는 그런 거 싫어. 나는 너하고는 전혀 다르거든."

"입 닥쳐!"

바보 같은 남자애의 날카로운 고함소리가 내 귀에 와 닿은 순간, 내 눈에는 또 다른 것이 번쩍였습니다. 멀어져가는 남자애, 낮아져가는 내 키, 나도 모르게 올려다본 천장.

갑작스러운 일이어서 내가 처한 상황을 깨닫기까지 조금 시간이 필요했습니다. 멍해져 있으려니 조금씩 왼쪽 어깨에 가해진 충격과 오른팔의 아픔이 내 머리에 와 닿았고, 그제야 내가 얻어맞고 쓰러졌다는 것을 알았습니다. 바로 옆에는 내가 쓰러질 때 같이 쓰러진 의자가 나동그라져 있었습니다.

누구라도 보자마자 알았겠지요. 이건 폭력이라는 것. 결코 해서는 안 된다고 배웠던 나쁜 짓이라는 것.

내가 일어서서 남자애에게 주의를 주자고 생각한 참에 내 머리에 뭔가 탁 날아왔습니다. 꾸깃꾸깃 뭉친 그것을 집어 펼쳐보니 그건 내가 키류를 위해 노트를 옮겨 쓰던 종이였습니다.

"다들 너를 엄청 재수 없다고 생각한다고!"

그 남자애는 내 종이를 가져가 꾸깃꾸깃 뭉쳐버리고 폭력까지 휘두르고, 게다가 그런 말까지 했습니다. 이런 장면을 보고 내 쪽이 나쁘다고 말하는 사람이 있다면 그 사람은 분명 머리가 이상하겠죠. 나는 누군가 분명 내 편을 들어줄 거라고 생각했습니다.

하지만 언제까지 앉아 있어도 내 손을 잡아주는 사람도, 나를 위로해주는 사람도, 이 교실에는 없었습니다.

히토미 선생님이 한 말은 역시 거짓말입니다. 바보 같은 남자애가 마지막으로 한 말은 아주 틀린 말이 아닌지도 모릅니다.

그래서 나는, 마음속에 있는 것을 똑바로 전하고 싶은 나는, 내 생각을 우리 반 모두에게 들리도록, 하지만 어디까지나 똑똑하게, 소리치거나 하지 않고, 분명하게 전했습니다.

"모두 다 도둑놈이야."

내 말의 여운이 남는 것을 막으려는 듯 그 순간 점심시간이 끝나는 벨소리가 울렸습니다.

종례시간이 끝나고 히토미 선생님에게서 키류에게 전해줄 프린트를 받아든 나는 오늘은 선생님 옆자리의 신타로 선생님에게서 달콤한 과자 따위도 얻어먹지 않고 냉큼 학교를 나왔습니다. 중간에 마주친 우리 반 아이들과는 어느 누구와도 인사를 하지 않았습니다.

대신 우리 집 근처에서 모피 두른 친구를 만나 함께 키류의 집으로 향했습니다.

그의 집이 어딘지는 알고 있습니다. 전에 길에서 만났을 때, 집이 어디냐고 물어본 적이 있으니까요. 대략적인 위치를 알고 있으니 그다음은 문패를 찾아보면 됩니다.

똑같은 모양의 단독주택이 줄줄이 이어진 장소에서 문 앞에 '키류(桐生)'라고 적힌 집은 한 집밖에 없었습니다. 키류라는 성씨를 한자로 어떻게 쓰는지는 전에 글씨 모양이 멋있다고 생각해 외우고 있었습니다.

"뭐, 고야나기(小柳)라는 내 이름의 한자가 더 멋있긴 하지만."

그렇게 혼잣말을 중얼거리며 나는 그다지 긴장도 하지 않고 키류 집의 초인종을 눌렀습니다.

벨이 울리고 일 분쯤 기다려봤지만 누군가 나오는 기척은 없었습니다. 나는 다시 초인종을 눌렀습니다. 하지만 두 번째도 똑같은 결과였습니다.

나는 키류가 집에 없다고는 생각하지 않았습니다. 나도 감기에 걸려 학교를 결석했을 때는 몸이 좀 나아져도 어쩐지 학교에 간 친구들을 맞닥뜨리고 싶지 않아 외출을 삼갔는데 하물며 키류에게 그런 용기가 있을 리 없습니다.

어쩌면 나도 만나지 않으려는 건가. 그렇게 생각하며 세 번째로 초인종을 누르고 그다음 일 분은 뭘 하며 기다릴까, 하고 고민할 때였습니다. 드디어 초인종 옆의 마이크에서 목소리가 들려왔습니다.

"네⋯⋯."

기운 없는 목소리였지만 수업참관 때 키류와 이야기하던 키류 엄마의 목소리라는 것을 알았습니다.

"안녕하세요? 저는 키류와 같은 반 친구인데요. 프린트를 전해주러 왔습니다!"

"아, 그렇구나, 고맙다. 잠깐만 기다려라."

그 말대로 얌전히 기다리고 있었더니 잠시 뒤 키류 엄마가 현관문을 열고 나왔습니다. 나는, 여기서 잠깐 기다려, 라고 내 발을 핥고 있는 친구에게 말해놓고, 공손히 키류 엄마에게 머리 숙여 인사를 했습니다.

"안녕하세요?"

"아, 나노카구나, 히카리 옆자리의."

키류 엄마와는 한 번도 얘기를 나눈 적이 없는데 나를 아는 것 같았습니다. 왠지는 모르지만 아무튼 기쁜 일입니다. 히카리란 키류의 이름입니다. 키류 히카리(桐生 光). 그는 그렇게나 멋진 이름을 갖고 있습니다.

"매일매일 히토미 선생님이 가져오셨는데 오늘은 나노카가 왔네? 고맙다.”

“네, 제가 선생님에게 부탁했어요. 키류에게 볼일이 있어서요.”

볼일이라는 말을 듣고 키류 엄마의 얼굴은 오늘 아침 히토미 선생님과 똑같은 표정이 되었습니다. 키류 엄마는 난처해하고 있었습니다. 혹시 키류 엄마도 키류가 학교를 결석하게 된 것이 나 때문이라고 생각하는 걸까요. 얘기를 나눈 것은 이번이 처음인데.

“볼일이라니, 어떤?”

키류 엄마의 질문에 나는 솔직히 대답하기로 했습니다. 상대에게 믿음을 주기 위해서는 뭐든 있는 그대로 솔직하게 말하는 게 최고니까요.

“전해주러 왔어요, 나는 키류와 한편이라는 거. 키류가 얼른 학교에 왔으면 좋겠거든요. 안 그러면 수업 때마다 나는 짝꿍이 없어요.”

솔직한 고백에 키류 엄마는 마음이 좀 누그러든 것 같았습니다. 역시 인간은 거짓말을 해서는 안 됩니다.

정직한 사람은 반드시 득을 본다니까요. 키류 엄마가 내게 보여준 것은 다정한 웃음을 곁들인 “어서 들어와”라는 것이었습니다.

처음 가본 키류 집은 우리 집에 비해 요리나 빨래 냄새가 집 전체에 배어있는 느낌이었습니다. 아마 우리 집은 낮에는 텅 비고 밤에만 사람이 있기 때문이겠지요. 얼마 전까지였다면 나는 그걸 부러워했을지도 모릅니다.

거실로 안내를 받아 나는 우선 소파에 앉아서 오렌지주스를 대접받았습니다. 내가 특히 좋아하는 새콤달콤한 주스라서 그것만으로도 키류네 집에 오기를 정말 잘했다고 생각했죠. 오렌지주스를 마시면서 키류 엄마에게 집에 들어온 뒤부터 의아했던 것을 물어봤습니다.

"키류는요? 혹시 밖에 나갔어요?"

내 질문에 키류 엄마는 커피를 마시며 고개를 저었습니다.

"히카리는 이 층에 있어. 요즘 거의 하루 종일 제 방에 틀어박혀 있구나."

"그림을 그리는 건가요?"

그저 지레짐작으로 말했을 뿐인데 키류 엄마는 깜짝 놀란 얼굴이었습니다.

"어라, 히카리가 그림 그린다는 걸 알고 있니? 걔는 그림 그리는 거, 항상 감추는데."

"학교에서도 자꾸 감춰요. 진짜 잘 그리니까 아이들에게 좀 더 많이 보여줘도 좋을 텐데. 키류의 그림에는 그럴 만한 가치가 있다고 생각해요."

키류 엄마가 나에게 완전히 마음을 열어준 순간이 있다면 분명이 대목일 것입니다. 역시 거짓말보다는 솔직한 말이 더 득이 되지요.

"키류가 방에 틀어박혀 계속 그림을 그린다면 저는 열심히 응원할 거고 기대도 커요. 아직도 자신이 좋아하는 것을 아이들에게 말하지 못하는 건 응원할 수 없지만."

"그래, 히카리에게 꼭 그렇게 말해주렴. 나노카는 정말로 우리 히카리 편이구나."

"네, 저는 키류와 적이었던 적은 한 번도 없어요."

빙그레 웃는 키류 엄마를 따라 오렌지주스 잔을 비운 나는 계단을 올라갔습니다. 이 층은 환한 복도에 별다른 특징이 없는 문 몇 개가 있고, 우리는 그중 한 곳 앞에서 발을 멈췄습니다. 내 방 문은 장식물로 예쁘게 꾸몄는데 이 문은 그런 것이 없어서 밋밋했습니다.

키류 엄마가 그 문을 노크했습니다.

"히카리, 네 친구가 왔어."

친구는 아닌데? 하지만 나는 방 안의 반응에 귀를 기울이던 참이라 그런 말대꾸는 하지 않았습니다.

어머니의 목소리에 반응을 보이기까지 조금 시간이 걸렸습니다.

"……누구?"

드디어 들려온 목소리는 몹시도 약한 것이었습니다. 아마 그를 모르는 사람이라면 어디 아픈 게 아닌가 하고 생각했겠지요. 하지만 평소 교실에서의 그를 잘 아는 나에게 그 목소리는 평소의 키류와 전혀 다르지 않았습니다.

키류 엄마가 나 대신 내 이름을 말하기 전에 나는 문 앞으로 한 걸음 다가가 이렇게 말했습니다.

"나야."

170

키류가 '나'가 누구인지 알았다는 건 금세 알았습니다. 안에서 당황하는 기척이 소리로 들려왔기 때문입니다. 뭘 그리 당황하는 걸까요. 내가 무슨 그를 괴롭히는 바보 남자애도 아니고.

"……왜?"

진심으로 궁금해서 튀어나온 의문. 그런 목소리였습니다.

"프린트 가져왔어. 그리고 수업 노트 적은 것도 가져왔어."

"그, 그건, 히토미 선생님이 갖고 오셨었는데?"

"오늘은 선생님 대신 내가 왔어. 수업 노트는 내가 옮겨 썼고. 그리고 키류, 너에게 할 말도 있어."

키류는 아무 대답도 하지 않았습니다. 그래서 나는 마음대로 말을 이어나갔습니다.

"키류, 나는 네 편이야. 적이었던 때라고는 한 번도 없어. 그러니까 안심하고 학교에 나와."

"……"

"네가 착각했는지도 모르지만 나는 키류 네 편이야. 혹시 안 좋은 일이 생기면 히토미 선생님이나 내가 함께 싸워줄게. 근데 너도 함께 싸워야 해. 왜냐면 인생이란 릴레이의 첫 주자 같은 것이니까. 우선 내가 먼저 움직이지 않고서는 아무것도 안 돼."

키류는 여전히 아무 말도 없었습니다.

"오늘은 그거 전하러 왔어."

하고 싶은 말을 모두 다 말했는지 어떤지는 모르겠습니다. 하지만 중요한 것은 말했다고 생각했습니다. 그래서 나는 그만 입을 다물고 키류의 대답을 기다리기로 했습니다. 키류 엄마와 둘이서 지그시 문 앞에서 기다렸습니다.

기다리는 시간이 몹시도 길게 느껴졌습니다. 하지만 내가 더 나이 들어버리기 전에 그 순간은 분명하게 왔습니다. 키류에게서 응답이 온 것입니다.

다만 드디어 나온 그 응답이 내가 받아들일 만한 것은 아니었습니다.

"……가!"

그 말의 의미를 정확히 아는 내가 흠칫 놀라는 참에 마치 공격하듯이 다음 말이 날아왔습니다.

"다시는 오지 마. 나, 이제 학교 안 다녀!"

내가 놀란 것은 그 말의 의미 때문만은 아니었습니다. 키류의 목소리가 풍기는 분위기는 지난번 나를 노려봤을 때의 것과 똑같았던 것입니다.

나는 당황했습니다. 내 뒤에 서있던 키류 엄마도 그랬겠지요. 나도 모르게 문에 손을 대고 키류에게 물었습니다.

"왜?"

"…………나는, 싸우기 싫어."

그 말이었습니다. 그 말이 문제였던 것입니다. 그 말이 내 마음에 못된 불길을 피워 올렸습니다. 오늘 점심시간의 일로 당겨졌던 불씨가 아직도 남아 있다가 엉뚱한 곳에서 활활 타오른 것입니다. 나는 뒤에 키류 엄마가 있다는 것조차 깡그리 잊어버렸습

172

니다.

"싸우지 않으면 또 바보 취급을 당한단 말이야!"

"…………."

"그림에 대해서도! 네 아빠에 대해서도!"

"…………."

"키류 너는 잘못한 거 하나도 없어! 다들 잘못된 말들을 하고 있어. 그러니까 싸워야지!"

나는 아마도 억울했던 것 같습니다. 키류가 바보 취급을 당하는 것도, 그가 싸우지 않는 것도. 그리고 그것과 똑같은 만큼, 나 자신이 아무것도 할 수 없다는 것도.

키류는 작은 소리로 말했습니다.

"싫어. 나는 나노카 너처럼 강하지 못해."

"이, 이……!"

공기를 얼마나 많이 들이쉬었는지 모릅니다. 자칫 주위 사람들이 질식해버릴 만큼 나는 많은 공기를 끌어다 들이쉬었습니다. 그리고 그만큼 엄청나게 큰 소리가 터져 나왔습니다.

"이 겁쟁이야!"

나는 내 목소리에 놀랐습니다. 하지만 그보다 더 놀란 것은…….

"가라니까!"

키류의 큰 목소리는 지난번에도 들었습니다. 그러니까 놀란 것은 그 목소리 때문만은 아닙니다.

"싫어! 다 싫다고! 근데 니노기 네가 제일 싫어!"

키류가 울고 있다는 것을 알았습니다. 무엇에 대해 우는 것인지는 모릅니다. 평소 같으면, 남자 주제에 울기는, 이라고 말했겠지요. 하지만 너무 놀라서 나는 그 말을 하지 못했습니다. 상처입고 울고 있는 키류에게 깜짝 놀라서, 그리고 키류가 던진 말에 마음속이 캄캄해져버린 나 자신에 깜짝 놀라서.

이제 더 이상 이곳에 있어서는 안 된다고 생각했습니다. 나는 실례인 줄 알면서도 키류 엄마에게 책가방에서 꺼낸 프린트와 수업 내용을 옮겨 쓴 종이를 던져주고 도망치듯이 키류 집에서 뛰쳐나왔습니다.

그 집을 나온 뒤, 나는 내내 기다려준 친구도 무시하고 근처 공원으로 달려가 한쪽 구석 벤치에 털썩 주저앉았습니다.

그리고 의아한 얼굴로 바라보는 작은 그녀 앞에서 나는, 울었습니다.

그날은 아바즈레 씨에게도 할머니에게도 가지 않았습니다. 아직 집에 들어갈 시간까지는 많이 남아 있었지만, 눈물범벅인 얼굴로 찾아가서는 안 된다고 생각했던 것입니다.

8

　다음날, 선언한 대로 키류는 학교에 오지 않았습니다. 나는 어제 내 마음속에 들어온 캄캄함이 아직 남아있는데도 기를 쓰고 학교에 갔습니다. 혹시라도 키류가 학교에 온다면, 학교에 오라고 말했던 내가 결석해서는 절대로 안 된다고 생각했기 때문입니다.

　그렇건만 키류는 학교에 오지 않았습니다.

　내 마음속은 캄캄한 채여서 어떻게든 이 시커먼 뭔가가 몸 밖으로 나가기를, 이라고 빌었지만 그 시커먼 것은 완전히 사라져 주지 않았습니다.

　나는 학교에서 얼른 나오고 싶었습니다. 빨리 내 친구들을 만나고 싶다. 내내 그 생각만 했습니다. 아바즈레 씨, 할머니, 꼬리 끊긴 그녀, 다 만나고 싶다…….

　그나저나 미나미 언니는 어디로 가버린 걸까요.

　사회 수업 중에 나는 만날 수 없게 된 친구가 생각나 또다시 울고 싶어졌습니다. 그래서 수업 사이사이의 쉬는 시간에는 도서실에 가기로 했습니다. 도서실에 가면 책 냄새가, 책을 담아둔 보물 상자 같은 냄새가, 나를 위로해줄 테니까요.

나의 그 계획은 조금쯤은 성공했습니다. 시커먼 것은 여전히 내 안에 있었지만 그것은 날뛰지도 못했고 내 눈물을 눈 속에 봉쇄하는 노력도 방해하지 못했던 것입니다.

그럭저럭 이 시커먼 것을 방과 후까지 잘 길들일 수 있겠다. 그러면 평소에 하던 대로 아바즈레 씨 집에 가서 아이스바를 먹고 할머니 집에 가서 과자를 먹을 수 있다. 그렇게 키류 일 따위, 다 잊어버리면 된다. 안 좋은 일일랑 깨끗이 잊어버리면 된다.

그렇게 생각한 것입니다. 하지만 그렇게 생각할 수 있었던 것은 아주 잠깐뿐이었습니다.

나는 마음속의 그 시커먼 것을 몰아내는 데 좀 더 좋은 방법을 찾아낸 것입니다.

그것은 도서실을 나온 참이었습니다. 저 앞의 복도를 걸어가는 그를 발견한 것입니다.

나는 그의 등을 향해 뛰어가 망설임 없이 말을 건넸습니다.

"오기와라, 안녕?"

내가 건넨 인사에 오기와라는 몹시 놀란 기색으로 어깨를 흠칫했습니다. 나는 그가 돌아보기를 기다리며 머릿속에서 그에게 이야기할 내용을 생각했습니다. 며칠 전에 『우리들의 7일 전쟁*』을 읽었어. 오기와라, 너는 어떤 책 읽었어?

나는 어쩌면 우리 반에 단 한 명뿐인지도 모르는 나를 싫어하지 않는 사람과 즐거운 이야기를 하는 것으로 내 마음을 조금이라도 건강하게 만들 수 있기를 바랐던 것입니다. 그냥 그것만을 바랐던 것인데…….

인생이란 감기 걸렸을 때 열을 재보는 일과 같은 것입니다.

대개는 평소에 상상하던 것보다 훨씬 더 심하니까요.

나는 분명 오기와라의 이름을 불렀습니다. 그런데도 오기와라는 전혀 이쪽을 돌아보지 않았습니다. 그러기는커녕 나의 부름에 답하지 않고 오히려 조금 걸음을 서둘러 교실 쪽으로 가기 시작했습니다.

혹시 못 들었나? 방금 흠칫 놀란 것은 다른 일에 놀랐던 모양이네.

그렇게 생각하고 다시 한 번 말을 건넸습니다.

"저기, 오기와라!"

"……."

그는 대답하지 않았습니다. 그리고 멈추지도 않았습니다. 이상하네. 나는 다시 한 번 불렀습니다.

"오기와라?"

---

*작가 소다 오사무가 1985년부터 25년간에 걸쳐 발간한 청소년소설 '우리들 시리즈'의 제1권. 학칙과 공부, 성공에 얽매인 어른들을 향한 청소년의 저항과 모험의 이야기다.

그는 역시 뒤돌아서지 않았습니다. 그리고 나는 몇 번이나 몇 번이나 오기와라의 이름을 불렀습니다. 조금씩 내 목소리가 커졌던 것이겠지요. 교실에 도착할 무렵, 내 목소리는 이미 어제의 키류와 똑같이 크게 부르짖는 소리가 되었습니다.

"오기와라!"

그래도 오기와라는 대답하는 일 없이 자리에 앉아 교과서 준비를 했습니다. 어린애이자 초등학생인 나도 어렴풋이 감을 잡기는 했습니다. 하지만 그걸 인정하고 싶지 않았습니다. 그러나 내 바람이 이루어지지 않았다는 것은 우리 반 남자애들이 느물느물 더러운 웃음을 지으며 나를 쳐다보는 것으로 확실히 알았습니다.

무시, 라는 이름의 이 세상에서 가장 멍청하고 어리석은 따돌림.

나는 지금까지 그딴 거 신경 쓰지 않으면 된다고 생각했습니다. 하지만 그때 내 마음은 조금 전보다 더욱 더 시커먼 색으로 뒤덮였습니다.

내 마음은 한없이 우울해졌습니다. 이렇게 옳은 일을 하는 내가 따돌림을 당한다는 것에. 그리고 오기와라가 그런 바보 같은 짓에 가담했다는 것에.

이건 나중에 알았던 것이라서 그때의 나와는 관계가 없지만, 그날 슈퍼에서 도둑으로 잡혀간 사람이 키류 아빠였다는 것을 증거도 없이 퍼뜨린 사람이 바로 오기와라였다고 합니다.

하지만 그때 나에게 그런 건 아무려나 상관없었습니다. 나는 그냥 오기와라에게, 그리고 나를 둘러싼 세계에게 배신당했다는 생각에 엉망진창으로 찌부러져버렸습니다.

　그날 그 시간부터 아바즈레 씨 집에 갈 때까지의 일을 나는 하나도 기억하지 못합니다.

　문득 정신을 차리자, 정말로 문득 정신을 차리자, 나는 아바즈레 씨 집의 초인종을 누르고 있었습니다. 그곳까지 어떻게 왔는지 하나도 기억나지 않습니다. 내 발치에는 꼬리 짧은 그녀도 없었습니다. 나도 모르는 사이에 아바즈레 씨 집 앞까지 와서 그 초인종을 누르고 있었던 것입니다.

　안에서 아바즈레 씨의 "네에~"라는 잠에 취한 부드러운 목소리가 들렸습니다. 거기서 한 번.

　잠시 뒤 문이 덜컹 열리고 쓱 내밀어준 아바즈레 씨의 얼굴에서 두 번.

　내 얼굴을 보고도 아바즈레 씨가 아무 것도 묻지 않고 "들어와"라고 말해준 것에서 세 번.

　나는 아바즈레 씨가 권하는 대로 신을 벗고 안으로 들어가 방 한쪽 구석에서 무릎을 껴안고 그곳에 얼굴을 묻었습니다.

　이미 다 들켜버렸지만 나 자신이 가엾어서 운다는 것은 전혀 똑똑하지 못한 짓인 것 같아서 나는 혼자 작은 삼각형처럼 한껏 몸을 웅크렸습니다.

　아바즈레 씨는 집에 들어온 뒤에도 아무것도 묻지 않았습니다. 그저 냉장고 여는 소리가 나고 내 가까이의 낮은 테이블에 뭔가 내려놓는 소리가 났습니다.

"오늘 눈에 띄길래 희한하다 싶어서 사왔어. 먹어봐."

나는 아바즈레 씨가 사온 그것이 무엇인지도 모른 채 고개를 가로저었습니다. 이마가 스커트와 마주쳐 서걱거리는 소리를 냈습니다.

내가 침묵하자 아바즈레 씨가 자리에서 일어나는 소리와 커피 냄새가 풍겨왔습니다. 둘 다 내가 좋아하는 것입니다. 하지만 지금은 아무것도 보고 싶지 않았습니다.

아바즈레 씨가 어이없어서 화를 낼지도 모른다, 라는 생각도 생각했습니다. 갑작스럽게 집에 찾아온 아이가 울기만 하고 아무 말도 하지 않는, 그야말로 실례되는 짓을 했으니까요.

아바즈레 씨는 커피를 내리자 다시 같은 자리에 와서 앉는 것 같았습니다. 둘 다 침묵했기 때문에 집 안에는 에어컨 소리밖에 들리지 않았습니다.

하지만 그것도 잠시 동안입니다. 곧바로 다른 소리가 들려왔습니다.

"행복은 제 발로 찾아오지 않아~. 그러니 내 발로 찾아가야지~."

아름다운 노래 소리. 나는 아직 내지 못하는 높으면서도 탁함이 섞인, 마치 빨강과 파랑을 아름답게 나눠 칠한 그림 같은 아바즈레 씨의 목소리가 들려왔습니다.

나를 격려해주기 위해 일부러 신나게 노래하는 것이다. 그렇게 생각했지만 노래를 부르고 싶지 않았던 나는 따라 부를 수 없었습니다. 내가 입을 꾹 다물고 있자 1절을 끝까지 부른 아바즈레 씨는 돌연 이런 말을 했습니다.

"행복이란 무엇일까……."

내 귀가 솔깃 움직인 것을 아바즈레 씨에게 들켰는지도 모릅니다. 그래서 좀 더 깊이 얼굴을 무릎에 파묻었지만 아바즈레 씨는 그런 건 신경도 쓰지 않았는지 계속 말을 이어갔습니다.

"나도 생각을 좀 해봤어. 꼬마 아가씨의 이야기를 듣고 나서 내내."

"…………."

"오늘 그 답을 알아냈어."

무심코 고개를 들었습니다. 하지만 웃는 얼굴의 아바즈레 씨와 눈이 마주치자마자 다시 고개를 푹 숙였습니다.

쓴맛이 나지만 멋진 향기도 함께 나는 커피 냄새. 아바즈레 씨가 쓰는 향수와 화장품의 화사한 냄새. 그리고 아바즈레 씨가 찾아낸 행복의 답이라는 것이 나를 자꾸 간질였습니다.

집 안이 너무 조용했기 때문에 내가 간지러워하는 게 전해져버렸는지도 모릅니다. 아바즈레 씨는 커피를 한 모금 마시고 내가 묻지 않아도 그다음을 이야기해주었습니다.

"이건 내가 내린 답이야. 그러니까 아마 꼬마 아가씨의 생각과는 다를 거야. 하지만 뭔가 힌트가 될지도 모르니까 일단 얘기해줄게."

아바즈레 씨는 내가 대꾸해주기를 기다리지 않았습니다. 스읍,

숨을 들이쉬고 이렇게 말했습니다.

"행복이란 누군가에 대해 진지하게 생각할 수 있다는 것이야."

"…………."

"오늘 쇼핑을 했었어. 내일 아침거리도 사고 마실 것도 사고 다 써버린 샴푸도 새로 샀어. 그건 날마다 이어지는 일상이고 특별할 것도 없는 일이지. 빵을 사고 우유를 사고 린스를 사고, 이제 깜빡 잊은 건 없나, 하고 생각했을 때, 아, 그러고 보니 오늘은 꼬마 아가씨가 오려나, 아, 왔을 경우를 대비해 간식을 좀 사야겠다, 지난번에는 뭘 함께 먹었더라, 이번에는 뭘 함께 먹을까, 오늘은 꼬마 아가씨가 와서 이 간식을 보고 기뻐해주면 좋겠다……. 문득 깨닫고 보니까 나는 내내 꼬마 아가씨 생각을 하고 있었어."

"……."

"그걸 깨닫고 좀 놀랐어. 나는 꽤 오래 전부터 누군가에 대해 진지하게 생각해본 적이 없었어. 누군가를 기쁘게 해주자는 생각도, 누군가와 함께하자는 생각도, 나는 꽤 오랜 동안 거의 해본 적이 없어. 이미 포기해버렸으니까, 나는. 너무 오래 전부터 그런 생각을 해본 적이 없었기 때문에 비로소 깨달았어. 인간은 누군가에 대해 진지하게 생각하면 이렇게도 마음이 가득 채워지는구나 하고."

"…………."

"나는 말이지, 꼬마 아가씨, 안 좋은 일도 괴로운 일도 모두 포

182

기해버리는 어른이 되어 있었어. 전에 대충 얼버무리고 넘어갔지만, 나는 행복하지 않았어. 행복의 모양새가 어떤 것인지도 이미 잊어버렸기 때문이야. 그런데 오늘 드디어 생각났어. 행복이 어떤 모양새인지."

"…………."

"꼬마 아가씨 덕분에 나는 행복의 모양새를 기억해냈어. 고마워."

아바즈레 씨가 자리에서 일어선 것을 소리로 알았습니다. 삐걱거리는 바닥. 아바즈레 씨가 움직이면 그때마다 쥐 같은 소리를 울립니다. 그 쥐 소리가 점점 내게로 다가왔습니다. 그리고 기끼이에서 멈추더니 아바즈레 씨가 내 바로 옆에 앉았습니다. 아바즈레 씨의 부드러운 체온이 와 닿는 그런 거리에.

"이걸로 내 마음대로 해본 이야기는 끝이야. 고마워, 들어줘서. 어른이 하는 얘기는 재미가 없지? 그런데도 조용히 들어준 꼬마 아가씨는 역시 대단해. 그래, 좋아, 내 재미없는 이야기를 들어준 데 대한 보답을 해야겠네."

아바즈레 씨는, 무릎을 껴안은 내 두 손 위에 아름다운 손을 포개 얹었습니다.

"보답으로, 혹시 꼬마 아가씨가 하고 싶은 얘기가 있다면 나는 언제까지라도 다 들어줄게."

다시 울음이 터질지도 모른다. 나는 그렇게 생각했습니다. 하지만 울지 않았습니다.

아바즈레 씨의 그 말이 기뻤습니다. 다정함이 넘치지만 그것이 전혀 질척거리지 않아요. 역시 나는 이런 어른이 되고 싶습니다. 게다가 아바즈레 씨는 내 덕분에 행복해졌다고 말했습니다. 이런 기쁜 일, 친구로서 이보다 더 기쁜 일이 또 있을까요.

그토록 기쁜 일이니 나는 신이 나서 팔짝팔짝 뛰거나 해도 좋았겠지요. 하지만 할 수 없었습니다.

이유는 아바즈레 씨의 행복에 대한 답을 나는 믿을 수 없었기 때문입니다.

엉망이 된 목소리지만 나는 이 집에 들어온 뒤 처음으로 목소리를 냈습니다.

"……나도 생각했어요."

"응?"

"나도 아주 열심히 생각했어요. 근데 다 소용없었어요!"

나도 모르게 터져 나온 큰소리.

일단 나는 다정한 아바즈레 씨에게 그 점은 미안하다고 생각해서 진심으로 "미안합니다"라고 사과했습니다. 하지만 큰소리 이외의 것은 사과하지 않았습니다.

"진짜, 진짜, 진짜로 생각했어요. 계속, 계속, 계속 생각했다고요. 아바즈레 씨가 말한 것처럼 나도 내내 생각했어요. 내 옆자리 아이에 대해, 이렇게 많이 생각한 적이 없을 만큼 생각했어요. 하지만 그 바람에 무시만 당했어요. 나노카가 제일 싫다, 라는 말도 들었다고요. 이건 전혀 행복이 아니에요."

"……그랬구나."

"이제 나는, 누가 뭘 하든 절대로 상관하지 않을 거예요."

"그건 안 돼!"

아바즈레 씨는 나를 나무라고 있다, 라고 나는 생각했습니다. 다른 어른들처럼, 학교 선생님들처럼. 어른들은 항상 말하죠, 우정이나 인연이 이 세상에서 가장 소중하다고. 그래서 내가 그 반대되는 얘기를 한 것에 대해 허당 어른에게 혼이 나고 있는 것이라고 생각했습니다. 나는 실망했습니다. 그건 친구가 친구에게 할 일이 아니니까요.

하지만 아바즈레 씨의 그다음 한 마디를 듣고 나를 혼내는 게 아니라는 것을 알았습니다.

아바즈레 씨는 내 손을 꼭 잡았습니다. 그리고 자신이 가진 모든 슬픔을 눌러 담은 듯 조용한 목소리로 말했습니다.

"나처럼 되어버리니까, 그건 안 돼."

나는 왜 아바즈레 씨가 미처 다 감추지 못한 슬픔을 그 목소리에 담았는지 알지 못했습니다. 알 수 없었습니다.

"그러니까 그것만은, 안 돼."

"……왜요?"

마음속 깊은 곳에서 튀어나온 질문이었습니다. 아바즈레 씨는 이렇게나 멋진 사람인데. 나는 생각했습니다. 어른들이 모두 아바즈레 씨 같다면 좋겠다. 아니, 모든 사람이 아바즈레 씨처럼 멋지다면 좋겠다. 그렇게 된다면 모두가 똑똑하고 좋은 냄새를 풍기는 세계가 된다. 굳이 그림 같은 거 그리지 않더라도 아름다운 세계가 눈에 올곧게 보인다.

"나는 아바즈레 씨 같은 어른이 되고 싶어요. 똑똑하고 착하고 멋진 사람이라면 학교에 친구 같은 거, 필요 없잖아요."

나도 아바즈레 씨의 손을 꼭 맞잡았습니다. 그러자 아바즈레 씨는 천천히, 천천히, 조용한 한숨을 내쉬었습니다. 그 한숨의 의미를 나는 알지 못했습니다. 알 수 없었습니다.

다시 집 안에는 에어컨 작동하는 소리만 울리고 하얀 공백의 시간이 한참동안 이어졌습니다. 그 끝에 아바즈레 씨는 이런 말을 했습니다.

"나는 자주 꾸는 꿈이 있어. 오늘 아침에도, 또다시 같은 꿈을 꾸었어."

"……어떤 꿈?"

"어느 여자애의 꿈. 그 아이는 아주 똑똑하고 책도 많이 읽었고 그래서 많은 것을 알고 있었어. 그래서 자신은 주위 사람들과는 다르다, 매우 특별한 사람이다, 라고 생각했어."

어떤 소설 이야기인가? 내가 묻기 전에 아바즈레 씨는 한숨 돌린 다음에 뒤를 이었습니다.

"자신을 특별하다고 생각하는 것은 중요한 일이야. 하지만 그 아이는 자신을 특별하다고 생각하는 것을 조금 착각했어. 주위 사람들을 모두 바보라고 생각한 거야. 사실은 그렇지 않은데, 그 아이는 똑똑해서 특별했던 바람에 똑똑한 것만이 특별해지는 단 하나의 수단이라고 생각했어. 그렇게 하면 훌륭한 인간이 될 수 있다고 생각한 거야."

아바즈레 씨는 헛기침을 했습니다.

"그 아이는 훌륭한 어린아이였는지도 모르겠어. 하지만 주위 사람들을 모두 바보로 여기는 아이를 남들이 좋아할 리가 없지. 그 아이는 점점 주위 사람들에게서 미움을 받기 시작했어. 그리고 거기서 큰 잘못을 했는데 그 여자애는, 마침 잘됐네, 라고 생각해버린 거야. 왜냐면 그 여자애도 주위의 바보 같은 아이들이 싫었거든. 아니, 지금 돌이켜보면 싫었던 게 아니야. 미처 생각해주지 못했던 거야. 어느 누구에 대해서도."

아바즈레 씨는 내 손을 계속 꼭 잡고 있었습니다.

"어쩌면 그 여자애를 이해해주려는 사람도 있었을 거야. 하지만 그런 사람이 있으리라고는 생각을 못했던 여자애는 그대로 어른이 되었어. 자신의 세계에 틀어박혀 오로지 똑똑해지기 위해서만 시간을 썼지. 그러면 언젠가는 행복해진다고 굳게 믿으면서. 하지만 그건 틀린 거였어."

나는 그런 아바즈레 씨의 손을 마주잡았습니다.

"어른이 되면서 그 아이는 엄청 똑똑해졌어. 하지만 그뿐이었어. 어느 순간, 깨달았어. 자기 주위에는 아무도 없다는 것, 훌륭한 어른이 되었는데도 칭찬해주는 사람이 하나도 없다는 것을 깨달았어."

나는 생각했습니다. 그건 마치…….

그래서 그 아이에 대해 몹시 궁금해졌습니다.

"그 아이는 어떻게 됐어요?"

아바즈레 씨는 크게 숨을 들이쉬었습니다.

"어떻게 됐는지 모두 다 얘기해줄 건데, 아마 꼬마 아가씨는 무슨 말인지 모를 수도 있어. 하지만 만일 모른다고 해도 어떤 뜻인지 가르쳐주지 않을 거야. 가르쳐주고 싶지 않거든. 그래도 괜찮다면, 어때, 들어볼래?"

나는 무릎에 얼굴을 묻은 채 꾸벅 고개를 끄덕였습니다.

"그 아이는 자신의 인생에 의미 따위는 없다고 생각했어. 마침내 깨달은 거야. 그리고 이제 뭐, 아무려나 상관없으니까 자신의 몸을 함부로 다뤘고 자신의 마음을 소홀히 했어. 위험한 곳에 가고 위험한 것에 손을 대고 위험한 일을 당했어. 하지만 그 아이는 그게 싫지 않았어. 자신의 인생을 망가뜨리는 게 오히려 기분 좋았지. 자기 스스로 만들어갔으면서도 그 아이는 자신의 인생이 싫었어. 망가뜨리고 망가뜨리고 또 망가뜨리고…… 그래도 돈은 필요해서 돈을 벌려고 다시 자신을 마구잡이로 내돌렸어. 문득 깨닫고 보니 그런 세계의 주민이 되어 있었지. 물론 그런 세계에서 살더라도 자긍심을 가진 사람도 있고 멋진 사람도 있어. 환경이나 직업 자체가 나쁜 게 아니야. 그 아이가 나쁜 거지. 자긍심을 갖지 못한 그 아이에게 찾아온 것은 역시나 파괴의 나날이었어. 하지만 어떤 생활에나 언젠가는 익숙해지는 시기가 찾아와. 그리고 그 시기가 찾아왔을 때, 거기서 다시 한 번 깨달은 거야. 그동안 망가뜨려온 것에도 아무 의미도 없다는 것. 그래서 그 아이는 이제 그만 인생을 끝내자고 생각했어."

"······."

아바즈레 씨의 말대로 나는 그 이야기가 무슨 말인지 알지 못했습니다. 상상은 할 수 있지만 너무 막연해서 아바즈레 씨가 이야기한 위험한 일이니 마음을 소홀히 했다느니 하는 것이 무엇인지는 전혀 알아듣지 못했습니다.

그런 어린애고 아직 한참 뭘 모르는 내가 알아낸 것은 단 한 가지뿐. 그나마 소설을 자주 읽었기 때문이겠지요.

"그거, 아바즈레 씨 얘기?"

"······."

"인생을 끝내다니, 그게 뭐예요?"

그저 그 아이의 그다음이 걱정스러워서 던진 질문입니다. 아바즈레 씨는 "글쎄"라고 말했습니다.

"결국 그 아이는 인생을 끝내거나 하지는 않았어. 그래서 잘 모르겠어. 인생을 끝내려고 마음먹은 그날, 그 아이에게 돌연 손님이 찾아왔거든. 작은 친구를 품에 안은 여자애였어."

나는 마침내 고개를 들어 아바즈레 씨의 얼굴을 보고 말았습니다. 눈물과 콧물로 진짜 너무 흉한 꼴의 얼굴을 마침내 고스란히 내보인 것입니다. 그렇게 한 이유는 모르겠습니다. 그냥 아바즈레 씨의 얼굴을 꼭 보고 싶었습니다.

아바즈레 씨는 항상 그렇듯 다정하게 웃었습니다.

"그 뒤의 하루하루는 정말 즐거웠어. 친구라고는 없었으니까.

분명 좀 더 일찌감치 이렇게 누군가를 좋아했더라면, 하고 깨달았어. 하지만 과거는 되돌아오지 않아."

시간은 다시 돌아오지 않는다. 그렇게 말했던 미나미 언니가 머릿속에 떠올랐습니다.

"나는 꼬마 아가씨가 어떤 사람으로 성장할지, 두근두근 기대하고 있어. 하지만 걱정도 되는구나. 왜 그런지 알아?"

나는 고개를 저었습니다.

"꼬마 아가씨가 그 아이를 꼭 닮았거든. 그런데 꼬마 아가씨는 그 아이 같은 인생을 걸어서는 안 돼. 꼭 행복해져야지. 그러니까 누가 뭘 하든 절대로 상관하지 않겠다는 그런 말, 하면 안 돼."

나는 아바즈레 씨가 하는 말의 의미를 생각해보며 다시 한 번 그 손을 꼭 맞잡았습니다.

내가 그 손에 담은 마음은 망설임, 이었습니다. 마치 미로에 갇힌 듯한 기분이었습니다.

나는 똑똑하니까 아바즈레씨가 하는 말이 어떤 의미인지는 알고 있습니다. 하지만 의미를 안다는 것과 그것을 정말로 실행할 수 있느냐는 또 다른 문제입니다. 왜냐하면 나는 오늘 정말로, 이제 더 이상 나를 상처 입히는 사람들 어느 누구와도 만나고 싶지 않다고 생각했으니까요. 게다가 만일 내가 그 생각을 거두더라도 아바즈레 씨나 할머니 말고 어느 누가 나와 사이좋게 지내줄까요. 오기와라에게도, 키류에게도 미움을 사버린 나에게 갈 곳이라고는 없었습니다.

나는 나를 닮은 '그 아이'의 이야기를 좀 더 듣고 싶었습니다.

"그 아이도 책을 좋아했어요?"

"응, 꼬마 아가씨하고 똑같아. 책을 정말 좋아해서 늘 책을 읽었어. 소설 쓰는 사람이 될까도 생각했었는데 주위에 읽어줄 사람이 없어서 어느 새 그런 건 까맣게 잊어버렸어."

"엄마 아빠는?"

"아마 둘이서 사이좋게 잘 지내고 있을 거야. 벌써 오래도록 만나지 못했어. 전에 한 번인가 돌아가고 싶어서 집에 갔었어. 하지만 초인종을 누를 수 없었어. 만나기가 두려웠던 거 같아."

"책에 대해 얘기할 친구나 함께 아이스바를 먹을 친구나 꼬리 짧은 친구가 없었던 거예요?"

"응, 없었네. 그래서 아무도 틀렸다고 말해주지 않았어."

"그러면 나랑 똑같이 입버릇처럼 하던 말은 있었어요?"

마구 쏟아지는 비 같은 무례한 질문에도 아바즈레 씨는 하나하나 성실히 답해주었습니다. 그게 좋아서 나는 자꾸자꾸 질문을 하고 마는 것입니다.

"입버릇처럼 하던 말이라……." 아바즈레 씨는 머나먼 날들의 일을 애써 생각해내듯이 창밖으로 시선을 던졌습니다. 하지만 내 눈은 아바즈레 씨에게로만 향했습니다.

아바즈레 씨는 손끝으로 턱을 짚고 나를 위해 진지하게 고민해주었습니다.

"그래, 항상 입버릇처럼 하던 말이 있었어. 왜 지금까지 그걸 잊고 있었는지 모르겠네? 그 아이의 입버릇은……그러니까……, 어라?"

아바즈레 씨는 창밖으로 던졌던 시선을 내게로 되돌리고 눈꺼 풀을 몇 번이나 깜빡거렸습니다. 그 눈이 깜빡거림을 멈추자 이 번에는 눈꺼풀이 끊어질까 걱정될 만큼 크게 떴고 동시에 입까지 크게 헤벌어졌습니다.

"왜 그래요?"

"내가 어린 시절에 입버릇처럼 했던 말은…… 인생이란, 이야."

아바즈레 씨도 너무 놀랐던 모양이지요, 게임의 규칙 같던 '그 아이'라는 말도 깜빡 잊어버린 것 같았습니다. 나도 물론 놀랐습 니다.

"나랑 똑같잖아요?"

아바즈레 씨는 떨리는 입술로 말했습니다.

"나 어렸을 때, 만화 『피너츠』가 대 인기였어. 우리말로 번역된 책도 수없이 읽었는데 거기서 주인공 찰리 브라운이 말하는 거 야. 인생이란 아이스크림 같은 것이다, 라고."

"핥는 것을 먼저 배우지 않으면……."

"맞아, 그거! 혹시 꼬마 아가씨도?"

놀람이라는 감정에 몸을 맡기고 나는 몇 번이나 고개를 끄덕였 습니다.

"나도 찰리 브라운의 대사, 정말 좋아해요. 엄청 똑똑하고 매력 적인 농담이잖아요."

"대체 이게 무슨 인연인지······."

인연. 아바즈레 씨는 그렇게 말했습니다. 운명이나 기적이 아니라 인연이라는 말을 선택한 아바즈레 씨는 역시 멋지다고 생각했습니다.

인연이라는 한자는 알고 있습니다. 인연의 연(緣)이라는 한자가 초록의 록(綠)이라는 한자와 흡사한 것은, 산 것이 언젠가는 죽어 흙으로 돌아가고 그곳에 초록빛 풀꽃이 피어나 그것을 먹으며 다른 산 것이 살아간다, 라는 신비한 연쇄를 가리키기 때문이 아닐까 하고 나는 생각합니다. 만일 그렇다면 나와 아바즈레 씨가 만난 것은 역시 인연, 이라고 생각합니다.

나는 인연이라는 단어에 두 손을 맞대고 감사했습니다. 물론 손은 아바즈레 씨와 맞잡고 있었지만.

말하지 않아도 아바즈레 씨는 내 마음을 알아준 모양입니다. 그녀는 빙긋이 웃으며 내 손바닥을 감싸주었습니다.

"역시나 꼬마 아가씨는 똑똑해. 그러니까 누가 뭘 하든 절대로 상관하지 않겠다는 건 안 돼. 남들과 관계를 맺다 보면 이런 멋진 만남도 있잖아?"

그럴지도 모른다, 라고는 생각했습니다.

"이런 일이 기다린다면 나도 다시 한 번, 늦었는지도 모르지만 다시 한 번, 나 자신이나 타인을 포기하지 않고 살아갈 수 있을 것 같아."

아바즈레 씨는 이제 '그 아이'라는 말은 쓰지 않기로 한 모양입니다.

"꼬마 아가씨는 나 같은 사람보다 앞으로 훨씬 더 많은 멋진 만 남이 기다리고 있어. 누군가를 좋아하는 것을 포기하지 않는다면 반드시 행복한 인생이 되는 거야."

"……진짜로?"

"응, 진짜로."

아바즈레 씨가 진짜라고 말했으니까 진짜겠지요. 나는 아바즈 레 씨를 좋아하니까 그 말도 믿을 수 있습니다. 히토미 선생님에 게서 배운 것이 있었죠, 어른들이 하는 말은 거짓말일지도 모른 다. 하지만 그렇다고 해도 나는 아바즈레 씨를 믿을 수 있습니 다. 그래서 만일 내가 이 암흑을 빠져나가 누군가를, 이를테면 우리 반 아이들을 좋아하는 날이 온다면, 나에게도 행복한 인생 이 기다리고 있을지 모른다, 라고 생각했습니다.

하지만…….

"하지만 이제 나하고 사이좋게 지내줄 아이가 없는데……."

"그렇지 않아. 아, 책 이야기를 자주 한다는 그 아이는?"

나는 오기와라의 얼굴을 떠올렸습니다. 떠올린 것만으로도 내 마음은 다시 시커먼 빛으로 물드는 것 같았습니다.

"무시당했어요."

"그래? 대놓고 싫다고 말했다는 아이가 혹시 그 아이인가 했는데."

"아뇨, 대놓고 싫다고 말한 아이는 전에 얘기했던 계속 결석하 는 아이예요. 그 뒤에 그 아이 집에 갔었거든요. 내가 한편이라는 것을 전해주고 싶었어요. 그런데 그 아이는 내가 생각했던 것보다 훨씬 더 소심한 겁쟁이었어요. 그래서 그렇게 말해줬더니, 그 아이를 못살게 굴던 아이들보다 오히려 내가 제일 싫다고 했어요."

"그래? ……흠, 그건 꼬마 아가씨가 잘못했네."

생각지도 못한 아바즈레 씨의 말에 나는 입 밖으로 나오려던 말을 머릿속에서 깜빡 놓쳤습니다. 왜? 왜 내가 잘못이지? 나는 도와주려고 한 것뿐인데? 생각은 했는데 머릿속에서만 맴돌고 입 밖으로는 나오지 않는 말. 그걸 알았는지 어떤지는 모르겠지만 아바즈레 씨는 내 머리를 쓰다듬었습니다.

"그리고 내 잘못이기도 해. 꼬마 아가씨에게 힌트를 잘못 준 것 같아. 꼬마 아가씨는 똑똑하지만 나하고 똑같아서 인간에 관해서는 별로 영리하지를 못해."

아바즈레 씨는 짓궂게 큭큭 웃었지만, 아바즈레 씨하고 똑같다는 말에 나는 그리 싫은 느낌은 들지 않았습니다.

자, 그러면 영리하지 못한 나에게 아바즈레 씨는 무엇을 가르쳐주려는 것일까. 그렇게 생각하고 있으려니 아바즈레 씨는 지금까지의 이야기와는 전혀 관계없는 질문을 던졌습니다.

"꼬마 아가씨는 급식 중에 먹기 싫은 거 있어?"

나는 아바즈레 씨가 왜 지금 그런 것을 궁금해 하는지 의아했습니다. 하지만 아바즈레 씨의 질문을 무시할 수는 없습니다.

"낫토가 싫어요. 그건 이상한 냄새가 나잖아요."

"아, 그거 나도 싫어했어."

"하지만 급식을 남기면 안 되죠."

"그렇지! 건강에도 좋으니까 낫토는 먹어줘야지. 자, 그런데 말이야, 꼬마 아가씨가 그 낫토를 지금 용기를 내서 먹어보자고 생각한 순간에 선생님이, 어서 먹어! 라고 다그친다면 어떤 느낌이 들까?"

"우리 선생님은 그런 짓은 안 하지만, 아마 짜증이 나겠죠. 화를 낼지도 모르겠어요. 그리고 낫토는 더 먹기 싫어질 거고."

아바즈레 씨는 고개를 끄덕였습니다.

"꼬마 아가씨가 학교에 결석한 그 아이에게 한 일이 그것과 똑같은 거 아니었을까?"

"…………."

경험은 없습니다. 이야기로도 들은 적이 없습니다. 하지만 분명 번개를 맞으면 이런 느낌이겠구나, 나는 정말로 그렇게 생각했습니다. 그럴 만큼 내 머리는 벽에 머리를 찧었을 때보다 더 큰 충격을 감지했고 내 팔다리는 시치고산 행사* 때보다 더 쥐가 났던 것입니다. 그리고 마음속의 시커먼 것이 찌리릿 소리를 냈습니다.

"네, 맞아요!"

함께 깨달은 것은 내가 했던 일들이 지나치게 내 마음대로였다

---

*시치고산(七五三)은 자녀가 3세, 5세, 7세가 되었을 때, 그 성장을 축하하기 위해 신사나 사찰 등에서 치르는 연중행사

는 것입니다.

"그 아이도 나름대로 싸우려고 했는지도 몰라요."

"응, 그랬을 수도 있어. 어쩌면 정말로 소심한 겁쟁이인지도 모르지. 근데 그런 겁쟁이라면 꼬마 아가씨에게 그렇게 화를 내지도 못했을 거야. 그 아이는 꼬마 아가씨에게 뭔가를 전하려고 한 거야. 무시한 것이 아니라 뭔가를 전하려고."

역시나 아바즈레 씨는 나보다 더, 훨씬 더, 똑똑합니다. 그것은 내가 생각도 못해본 것이었습니다. 나는 내 마음대로 미리 정해 놓고 있었던 것입니다. 키류는 용기 없는 소심한 겁쟁이라시 싸움이라고는 절대로 못 한다, 라고. 어쩌면 키류는 조금만 더 있다가 싸워보려고 했을 수도 있는데.

"게다가 꼭 말대꾸를 하는 것만이 싸우는 것이라고 할 수는 없어. 그 아이에게 싸운다는 것은 꾹꾹 참으면서 언젠가 주위 사람들 모두가 깜짝 놀랄 만한 그림을 그려내는 것일 수도 있잖아?"

나는 키류가 아무리 바보 취급을 당해도, 자꾸자꾸 감추면서도, 그림 그리기를 그만두지 않았던 것을 떠올렸습니다.

"꼬마 아가씨와는 싸우는 방식이 다른 거야. 하지만 꼬마 아가씨도 그 아이도 분명 똑같은 마음이야. 나도 마찬가지고. 정말 억울하고 슬프기도 해. 솔직히 그런 거 너무 싫고, 내 편이 되어 줄 사람이 간절한 거야. 그 아이, 싫다고 말했던 거, 분명 후회하고 있을 거야. 꼬마 아가씨는 다른 아이들보다 정말 똑똑해. 하지만 다른 아이들도 다 나름대로 생각이 있는 거야."

그것은 아바즈레 씨가 전에 내게 준 힌트이기도 했습니다. 모두 다르다, 하지만 모두 똑같다.

  "나, 이제 어떻게 해야 돼요?"

  "꼬마 아가씨가 우울할 때, 어떻게 해주기를 원하는지 잘 생각해봐. 그걸 조금만 그 아이에게 맞춰서 생각할 수 있다면 완벽하겠지. 꼬마 아가씨는 우울할 때 옆에서 누군가 우울해 하지 말라고 화를 내주면 좋겠어?"

  "아뇨, 곁에 있어주거나 내 얘기를 잘 들어주면 좋겠어요. 그다음에 함께 달콤한 것도 먹고 놀기도 하고."

  "좋아, 그렇게 생각했다면 실제로 그렇게 하면 되겠네."

  나는 고개를 끄덕이려고 했습니다. 하지만 한 가지 걱정이 내 머리의 끄덕임을 가로막았습니다.

  "혹시 진짜로 나를 싫어하는 거라면?"

  그 말에 아바즈레 씨는 내 머리를 다시 한 번 쓰다듬었습니다.

  "그럴 일은 없을 것 같지만, 그래도 만에 하나 그렇게 된다면 내가 위로해줄게. 그리고 그때 가서 다시 어떻게 할지 함께 생각해보자."

  "……."

  "괜찮아. 꼬마 아가씨는 용기가 있잖아?"

  아바즈레 씨는 내 등을 툭 치며 말했습니다. 그 한 방은 마치 텔레비전에서 본 오토바이 엔진 작동을 위한 킥과 같았습니다. 아바즈레 씨의 손바닥 힘이 내 몸속의 엔진에 불을 붙인 것처럼 느껴진 것입니다.

"좋아요, 해볼게요. 실은 내가 해준 말이 있거든요."

"뭐지?"

"우선 내가 먼저 움직이지 않고서는 아무것도 안 된다, 라고 키류에게 말했었어요. 그러니까 해볼게요. 그런데 아바즈레 씨……."

내 말이 멈춰버린 것은 누군가의 손이 입을 가렸기 때문도 아니고 쓰디쓴 것을 억지로 먹어서 목소리가 나오지 않았기 때문도 아닙니다.

"아바즈레 씨……?"

조금 전까지의 웃는 얼굴과는 완전히 달라져버린 아바즈레 씨의 얼굴을 봤기 때문입니다.

그 순간, 집 안인데도 바람이 휘익 들이치는 느낌이었습니다.

또다시 아바즈레 씨는 뭔가에 깜짝 놀란 얼굴이었습니다. 하지만 그 놀람의 정도가 지금까지와는 완전히 달랐습니다. 그럭저럭, 정말 그럭저럭 비유를 해보자면, 맞아요, 누군가와 입버릇처럼 하던 말이 똑같았다는 것 따위, 까맣게 잊어버린 듯한. 우주인과 마법사와 지하세계 사람을 동시에 본 듯한. 마치 벼락을 맞은 듯한. 네, 그런 얼굴입니다. 나는 그 얼굴을 어딘가에서 본 적이 있습니다.

"왜 그래요?"

당연히 나는 물었습니다. 아바즈레 씨는 마치 내가 몬스터로 변신하는 장면을 목격한 듯한 얼굴로 한 마디를, 목에서 억지로 끌어낸 듯힌 목소리로 중얼거렸습니다.

"키류, 라고……?"

"네, 맞아요, 그림 그리는 키류."

내 말을 받자마자, 였습니다. 혹시 내 말이 큼직한 꽃다발이 되었나, 하고 생각했습니다. 텔레비전에 나온, 큼직한 꽃다발과 함께 프러포즈를 받은 여자의 얼굴 표정과 아바즈레 씨의 얼굴 표정이 똑같았으니까요.

"왜 그래요?"

나는 다시 한 번 물었습니다. 하지만 아바즈레 씨는 그 질문에 답하지 않았습니다.

"혹시 너……, 나노카?"

당연한 말이어서 나는 "네"라고 고개를 끄덕였습니다.

놀람을 미처 수습하지 못한 얼굴 그대로 아바즈레 씨의 눈에 돌연 눈물이 가득 고였습니다. 어른의 눈물만큼 아이를 놀라게 하는 것은 없습니다. 그래서 나는 놀랐습니다. 아바즈레 씨가 왜 눈물을 흘리는지 전혀 짐작되는 게 없었습니다.

"그랬구나……."

아바즈레 씨가 뭔가를 이해한 듯 흘린 그 한 마디도. 그래서 물론 그다음에 아바즈레 씨가 한 행동의 의미도 전혀 알지 못했습니다. 아바즈레 씨는 내 손을 잡지도 머리를 쓰다듬지도 않았습니다. 그 대신 한 줄기 눈물을 흘리며 나를 꼭 끌어안았습니다.

좋아하는 사람이 껴안아주는 거야 기쁘지요. 하지만 그보다 나는 흠칫 놀랐습니다. 이 흠칫과 똑같은 느낌의 흠칫을 나는 바로 얼마 전에 그 옥상에서 맛보았습니다.

나를 꼭 껴안은 채 아바즈레 씨는 울음을 터뜨렸습니다. 어린 애처럼.

"왜 그래요? 아바즈레 씨, 왜요?"

내가 물어봐도 아바즈레 씨는 대답해주지 않았습니다. 그냥 내 귓가에서 "그렇게 된 거였구나", "어떡해, 어떡해", "진짜 믿어지지 않아" 라는 말만 되풀이했습니다.

그리고 이렇게도 말했습니다. "미안해, 미안해, 미안해."

아바즈레 씨가 내게 무슨 사과할 일이 있다는 걸까요.

착하고 똑똑하고 이것저것 가르쳐주고 중요한 힌트도 주고 디저트도 주고, 나를 항상 즐겁고 행복한 기분으로 만들어주는 멋진 아바즈레 씨인데.

그녀가 내게 사과할 일이라고는 단 한 가지도 없습니다.

그렇지만 아바즈레 씨는 언제까지고 울고 있었습니다. 사과하고 있었습니다. 조금씩 아바즈레 씨는 그 이유를 말해주었습니다. 하지만 역시 무슨 의미인지 알 수 없었습니다.

"미안해, 행복하지 않다고 말해서."

"……."

"이런 내가 되어버려서."

"……."

"아바즈레 씨라고 부르게 해서."

"……."

"정말 미안해, 나노카……."

내 이름을 부르고 아바즈레 씨는 다시 나를 꼭 끌어안았습니다. 조금 숨이 답답해져서 으윽 하는 소리가 나와도 아바즈레 씨는 나를 놓아주지 않았습니다.

그때 나는 한 가지 신기한 것을 깨달았습니다. 그것을 깨닫고 나자 나는 또 한 가지의 신기한 것도 깨달았습니다.

나는 똑똑해서 분명히 기억합니다. 아바즈레 씨는 조금 전과 방금, 두 번이나 내 이름을 불렀습니다. 그때 미나미 언니도 내 이름을 불렀습니다. 하지만 나는 어쩌다 보니 아바즈레 씨에게도 미나미 언니에게도 내 이름을 밝히는 것을 깜빡 잊고 있었다는 것을 깨달은 것입니다.

아바즈레 씨와 미나미 언니는 어떻게 내 이름을 알았을까요. 그리고 나는 왜 여태까지 아바즈레 씨에게 내 이름을 밝히지 않았을까요. 그 두 가지 이상한 점이 내 머릿속을 빙글빙글 맴돌았습니다.

이상한 점이 있다면 똑똑한 아바즈레 씨에게 물어보면 됩니다. 나는 울고 있는 아바즈레 씨의 귓가에 그 이상한 점 두 가지를 말했습니다.

그러자 아바즈레 씨는 나를 풀어주고 똑바로 마주앉았습니다. 아바즈레 씨의 얼굴은 눈물과 콧물로 구겨져 있었습니다. 우는 얼굴은 모두 똑같구나, 라고 생각했습니다.

"하나도 이상할 거 없어. 이제야 드디어 알았어. 왜 꼬마 아가씨가 그날 나를 찾아왔는지. 왜 나를 덜컥 만났는지."

이상하지 않다니, 전혀 그렇지 않습니다. 이상한 건 역시 이상한 것이죠. 내가 고개를 갸우뚱하자 아바즈레 씨는 울던 얼굴 그대로 빙긋이 웃더니 오른쪽 둘째 손가락을 번쩍 세웠습니다.

"잘 들어, 꼬마 아가씨. 인생이란 푸딩 같은 것이야."

"씁쓸한 부분을 좋아하는 사람도 있다는 거?"

"아니."

아바즈레 씨의 머리칼이 좌우로 흔들렸습니다.

"인생에는 씁쓸한 부분도 있겠지. 하지만 그 그릇에는 달콤하고 행복한 시간이 가득 채워져 있어. 인간은 그 부분을 맛보기 위해 살아가는 거야. 고마워, 나는 꼬마 아가씨 덕분에 드디어 그걸 기억해냈어."

"뭔데요?"

"나도 실은 쓴 커피나 술보다 달콤한 과자를 좋아했어. 그래, 이제 잊어버리지 않을 거야."

아바즈레 씨는 다시 나를 꼭 끌어안았습니다. 아바즈레 씨가 왜 그렇게 자꾸만 나를 끌어안는지 이상했지만, 어느새 나는 그 이상함을 풀어볼 마음이 사라졌습니다. 아바즈레 씨의 품에 안겨 있는 시간은 나에게는 틀림없이 인생의 달콤한 부분일 테니까요.

이윽고 울음을 그쳤는데도 아바즈레 씨는 내가 왜 울었느냐고 물어도 그것에 대해 설명해주지 않았습니다. 아바즈레 씨는 말했습니다. "언젠가 틀림없이 네 힘으로 알아낼 거야"라고. 그 대신 아바즈레 씨가 내게 준 것은 아주 희한한 간식, 나를 위해 사온 간식이었습니다.

"꼬마 아가씨에게 잘 어울리는 거야."

그렇게 말하며 내준 푸딩에는 검은 부분이 없었습니다. 그릇에 가득 찬 것 모두가 달콤한 노란색 부분. 나는 그걸 가만가만 떠먹으며 행복을 맛보았습니다.

둘이서 푸딩을 먹으며 우리는 항상 하던 대로 오셀로 게임을 했습니다. 승패도 항상 그대로. 하지만 언젠가는 내가 꼭 더 잘하게 될 거예요.

집에 돌아가기 전에 나는 다시 한 번 아바즈레 씨의 손을 꼭 잡고 내일에의 용기를 얻었습니다. 아바즈레 씨는 내 손을 맞잡고 품에 안아주며 "틀림없이 괜찮을 거야"라고 말해줬습니다. 그래서 나는 틀림없이 괜찮을 거라고 생각할 수 있었습니다.

신발을 신고 밖으로 나가려고 하자 아바즈레 씨가 뭔가 생각난 것처럼 "아!" 하고 말했습니다.

"왜요?"

"할머니, 지금 행복하신지 궁금해서."

나는 할머니와 전에 했던 이야기를 떠올렸습니다.

"네, 행복했다고 말했었어요."

내 대답에 아바즈레 씨는 흐뭇한 듯 웃으면서 "다행이다"라고 말했습니다. 그러고는 나에게 손을 흔들고 항상 하던 대로 말했습니다.

"잘 가, 꼬마 아가씨."

"네, 또 올게요."

아바즈레 씨 집 현관문을 닫자 발치에 검은 그림자가 보였습니다.

"아, 널 잊어버린 게 아냐. 어린아이라도 이래저래 사정이 있단다."

"냐아."

"알았어, 우리 집 우유를 줄게 엄마한테는 비밀이다?"

그녀는 내가 걱정스러워서 혼자서 여기까지 찾아왔는지도 모릅니다. 그녀는 악녀지만, 악녀란 대개는 좋은 여자라고 전에 봤던 미국 영화에 나왔습니다. 나쁘지만 좋다니, 그 말의 의미를 잘은 모르겠지만 분명 그건 꼬리 짧은 그녀를 두고 하는 말이겠지요.

작은 우리는 크림색 건물을 나와 언젠가 우리가 만났던 둑길을 향해 걸었습니다.

인생에는 행복이 가득 채워져 있다.

나는 그 말을 몇 번이고 마음속으로 중얼거렸습니다.

9

쾌청한 날씨의 그날, 나는 항상 하던 대로 집을 나섰지만 항상
하던 대로 학교에 가지는 않았습니다. 나는 착한 아이니까 거짓
말은 안 합니다. 그래서 그날 아침 엄마에게 잘 다녀오겠습니다,
라는 인사는 했지만 어디에 잘 다녀온다는 말은 하지 않았습니
다. 이런 것을 두고 영리하다고 하죠.

물론 나는 학교에 가는 것보다 훨씬 더 중요한 볼일이 있어서
학교에 안 간 것이지만, 솔직히 말하면 나는 앞으로도 계속 학교
에 갈 필요가 없을지도 모른다고 생각했습니다. 공부는 아바즈레
씨에게 배우면 되죠. 급식은 할머니 과자로 때우면 되죠. 히토미
선생님에게는 이따금 편지를 쓰면 되고요. 의무교육이라 초등학
교는 반드시 다녀야 한다고 말하지만, 필요가 없는 경우도 있는
데 그럴 때는 어쩌라는 건가요?

그러고 보니 전에 어떤 영화에 월반(越班)이라는 게 있었습니다.

나는 똑똑하니까 월반을 할 수 있을지도 모릅니다. 아, 하긴 아바즈레 씨의 말처럼 똑똑해지는 것만이 다는 아니라면, 그런 목적을 위해 학교에 다녔던 나는 이제 어떤 학교도 필요 없는지 모릅니다.

그런저런 생각을 하다 보니 어느 새 목적지에 도착했습니다.

오늘 학교가 아닌 이곳에 오는 것에 나는 요만큼의 망설임도 없었습니다.

오늘은 지난번에 왔을 때와는 다릅니다. 우선 무엇보다 작은 내 친구는 데려오지 않았습니다. 게다가 아직 아침 시간이에요. 그리고 가장 큰 차이는, 더 이상 나는 그를 나무랄 생각 따위는 전혀 없다는 것입니다.

지난번에 왔을 때와 마찬가지로 초인종을 몇 번 눌렀습니다. 잠시 뒤 들려온 목소리도 지난번과 똑같이 기운 없는 여자 목소리. 그 목소리에 지난번에는 씩씩하게 인사를 했습니다. 하지만 오늘은 그보다 먼저 해야 할 일이 있습니다.

나는 상대에게 정확히 내 마음이 전해질 수 있게 진심을 담아 말했습니다.

"키류와 같은 반 친구 고야나기 나노카입니다. 지난번에는, 죄송했습니다."

나는 상대에게 보이지 않더라도 거기서 머리를 깊숙이 숙였습니다. 사과할 때와 감사인사를 할 때는 반드시 진심을 담아야 한다. 그것은 영리하건 영리하지 않건, 변함없는 규칙입니다.

내 진심이 키류 엄마에게 전해졌던 것이겠지요. 키류 엄마는 지난번과 마찬가지로 아주 다정한 목소리로 "잠깐 기다려라"라고 말했습니다.

이윽고 문 앞에 나온 키류 엄마에게 나는 다시 한 번 머리를 숙였습니다.

"안녕하세요? 지난번에는 죄송했습니다."

그건 지난번에 키류에게 소심한 겁쟁이라고 소리쳤던 것과 똑같이, 내 진짜 마음이었습니다.

"응, 안녕? 아니, 전혀 나노카가 사과할 일이 아니야."

키류 엄마는 고개를 저었습니다. 하지만 그렇지 않습니다. 나는 사과드려야 할 게 너무 많았습니다.

"불쑥 찾아왔으면서 돌아갈 때는 인사도 제대로 안 하고, 게다가 키류에게 그런 말까지 하고, 정말 죄송해요."

"괜찮아. 사과해야 할 사람은 우리 히카리야. 어렵게 나노카가 와주었는데 방에서 나오지도 않고. 나노카가 주고 간 노트, 아주 꼼꼼하게 썼더구나. 히카리에게 잘 전해줬어. 오늘은 학교 가기 전에 들렀구나?"

키류 엄마는 지난번에 큰 실례를 범한 나를 진심으로 용서해주는 것 같았습니다. 하지만 그렇게 착한 어머니가 하시는 말씀은 약간 틀린 부분이 있었기 때문에 나는 오늘 찾아온 이유를 정확히 전했습니다.

"키류와 얘기할 게 있어서 왔어요. 한편이 된다든가 싸우자든가 학교에 가자든가, 그런 얘기가 아니라 좀 더 중요한 거예요."

"중요한 것?"

키류 엄마는 착합니다. 그래서 나한테 직접 말하지는 않았지만 내가 키류에게 할 얘기가 있다는 말을 들은 순간, 그 얼굴은 마치 이야기 속의 성문을 지키는 충실한 문지기 같았습니다. 한마디로, 나를 경계하는 것입니다. 당연한 일입니다. 지난번에 나는 무례했을 뿐만 아니라 키류에게 큰 상처까지 입혔으니까요.

하지만 이 정도에 포기할 거라면 나는 여기에 오지도 않았습니다. 오늘 나는 반드시 키류를 만나 말하고 싶은 것입니다.

용서를 받기 위해 내가 해야 할 일이라면 한 가지밖에 없습니다.

왜 이곳에 왔는지, 무슨 이야기를 하고 싶은지, 왜 그렇게 생각했는지, 그리고 어떻게 하고 싶은지, 솔직하게 그 모든 것에 대한 내 진심을 한 치의 거짓 없이 말하는 것 외에는 없었습니다. 개를 산책시키러 나온 사람이며 나와 같은 초등학교에 다니는 아이들이 집 앞을 지나가는 가운데, 나는 내 진심을 알아주었으면 하는 마음 하나로 키류 엄마에게 설명했습니다.

진심이라는 것은 틀림없이 상대에게 전해지는 것이라고 믿었습니다. 그렇기 때문에 지난번에 내 입에서 튀어나온 '소심한 겁쟁이!'라는 것도 키류에게 고스란히 전해져버렸겠지요.

불안한 마음도 있었습니다. 하지만 내가 믿는 대로 나는 내 진심을 키류 엄마에게 분명하게 전할 수 있었습니다. 키류 엄마는 지난번과 마찬가지로 나를 집 안에 맞아주었습니다.

하지만 지난번과 달리 키류 엄마의 눈이 왜 눈물로 글썽거렸는지는 알지 못했습니다. 어른의 눈물의 이유는 영리한 내가 생각해봐도 잘 알 수가 없습니다. 게다가 대부분의 경우, 물어봐도 알려주지 않습니다. 키류 엄마도 아바즈레 씨도 미나미 언니도.

지난번과 마찬가지로 키류 엄마는 오렌지주스를 대접해주었습니다. 그걸 한 모금만 마시고 나는 계단을 올라 이 층으로 갔습니다. 키류 엄마는 따라오지 않도록 했습니다. 그냥 그럴 필요가 없다고 생각했기 때문입니다. 키류 엄마도 그러는 게 좋겠다고 동의해주었습니다.

계단을 올라가면서 나는 완전히, 라고 해도 좋을 만큼 전혀 긴장하지 않았습니다. 지난번에 왔을 때 오히려 더 긴장했었죠. 오늘은 마치 아바즈레 씨 집으로 가는 계단을 오르는 기분이었습니다. 이 한 걸음 한 걸음이 어디로 이어질지, 이를테면 행복으로 이어질지 어떨지는 알지 못했습니다.

하지만 누군가를 진지하게 생각하는 것이 행복이라고 아바즈레 씨는 말했습니다. 내가 사람에 대해서는 그리 영리하지 못하다는 것도 알았습니다.

그래서 모두를 좋아하거나 생각해주지는 못하죠. 그래서 나는 단 한 사람만 생각하기로 했습니다.

그렇게 여기까지 오게 된 지금, 나는 분명 행복합니다. 나는 노래를 흥얼거렸습니다.

"행복은 제 발로 찾아오지 않아~. 그러니 내 발로 찾아가야지~."

함께 노래해줄 사람은 없습니다. 꼬리 끊긴 그녀도 아바즈레 씨도 미나미 언니도 할머니도 이곳에는 없습니다. 혼자서 노래해도 즐겁지만 역시 노래라는 건 누군가와 함께 하는 게 더 즐겁죠.

그렇다면 함께 노래해줄 사람을 찾는 수밖에 없습니다.

문 앞에 서서 나는 똑똑 노크했습니다. 노크한 사람이 엄마가 아니라는 것은 이미 다 들킨 상황입니다.

"키류, 잘 지냈어? 우선 너한테 하고 싶은 말이 있어. 지난번에는 정말 미안해."

나는 문 앞에서 머리를 숙였습니다. 물론 기류에게는 보이지 않습니다. 그의 대답도 없습니다.

그래도 나는 키류가 듣고 있다고 생각하고 숨을 깊이 들이쉬었습니다.

"너에게 진심으로 사과하고 싶어. 하지만 오늘은 그것 때문에 온 건 아니야. 훨씬 더 중요한 이야기가 있어."

등에 멘 책가방을 내려놓고 나는 문 맞은편 벽에 등을 기대고 앉았습니다. 그리고 책가방에서 노트 한 권을 꺼냈습니다. 나는 한 과목마다 한 권의 노트를 씁니다. 수학이라면 수학 노트, 과학이라면 과학 노트. 지금 내가 꺼낸 것은 국어 노트입니다.

아직 키류의 목소리는 들려오지 않습니다.

"키류, 우리 토론을 계속하자."

노트를 펼치자 그곳에는 나와 키류의 지금까지의 토론 기록이 적혀 있었습니다.

"주제는, 행복이란 무엇인가."

그렇습니다. 오늘 나는 학교에 가느냐 마느냐 적이냐 한편이냐 용기가 있느냐 없느냐 같은 것이 아니라 그 이야기를, 단지 그 이야기만을 키류와 나누기 위해 찾아온 것입니다. 왜냐고 이유를 묻는다면 나는 이렇게 대답할 것입니다.

함께 행복을 찾아나가는 것이 친구가 되고 한편이 되는 것이라고 생각했기 때문이다.

어젯밤에 나는 곰곰이 생각했습니다. 한편이란 무엇인가에 대해. 그 끝에 내린 결론입니다.

아바즈레 씨는 내 생각을 하는 것으로 행복해졌다. 나는 아바즈레 씨와 함께하면 행복하다. 미나미 언니는 나와 함께하는 것으로 행복해질 거라고 약속했다. 나는 미나미 언니의 소설을 읽고 행복했다. 할머니는 내가 찾아오는 게 행복이라고 했다. 나는 할머니의 과자를 먹으며 책 이야기를 나눌 때 행복하다…….

그래서 나는 키류와 함께 행복을 찾아나가고 싶었습니다. 그게 바로 한편인 것이라고 생각했습니다.

마침 키류는 국어수업에서 나와 짝꿍입니다. 서로 토론할 때 필요한 재료는 우리 집 냉장고보다는 노트에 잔뜩 들어 있습니다.

"그러면 일단 복습부터 하자. 지금까지 토론한 것을 먼저 읽어볼게. 행복이란 무엇인가, 첫 토론 때는 언제 행복을 느끼는지, 각자 이야기했어. 쿠키에 아이스크림을 얹어 먹을 때, 할머니의 오하기 떡을 먹을 때, 엄마가 만들어준 과자를 먹을 때, 책을 읽을 때, 친구하고 노래할 때, 저녁식사가 함박 스테이크일 때, 아빠 엄마가 집에 일찍 들어올 때, 가족이 모두 함께 여행할 때, 좋아하는 아이스바를 선택할 때."

나는 노트해둔 것 중에서 한 가지는 일부러 말하지 않았습니다.

"그다음 수업에서 얘기한 것은 행복하지 않다고 느낄 때는 언제냐는 것이었어. 바퀴벌레를 봤을 때, 급식에 낫토가 나올 때. 키류는 미역 샐러드가 나올 때라고 말했는데 나는 그거 반대했어. 미역, 꽤 맛있잖아."

키류의 방에서는 아무 소리도 들려오지 않았습니다.

"행복하지 않은 것을 각자 몇 가지씩 발표한 뒤에 우리는 잠깐 다른 얘기도 했어. 행복하지 않은 것은 행복한 것의 반대다, 그러면 행복하지 않은 것과 반대되는 일이 일어나면 행복한 것이냐, 라는 얘기였어. 하지만 아마 그렇지는 않을 거라는 결론에 이르렀어. 급식에 낫토가 나오지 않았다는 것만으로 행복을 느끼지는 않으니까. 키류 너도 미역이 나오지 않았다는 것만으로 행복해지지는 않는다고 말했어. 최소한 거기에 닭튀김 정도는 딸려 나와야 한다고."

키류는 아무 말도 하지 않습니다.

"그 뒤로 몇 번인가 수업을 했고 그다음에 수업참관일이었지? 그날 발표에서 나는 엄마 아빠가 와준 것이 행복이라고 말했어. 그때의 내 마음은 거짓이 아니지만, 역시 그것만으로는 행복에 대해 충분히 설명되는 건 아니라고 생각해. 근데 그날 키류가 발표했던 거, 사실은 평소에 네가 진짜로 행복이라고 생각했던 것이 아니었지?"

"……."

"그다음 수업에서 왜 그것을 행복이라고 생각하는지에 대해 얘기할 때, 너는 대답을 못했잖아. 하지만 딱히 키류가 거짓말을 한 것에 대해 따지려는 건 아니니까 자, 그다음으로 넘어가보자."

"……."

"여기서부터는 키류가 결석했을 때 했던 수업이야. 히토미 선생님이 키류 대신 내 짝꿍이 되어서 토론을 계속했어. 너와 함께 했을 때와 토론 방식은 거의 달라진 게 없지만, 이 수업에서 나는 행복을 느낄 때 왜 행복하다고 느끼는지에 대해 생각했어."

"왜……."

아무런 전조도 없이 내 말을 가로막으며 들려온 키류의 목소리는 내 귀가 예민하지 않았다면 듣지 못했을 만큼 작은 소리였습니다.

놀라지는 않았습니다. 키류는 착한 아이입니다. 분명 나를 언제까지고 무시하는 지독한 짓은 안 할 거라고 생각했습니다.

"왜냐고? 히토미 선생님하고 짝꿍이 된 거? 그야 우리 반 학생 수가 짝수니까 그렇지. 다행이지 뭐야, 키류 말고는 아무도 결석을 안 해서."

"……그게 아니고."

키류가 다시 말하기까지 아주 긴 공백이 있었습니다. 몇 번이나 심호흡을 한 것이라고 나는 생각했습니다. 네, 심호흡은 필요합니다. 마음에 틈새를 만들기 위해.

그게 아니고, 라는 말의 그다음을 나는 언제까지고 기다렸습니다. 문 너머로 키류의 조용한 숨소리가 들려오는 것 같았습니다. 다시 한 번 말합니다. 키류는 착한 아이입니다. 그래서 내가 기다려주면 반드시 응답할 거라고 나는 믿었습니다.

"……히토미 선생님 얘기가 아니라……나노카, 너."

거봐요.

"나?"

내가 고개를 갸우뚱한 거, 키류라면 문 너머로 보였을 것입니다. 어느 누구도 못 볼 테지만 키류라면 봤을 거라는 느낌이 들었습니다.

"왜…….."

"응?"

"……왜 나노카 너는 또 왔어?"

아, 그거구나. 나는 따악 손뼉을 쳤습니다.

"왜냐니, 오지 말라고 했는데 왜 또 왔느냐는 얘기야?"

"……응."

"네가 싫다면 지금 돌아갈게."

대답은 없었습니다. 그 대신 키류는 똑같은 말을 거듭했습니다.

"……왜."

"응."

"……어째서."

"응."

"……그렇게 내 편을 들어주는 거야?"

키류의 목소리는 방금 전에 왜 이곳에 또 왔느냐고 물어보던 때와는 달랐습니다. 조금 전에는 대답을 듣고 싶어하는 왜, 이번 것은 정말로 어째서인지 모르겠다는 왜.

키류로서는 질문의 의미가 크게 달랐던 것이겠지요. 그리고 그 중요성도.

하지만 나로서는 그런 건 관계없었습니다. 두 가지 질문 모두, 답이 이미 정해져 있으니까요.

"그야 간단하지. 내가 찾아오기로 결정했으니까. 내가 네 편이 되기로 결정했으니까."

"……어, 아니……."

"그리고 나는 키류가 그린 그림이 좋아."

문 안쪽에서 키류가 헉 숨을 멈추는 소리가 들린 것 같았습니다. 설마 죽은 건 아닐 거라서 나는 신경 쓰지 않고 계속 말했습니다.

"내가 만들지 못하는 것을 만들어내는 사람, 나는 정말 대단하다고 생각해. 할머니가 만든 과자, 미나미 언니가 쓴 소설, 키류가 그린 그림, 모두 다 지금의 나는 만들어낼 수 없으니까 정말 대단하다고 생각해. 그래서 항상 말했잖아, 키류는 진짜 대단하다고."

이제 군이 주위 사람들에게 보여주라고 하지 않기로 했습니다. 키류가 그렇게 하고 싶지 않다면 억지로 그렇게 해봤자 아무도 기쁘지 않을 테니까요.

"아, 미나미 언니라는 건 내 친구야. 벌써 한참동안 못 만났지만."

"……친구, 있었어?"

상당히 긴 공백 끝에 들려온 목소리가 하필 그런 말이었던 것에 어지간히 태평한 나도 부루퉁해졌습니다. 화를 낼 것까지는 없지만, 실례되는 말을 들었을 때는 주의를 좀 줘도 되겠지요.

"뭔 소리야, 그게? 나도 친구쯤은 있는 사람이야. 진짜 멋진 친구란 말이야."

"그렇구나……."

그렇고말고, 라고 내가 고개를 끄덕이려던 그 순간입니다.

"……헉!"

방 안에서 큰 소리가 들려왔습니다. 무슨 벌레라도 나온 걸까요? 분명 내게 실례되는 말을 한 벌이라고 생각하며 내가 쌤통이다 하고 웃고 있는데 키류가 허둥거리면서 평소와는 달리 빠른 말투로 나를 불렀습니다. 자기 대신 벌레를 좀 잡아달라는 얘기라면 나도 벌레는 싫은데, 라고 생각했지만 아무래도 그게 아닌 것 같았습니다.

"나, 나노카, 학교 안 가도 돼?"

"……아, 그 얘기야? 응, 벌써 시간이 그렇게 됐네?"

나는 손목시계도 휴대전화도 없습니다. 그래서 시간이 얼마나 흘렀는지 알지 못했습니다.

"지각이잖아!"

"뭐, 괜찮아. 나 학교 안 갈래."

키류는 깜짝 놀란 모양이었습니다. 그야 그렇겠죠. 항상 착실하고 똑똑한 내가 그런 말을 했으니.

키류가 다시 허둥거렸습니다.

"가, 가는 게 좋을 텐데……."

"키류도 안 갔잖아? 됐어, 학교보다 더 중요한 볼일이니까. 우리 반 애들도 친척 결혼식이 있다고 결석했었잖아."

"……중요한 볼일이라는 게 뭔데……."

"키류의 행복을 찾는 거."

그렇습니다. 그것이 지금 나에게는 학교에 가는 것보다 훨씬, 훨씬 더 중요한 일입니다.

나는 생각했습니다, 키류와 한편이 되고 싶다고.

처음에는 히토미 선생님이 그렇게 부탁했기 때문인 줄 알았습니다. 하지만 오래 생각해본 끝에 깨달았습니다. 내내 나 스스로 그렇게 마음먹은 것이었습니다. 맨 처음에서 하나도 달라지지 않았습니다. 나는 우리 반 아이 한 명이 결석한 것에 전혀 신경 쓰지 않는 착하지 않은 아이들이 아니라 내가 수업참관에 엄마 아빠가 오지 않는다고 우울해졌을 때 말을 걸어준 착한 키류와 한편이 되고 싶다. 단지 그것뿐입니다.

달라진 것이라면, 내가 키류와 한편이 되어주는 방법입니다.

얼마 전까지 나는 그런 내 생각을 키류 대신 싸우는 것으로 보여
주었습니다. 하지만 이제는 키류와 함께 어떻게 하면 행복해질
수 있는지를 찾아내는 것입니다. 그렇게 하는 게 더 즐겁다는 것
을 깨달았기 때문입니다.

그래서 나는 학교니 지각이니 하는 얘기보다 행복에 대한 이야
기를 계속하기로 했습니다.

"그나저나 다시 한 번 묻겠는데, 키류의 행복은 뭐야?"

"나, 나노카……."

키류는 난감해하는 것 같았습니다. 분명 내가 소심한 겁쟁이라
는 말을 더 이상 하지 않았기 때문이겠지요. 나도 키류가 갑자기
획 변해서 용감하게 싸움에 나선다면 깜짝 놀라겠죠. 오기와라에
게 무시당하고 깜짝 놀란 것처럼.

"지금의 키류의 생각을 듣고 싶어."

"나노카……, 학교 가야지."

"글쎄 괜찮다니까. 그보다 키류의 행복은 뭐야?"

"안 돼, 나노카가 학교를 결석하는 건……."

"나는 안 되고 너는 괜찮다니, 그건 이상하잖아. 그러니까 나는
괜찮아. 그보다, 좋아, 내가 먼저 말할게. 이건 내 생각은 아니고
내 소중한 친구가 말해준 거야. 행복이란……."

"학교, 가야 해."

"어휴, 끈질기네. 안 간다고 말했잖아!"

나도 모르게 그만 큰소리를 내버렸습니다. 안 되지, 라고 생각

했지만 이미 내뱉은 말은 돌이킬 수 없습니다. 나는 곧바로 "미안해"라고 사과했습니다.

그리고 나는 깨달았습니다. 깨닫고는 곧 결정했습니다. 친구나 한편이라는 것은 분명 상대를 위한 것 말고는 서로 비밀이 없는 관계를 말하는 것이죠.

그래서 나는 솔직하게 지금의 내 속마음을 키류에게 털어놓기로 했습니다.

"미안해. 내가 말을 안 했었지만, 나 지금 우리 반에서 무시당하고 있어."

"헉!"

"너도 알잖아, 원래부터 나는 반 친구가 없어. 하지만 나랑 얘기하는 애들도 있었고 인사하면 다들 잘 받아줬어. 근데 지금은 모두 다 나를 따돌리며 무시하고 있어."

힘든 일을 이야기한다는 것은 그것을 경험했을 때와 똑같이 힘이 들지만, 그래도 마치 심호흡 같아서 마음에 틈새가 만들어지는 듯한 이상한 기분을 맛보게 됩니다.

"그런 애들만 가득한 교실에 가고 싶지 않아. 그것보다 키류와 어려운 문제를 풀어나가는 게 더 즐거워."

말을 하던 도중입니다. 나는 아주 중요한 것을 깨달았습니다.

"아, 그래, 나, 앞으로 날마다 여기로 와야겠다. 그림 그리는 것 좀 가르쳐줘. 키류처럼 그림 그리는 거, 학교에 아무리 다녀봤자 못 배우잖아."

나는 알아버린 것입니다.

"그 대신 나는, 글쎄 뭘 가르쳐줄까. 아, 인생이란 옆자리 짝꿍 같은 거야."

"………."

한편이 필요한 사람은 바로 나였습니다.

"안 가져온 교과서가 있다면 서로 보여줘야 하잖아. 게다가 날마다 볼 얼굴인데 싫어하는 애가 아닌 게 좋지."

"……나는……."

"응? 뭐라고?"

한참 시간이 지나고, 그 끝에 들려온 키류의 목소리는 애초에 그리 크지 않던 그의 목소리 중에서도 한참 더 작은 소리였습니다.

"……어떻게 하면 나노카처럼 될 수 있는지, 가르쳐줬으면 좋겠어."

키류의 목소리가 설령 꽃의 울음소리처럼 작았더라도 내 귀에는 다 들렸을 것입니다. 그리고, 에계, 겨우 그런 거야? 하고 나는 살짝 맥이 빠졌습니다.

"에이, 나처럼 되지 않아도 괜찮아. 나처럼 되면 키류는 멋진 그림을 그릴 수 없잖아. 내가 사자를 그렸는데 우리 엄마는 그걸 보고 '태양의 탑*'이라고 했어. 진짜 짜증나."

"……."

---

*1970년 오사카 엑스포를 기념하는 상징 탑. 일본의 아방가르드 화가로 꼽히는 오카모토 타로의 작품이다.

"그러니끼 혹시 마법사가 다른 누군가로 바꿔준다고 해도 반드시 너 자신을 택해야 돼. 알았지?"

키류는, 좋다 싫다 아니다……, 어떤 말도 하지 않았습니다. 그 대신 투명한 시간을 듬뿍 사용한 다음에 아주 조금 커진 목소리로 또 다른 말을 했습니다.

"……역시 나노카는 학교에 가야 해."

예상치 못한 말에 나는 놀랐습니다. 내가 결정한 일이라고 밝힌 것을 그렇게 몇 번씩이나 끈덕지게 반대하는 고집스러운 면이 키류에게 있다는 건 전혀 몰랐기 때문입니다.

당연히 나는 무척 궁금했습니다.

"왜 그러는데? 평소 수업시간에는 내가 한 말에 거의 반대한 적도 없으면서 오늘은 왜 그렇게 끈덕지게 반대를 하지? 혹시 내가 너무 싫어서 나를 무시하는 아이들 속에 던져주려는 거야?"

농담 삼아 나는 그렇게 말했습니다. 키류가 벽 너머로도 감지될 만큼 강하게 고개를 가로젓는 모습을 상상하면서. 그랬는데 키류의 대답이 영 돌아오지 않는 바람에 나는 몹시 불안해졌습니다.

지난번에 이곳에 왔을 때, 키류가 내게 던졌던 말이 마음속에서 신선한 공기를 원하듯이 슬금슬금 떠오르기 시작했습니다. 그 말이 숨을 되살린다면 내 마음속에는 시커먼 그 끔찍한 것이 다시 둥지를 틀고 내 용기는 거미줄에 걸린 나비처럼 되고 말겠지요.

그러기 전에 키류는 사실은 나를 싫어하는 게 아니다, 싫다면 이렇게 이야기를 나눠줄 리 없다, 그때 그 말은 키류의 입이 제 멋대로 움직인 것뿐이다, 라는 것을 얼른 확인하지 않으면 안 됩니다.

그래서 나는 키류에게 다시 한 번 똑같은 질문으로 대답을 얻어내려고 했습니다. 하지만 그것은 키류에 의해 가로막혔습니다.

인생이란 예쁜 색깔의 과자와도 같습니다.

그게 어떻게 만들어졌는지 잘 알 수 없는 것도 많으니까요.

키류는 아직 아무 말도 없었습니다. 하지만 그의 마음과 행동이 내 목소리를 멈추게 하고 내 마음속의 악마를 다시 바나 속으로 가라앉힌 것입니다.

열쇠가 풀리는 소리가 났습니다. 그리고 둥근 손잡이가 천천히 돌아가는 것이 분명하게 보였습니다.

방 안 창문이 열려 있었기 때문일까요, 내 얼굴로 강한 바람이 들이쳐 앞머리가 날리는 바람에 나는 저절로 눈을 감아버렸습니다.

그리고 눈을 떴을 때, 내 앞에는 키류가 있었고 그의 뒤쪽 방 안에서는 들이친 바람으로 수많은 종이들이 춤추고 있었습니다. 머리가 약간 길었나? 키류의 얼굴을 보고 내가 그렇게 생각하는 참에 방 안에서 춤추던 종이 한 장이 날아와 내 얼굴을 덮었습니다.

숨이 막혀서 급히 얼굴에서 떼어낸 그것을 보고 분명 나는 아바즈레 씨에게 지지 않을 만큼 환하게 웃었을 것입니다.

하지만 그런 나와는 정반대로 문을 열고 나온 키류는 문짝 옆에 웅크리고 있어 몹시 슬픈 얼굴이었습니다. 어쩌면 눈도 조금 젖어 있었는지 모릅니다.

나는 재회를 기뻐할 틈도 없이 말했습니다.

"왜, 왜 그래?"

그러자 키류는 왜 지금 그런 말을 하는지 알 수 없는 말을 했습니다.

"……미안해."

요즘 들어 나는 사과의 말을 자주 듣는군요. 진짜로 사과해주었으면 하는 사람들은 하나도 사과해주지 않는데.

"뭐가 미안해?"

전에 제일 싫다고 말했던 것? 그거라면 이제 전혀 괜찮다…… 라는 건 거짓말이지만, 나도 소심한 겁쟁이라고 했었으니까 뭐, 서로 쌤쌤입니다.

키류는 내 눈을 지그시 들여다보았습니다.

"나, 나 때문에……."

"키류 때문에?"

"나 때문에 나노카가 따돌림을 당한 거잖아."

"그런 거 아냐."

나는 즉각 고개를 저었습니다.

"키류 때문이 아냐. 우리 반 애들이 너무 바보인 거야. 뭐가 옳은 일인지도 모르니까."

"그래도, 그거 진짜야."

키류는 내 눈을 지그시 들여다보며 눈물을 흘렸습니다. 이것도 요즘 자주 있는 일입니다.

"뭐가?"

"우리 아버지가, 도둑질했다는 거……."

"……."

네, 나도 알고 있었습니다. 지금 키류가 말하는 그거.

그래도 나는 고개를 가로저었습니다. 키류에게 그것이 얼마나, 얼마나, 슬픈 일이었을까. 나는 상상했습니다. 하지만 내가 한껏 길이를 키운 상상이 팔이 제대로 가닿았는지는 알 수 없습니다. 가닿지 않았다고 치고, 앞으로 얼마나 더 그 상상의 팔을 늘려야 가닿을지도 전혀 짐작이 안 됩니다. 하지만 그래도 나는 당당하게 고개를 가로저었습니다.

"그렇다고 치고, 그게 뭐?"

나는 키류를 제대로 된 길로 안내하려고 그의 눈을 보며 말했습니다. 그는 틀렸으니까요.

"키류 아빠가 잘못을 저질렀더라도, 키류 아빠가 내게 다정하게 인사해준 것은 하나도 변하지 않아. 날마다 만나는 우리 반 애들보다 훨씬 더 다정한 인사였어. 더구나 그 일은 내가 따돌림을 당하는 이유도, 내가 학교에 가지 않는 이유도 아니야. 물론 키류가 나쁜 소리를 들어야 할 이유가 되지도 않아. 왜냐면 우리는 키류 아빠를 중간에 놓고서 이야기하는 게 아니잖아."

그렇습니다. 지금까지 일어난 모든 나쁜 일에서 키류는 단 한 가시도 잘못한 게 없습니다.

"나쁜 건 그걸 알지 못하는 사람들이야. 단지 우리 반 애들뿐만이 아니야. 내가 학교에 가지 않는 것은 그런 사람들 때문이야."

그러니까 키류가 슬퍼하거나 울 필요는 전혀 없어.

그런 마음에서 한 말인데, 역시 인생이란 놀이동산의 핑핑 도는 커피 잔 같은 것인가 봐요. 타고 나면 어질어질, 내가 가려는 방향과는 정반대쪽으로 가버리니까요.

키류가 울음을 그치기는커녕 눈물을 뚝뚝 흘린 것입니다. 이건 분명 내가 한 말 때문입니다. 하지만 내 말의 어떤 부분이 키류를 슬프게 했는지, 나는 알 수 없었습니다.

알 수 없었기 때문에 그에게 어떤 말을 건네야 슬프지 않을지도 감이 잡히지 않았습니다. 그래서 나는 멈칫멈칫 키류에게 다가가 바닥을 짚은 그의 손등에 내 손을 포개 얹었습니다. 아바즈레 씨가 내게 그렇게 해주었을 때, 마음이 편안해지는 것을 느꼈으니까요.

키류는 놀란 얼굴이었습니다. 하지만 곧바로 그때의 나처럼 내 손을 꼭 맞잡았습니다.

키류의 눈물이 멎을 때까지 나는 조용히 그의 손을 잡고 있을 생각이었습니다. 하지만 그렇게 할 수는 없었습니다. 키류는 계속 울고 있었습니다. 울면서 내가 상상도 못한 말을 했습니다.

"나노카…… 나랑 같이…… 학교 가자."

"뭐야?"

정말 너무도 끈질긴 키류의 제안에 나는 어이가 없어서 저절로 큰소리가 나왔습니다. 눈앞의 키류가 흠칫하는 것을 보고, 아차차, 안 되지, 하고 어이없는 표정을 거둬들인 것도 한 순간, 나는 문득 깨달았습니다.

"너 지금, 나랑 같이, 라고 말했어?"

"……응."

키류에게 꽉 잡힌 손이 좀 아팠는데 나는 놀라서 그런 아픔 따위, 싹 잊어버렸습니다.

"왜?"

진심으로 궁금해서 물어본 내 질문에 키류는 입술만 꼼작꼼작했습니다. 아마 자신의 마음과 합치되는 말을 머릿속에서 바쁘게 찾는 것이겠지요. 나는 그걸 알고 있고, 그래서 그의 말을 언제까지라도 기다릴 수 있었습니다.

"내가…… 거짓말을 했어."

이윽고 그는 말했습니다.

"거짓말을 했어. 또 놀림거리가 될까봐 히토미 선생님에게 거짓말을……. 그래서 그거 사과하고, 이제 진짜 사실대로 말하려고."

눈물은 그치지 않았습니다. 그런데도 나는 그때만큼 강하게 키류의 눈을 마주본 적이 없습니다. 나는 키류가 그토록 용기(勇氣)로 가득 찬 눈빛을 할 수 있다는 건 알지 못했고, 그래서 그 이유가 너무도 궁금했습니다.

"사실대로, 라니 그게 뭔데?"

"……행복이란 무엇인가에 대해서."

그 즉시 내 머릿속에 한 장면이 떠올랐습니다. 목소리도 모습도 선명하게. 그것은 키류가 뭔가 발표하는 장면이 아니라 내가 키류에게만 들리도록 슬쩍 말을 건넨 장면입니다. 그 수업참관날, 내가 했던 한 마디. 어휴, 이 겁쟁이!

역시 그날 키류가 했던 발표는 거짓말이었구나. 그걸 알고서도 나는 슬프거나 어이없는 기분은 들지 않았습니다.

"다른 사람들은, 상관없어. 하지만 히토미 선생님, 그리고 나노카에게는……."

나는 기뻤습니다.

"……응. 그리고 너, 히토미 선생님에게 사과해야 할 일이 한 가지 더 있는 것 같아."

"……응?"

"히토미 선생님이 너를 보러 매일 집에 찾아갔는데 결국 못 만났다고 섭섭해 했어. 아, 이건 내가 깜빡 잊어버린 건데, 그래서 히토미 선생님이 꼭 전해달라고 했어. 선생님은 언제라도 키류를 기다리고 있겠다고."

지난번에 급하게 뛰쳐나가느라 깜빡 잊었던 것을 전해주자 키류는 다시 울어버렸습니다. 그래도 이제 그의 눈에 어린 광채가 눈물 따위에 지는 일은 없었습니다.

"……히토미 선생님, 나도 보고 싶어."

그건 나도 마찬가지였습니다.

"근데 괜찮겠니?"

"……."

"학교에는 키류를 놀려대는 바보 같은 아이들이 있어."

게다가 나를 싸악 무시해버리는 그런 아이들.

전에 나는 키류가 제발 그들과 싸웠으면 좋겠다고 생각했습니다. 하지만 키류가 싸우는 방식은 그런 게 아니라고 아바즈레 씨가 가르쳐주었습니다. 그리고 지금 나는 그것을 내 눈으로 확인한 것입니다.

키류는 내 말에 잠깐 어깨를 흠칫 떨었습니다. 하지만 그는 내 눈을 똑바로 보면서 자신의 어깨를 옭아매는 밧줄을 자신의 힘으로 풀어버렸습니다.

"지독히 싫지만, 그래도 이제 괜찮을 것 같아."

"……."

"나노카가 한편이 되어주면 놀림을 받든 바보 취급을 당하든."

"……."

왠지는 모르겠습니다. 왜 그런지는 전혀 모르겠지만 나는 그때 마음이 턱 놓였다는 이유로 울 뻔했습니다. 인간은 슬플 때나 우는 건데? 나는 드디어 그때 들었던 키류의 '나노카가 제일로 싫어'가 거짓말이었다는 것을 알고 마음이 턱 놓이면서 울어버릴 뻔했던 것입니다.

하지만 눈물을 흘리지는 않았습니다. 왜냐면 슬프지도 않은데 울다니, 그건 이상하죠. 그 대신 나는 키류의 눈을 보며 야무지게 고개를 끄덕였습니다.

"좋아. 나는 키류의 적이었던 일은 단 한 번도 없어."

키류는 다시 두 방울, 눈물을 흘렸습니다. 이상했습니다. 키류의 눈물에 담긴 이유는 아무래도 뭔가 이상하기만 했습니다. 키류는 다시 내 손을 꼭 잡고 말했습니다.

"……나노카도 학교 가자."

"그건 또 왜?"

오늘 그가 몇 번이나 내게 학교 가기를 권하는 이유를 그제야 들을 수 있었습니다.

"나노카는 나하고 다르게 공부도 잘하고 똑똑하고 강하고, 분명 나중에 훌륭한 사람이 될 거야. ……그러니까 나처럼 학교를 결석하면 안 될 것 같아."

칭찬을 받고 나는 흐뭇해졌습니다. 하지만 키류는 칭찬보다 좀 더 흐뭇한 말을 해주었습니다.

"그러니까 같이 학교 가자……. 나도 나노카 편이니까……."

아, 진짜 그때 그 기분을 나는 앞으로 아무리 세월이 흐른다 해도 분명 정확히 말로 표현할 수 없을 것입니다.

내가 미나미 언니 같은 나이가 되더라도, 아바즈레 씨 같은 나이가 되더라도, 할머니 같은 나이가 되더라도, 진짜 진짜 진짜로 그때 내 마음에 퍼져나간 냄새나 맛이나 이름을 정확히 맞춰낼 수 없을 것입니다.

검정색은 단 하나의 얼룩도 만들지 못하고, 하지만 온통 새하얀 것도 아니고, 이 세상에 이런 것이 지금까지 있었는지 어떤지도 알지 못할, 어쩌면 그때 새롭게 이 세상에 그 색깔이 생겨난 게 아닐까 싶을 정도의 멋진 색깔이 내 마음에 칠해졌습니다.

그 색깔이 어떤 색깔인지 설명을 못하는 나는 역시나 항상 하던 대로 말할 수밖에 없습니다.

인생이란 내 편 같은 것이랍니다.

"키류 히카리만 옆에 있어주면 뭐, 충분해."

"……응?"

"아니, 아냐. 키류가 그렇게까지 말한다면 나두 학교에 갈게. 키류가 내 편이 되어줄 거잖아?"

키류는 아식노 솜 울고 있었습니다. 그 울보 얼굴 그대로 조용히 웃었습니다. 그의 웃는 얼굴을 보는 건 정말 오랜만입니다. 나와 한편인 친구의 웃는 얼굴을 보는 것은 흐뭇한 일이죠. 그래서 나도 웃었습니다. 기뻐서. 그랬더니 키류도 따라 웃었습니다.

"자, 결정했으면 빨리 준비하자! 우리 지금, 엄청 지각이야."

"응, 알았어!"

옷소매로 눈물을 쓱쓱 훔치고 키류는 벌떡 일어나 자기 방 문을 닫았습니다. 파자마 차림이었으니까 아마 옷을 갈아입으려는 것이겠지요.

뒤에 남겨진 나도 벌떡 일어나 키류가 준비를 마치는 대로 출발할 수 있게 대기했습니다. 얌전히 기다리자, 라고 생각했지만 일단 키류 엄마에게 학교에 간다는 말부터 해두기로 했습니다.

어쩌면 미리 학교에 전화해 우리가 지각이 아니게 해줄지도 모릅니다.

문 너머의 키류에게 말을 해놓고, 나는 복도를 지나 일 층으로 가는 계단으로 향했습니다. 하지만 복도 모퉁이를 돌아선 순간, 그리 예쁘지 않은 비명을 내지르고 말았습니다.

"꺄악!"

나는 놀라서 털썩 엉덩방아를 찧었습니다. 눈앞에 키류 엄마가 있었습니다. 숨듯이 계단참에 몸을 웅크린 채 울고 있었습니다.

요즘 왜 이렇게 다들 울어대지? 우는 게 유행인가? 아니면 하품처럼 전염되는 건가? 내가 그렇게 생각하고 있는데 엉덩방아를 찧은 나의 손을, 조금 전까지 키류가 맞잡았던 손을, 이번에는 키류 엄마가 꼭 잡아주었습니다.

"나노카, 고맙다……."

어쩌면 키류 엄마도 방에서 나온 키류는 오랜만에 봤는지도 모릅니다. 그래서 나는 순순히 네, 라고 고개를 끄덕였는데 키류 엄마가 이상한 말을 했습니다.

"사실은 내가 말해줬어야 했어……."

무슨 뜻일까. 고개를 갸우뚱하는 참에 키류의 방문이 열리는 소리가 났습니다. 돌아보니 키류는 평소에 자주 보던 옷차림에 책가방을 메고 있었습니다. 준비 오케이, 라고 생각하며 내가 부스스 일어서자 키류 엄마는 서둘러 계단을 내려갔습니다.

나는 키류 엄마만큼 성급한 성격은 아니니까 계단참에서 얌전히 키류를 기다렸습니다. 물론 그 사이에 아까 엉덩방아를 찧을 때 아직도 손에 들고 있다는 것을 깨달은 노트를 책가방에 챙겨 넣는 것도 잊지 않았죠.

그리고,

"그건……?"

내가 오른손에 든 노트 아닌 다른 것을 들여다보자 나를 따라온 키류도 그게 뭔지 알았습니다. 그에게 나는 지금의 솔직한 마음을 말했습니다.

"이거, 나 줄래?"

거절할지도 모른다, 아니, 평소의 키류라면 분명 거절한다, 라고 생각했습니다. 하지만 키류는 약간 겸연쩍은 표정을 짓더니 고개를 끄덕였습니다.

나는 참으로 흐뭇했지만 키류가 왜 그것을 내게 줬는지는 알지 못했습니다. 하지만 뭐, 괜찮습니다. 키류가 준 그것을 나는 내 방에 걸어두기로 했습니다.

"자, 가볼까?"

"응!"

키류의 눈 속의 광채는 아직 꺼지지 않았습니다.

학교에 도착해 교실이 점점 가까워지자 키류는 내 허리춤을 슬쩍 잡았습니다. 설마 여자애의 엉덩이를 더듬으려는 속셈은 아닐 거라서 나는 아무 말 안 했습니다. 게다가 키류의 심정은 나도 충분히 이해가 되었기 때문입니다.

이해가 되었기 때문에 더더욱 나는 당당하게 가슴을 내밀었습니다. 아직 아바즈레 씨나 히토미 선생님처럼 불룩하지는 않지만 그래도 그 가슴을 한껏 내밀었습니다. 우물우물 고개를 푹 숙이다니, 그건 상대가 원하는 대로 해주는 꼴이죠. 이런 때일수록 가슴을 당당히 내밀고 거짓으로라도 센 척 하는 게 좋습니다. 이건 전에 아빠와 함께 밤길을 걸었을 때 배운 것입니다.

내가 앞장서고 키류가 뒤를 따라 교실 뒷문으로 들어서자 마치 시간이 멈춘 것처럼 교실 안의 아이들 모두가 이쪽으로 시선을 던진 채 딱 정지했습니다. 하지만 그것도 한 삼 초쯤? 곧바로 스톱은 재생 모드로 바뀌어 일제히 눈을 돌리고 와글와글 떠들었습니다. 단 한 사람, 웃는 얼굴로 우리 쪽을 쳐다보는 사람은 당연히 히토미 선생님.

"자, 수업 중이에요, 다들 조용히! 나노카와 키류, 마침 잘 왔구나. 약간 지각이지만 방금 수업 시작한 참이니까 괜찮아."

나는 공주처럼 스커트 양끝을 잡고 히토미 선생님에게 무릎을 살짝 굽혀 인사했습니다. 분명 히토미 선생님에게는 "메르시(merci)!"라고 들렸겠지요. 그런 말은 안 했지만.

키류는 겸연쩍은 듯한 난감한 듯한 표정으로 히토미 선생님에게 머리 숙여 인사하고 자기 자리에 앉았습니다. 아차, 그러고 보니……

"선생님, 교과서를 깜빡 잊고 안 가져왔어요. 키류 교과서, 함께 봐도 될까요?"

내가 큰 소리로 말하자 교실은 다시 와글와글했고, 히토미 선생님은 "내일부터는 잊지 말고 꼭 챙겨와"라고 말하고 내 책상을 키류 쪽으로 바짝 대도록 허락해주었습니다. 나는 오늘 학교에 올 생각이 없었기 때문에 애초에 교과서를 한 권도 안 가져온 것입니다.

둘이 나란히 뒤쪽 선반에 책가방을 넣자 수업 준비는 끝이 났습니다.

1교시 시작하고 15분이 지난 참이었습니다. 오늘 1교시는 국어. 마침 잘됐다, 라고 생각하며 키류에게 날린 윙크는 고개를 숙인 그가 알아주지 않아서 허공으로 날아갔습니다.

오늘 국어수업도 물론 행복에 대한 것입니다. 이제 곧 다가올 이 수업의 마지막 발표를 위해 지난번 수업 때 읽었던 행복에 관한 짧은 이야기에 대해 팀별로 토론에 들어갔습니다.

키류는 결석을 해서 그 이야기를 읽지 못했으니까 우선 내가 그 이야기를 들려주기로 했습니다. 라고 생각했는데 키류가 벌써 그 이야기를 읽었다네요. 히토미 선생님이 집으로 가져다준 프린트를 제 방에서 착실히 읽어본 것입니다.

평소보다 훨씬 더 소극적인 키류와 그 이야기에 대한 토론을 했습니다. 부족한 것을 채우는 것이 행복이다, 부족하더라도 그걸로 만족할 수 있다면 행복한 것인지도 모른다, 라는 등등의 얘기. 하긴 뭐, 키류는 내내 고개를 숙이고 있었고 말은 거의 다 내가 했죠. 우리가 한창 토론을 하는 중에도 아이들은 이쪽을 흘끔 흘끔 쳐다보았습니다. 싸악 무시하던 주제에 슬금슬금 훔쳐보다니, 머리가 이상한 애들이지 뭐예요.

그 참에 히토미 선생님이 우리에게 다가왔습니다. 선생님은 토론 중에 이쪽저쪽을 돌아보는 것입니다. 히토미 선생님에게 우선, 아직 못한 아침인사를 했습니다.

"선생님, 안녕하세요?"

"응, 안녕? 키류도, 안녕?"

키류는 고개를 숙인 채 작디작은 목소리로 "안녕하세요?"라고 말했습니다. 딱히 겁을 낸 것은 아닙니다. 키류도 히토미 선생님을 보고 싶어했으니까요. 이런 때의 기분은 이렇게 표현합니다. 겸연쩍어서.

나 역시 겸연쩍을 때가 있습니다. 수업참관 전에 엄마와 싸웠을 때가 바로 그런 경우였습니다. 그래서 잘 알고 있습니다. 겸연쩍은 상황이라는 것은 언젠가는 스스로 해결하지 않으면 안 된다는 것.

히토미 선생님 몰래 나는 키류의 손을 꼭 잡았습니다. 내 용기를 조금이라도 나눠줄 수 있다면, 하고 생각한 것입니다. 하지만 전혀 그럴 필요도 없었습니다. 키류는 내 손을 한 차례 맞잡은 뒤에 놓아줬습니다. 그리고 히토미 선생님이 뭔가 묻기 전에 번쩍 고개를 들었습니다.

"서, 선생님, 행복이 무엇인가, 수업참관 때 발표했던 것과는

다, 다른 것을 찾았어요."

큰 목소리라고는 할 수 없는 더듬거리는 말투. 나는 단지 마음속으로 그를 응원했습니다. 즉 키류에 대해 계속 생각한 것입니다. 이게 바로 아바즈레 씨가 찾아낸 행복이겠죠.

자, 그러면 키류의 행복은 뭘까요. 그건 나도 키류도 이미 한참전부터 알고 있었습니다. 그 순간, 나는 그것이 처음으로 키류의입을 통해 발표된다는 게 무엇보다 자랑스러웠습니다. 왜냐면 키류의 팬은 아직 이 교실에는 나 한 사람뿐이니까요. 그런 일, 이따금 있더라고요.

"응, 뭘 찾았을까?"

히토미 선생님은 키류의 갑작스러운 발표에 내심 놀랐는지도모릅니다. 하지만 그런 낌새는 전혀 드러내지 않고 다정한 얼굴그대로 키류에게 물었습니다. 히토미 선생님을 좋아하는 아이라면 어떤 말이든 다 털어놓을 것 같은 그런 얼굴입니다.

키류는 히토미 선생님의 그 얼굴을 지그시 응시하며 입을 꼼작꼼작했습니다. 문득 돌아보니 우리 반 아이들 모두가 이쪽을 보고있었습니다. 지금까지 키류가 결석을 하건 말건 아무 관심도 없었으면서, 라고 생각했고 그와 동시에 흥, 마침 잘됐네, 라고도 생각했습니다. 키류의 진짜 속마음을 아이들 모두에게 직접 들려줄 좋은 기회인 것입니다. 이것이 키류의 싸움의 첫걸음입니다.

자, 어서 모두에게 당당하게 말해줘.

"내, 내가 행복할 때는, 그림을 그, 그……."

하지만 키류의 말은 거기서 멈춰버렸습니다. 히토미 선생님은 다정한 표정 그대로 키류의 말을 기다려줬지만, 나는 눈을 크게 뜨고 키류를 보았습니다. 설마 여기까지 와서 또 겁쟁이 짓을 하는 건 아니겠지, 하고 어쩌면 그를 나무라는 눈빛으로 쳐다봤는지도 모릅니다.

그래서 나는 그때 일을 반성하지 않으면 안 됩니다. 나는 키류에 대해 큰 착각을 했었습니다. 그와 한편이라는 것은 진짜지만, 역시 아주 조금쯤은 여전히 그를 소심한 겁쟁이라고 생각했던 것입니다. 나는 그 점을 사과하지 않으면 안 됩니다.

할머니의 말이 생각납니다.

그 아이는 어쩌면 나노카가 생각하는 것처럼 약한 아이가 아닌지도 모른다.

한 차례 말을 멈췄던 키류는 숨을 몇 번 들이쉬고 내쉰 뒤, 입술을 꾹 깨물더니 가슴을 당당히 내밀고 이렇게 말했던 것입니다.

"나의 행복은……."

"응!"

"내 그림이 훌륭하다고 말해주는 친구가 옆자리에 앉아 있는 것입니다."

진짜로, 인생이란 오셀로 게임 같은 것이에요.

까맣게 힘든 일이 있으면 하얗게 좋은 일도 있다는 거? 아니, 아니, 그게 아니에요.

단 한 개의 흰색으로 내 검은색 마음이 단숨에 뒤집힐 수 있다는 것이죠.

너무 좋은 날에는 그 장면을 목격하지 못한 소중한 사람에게 그것을 얼른 전해주고 싶어 견딜 수 없습니다. 그래서 나는 학교가 끝나자마자 키류와 작별인사도 대충대충 끝내고 냅다 집으로 달려가 책가방도 그대로, 꼬리 끊긴 그녀를 만나 항상 가던 크림색 건물로 가기로 했습니다.

"행복은 제 발로 걸어오지 않아~!"

"냐아?"

평소보다 훨씬 기분 좋게 노래를 부르는데 검은 친구는 함께 노래해주지도 않고 뭔가 이상하다는 얼굴입니다.

"왜?"

"냐아."

"뭐, 괜찮잖아, 가끔은. 사실은 항상 이러면 좋겠지만 어쩌다 엄청 좋은 날이라는 게 있는 거야. 너도 그런 날 있잖아?"

"냐아."

그녀는 별 관심 없다는 듯한 대답을 했습니다. 어쩌면 오늘은 그녀에게는 좋은 날이 아닌지도 모릅니다. 만일 그렇다면 뭐, 나의 이 좋은 기분을 나눠주면 되죠.

"그러니 내 발로 걸어가야지~!"

"……냐아냐아."

어이없다는 얼굴로, 못 말려, 진짜, 라는 듯 고개를 움츠리면서도 그녀는 결국 나와 함께 노래하고 싶은 것입니다. 뭐야, 혼자만 우아한 척하고, 라고 생각했지만 그녀의 그런 고분고분하지 않은 점이 남자애들의 마음을 흔드는 것인지도 모릅니다.

내가 그녀에게서 배운 것이 있다면 남자의 마음을 조종하는 방법인가? 그런 생각을 하면서 둑길을 걸었습니다.

하늘은 파랗고 숲은 초록빛이고 땅은 갈색. 사람들 걷기 편하게 약간 폭신폭신하게 만든 산책길은 적갈색. 바람은 투명하고, 사람의 살갗은 피부색. 다양한 것에 다양한 색채가 있고 나는 그중 어느 것이든 다 좋습니다.

하지만 역시 둑길 아래로 크림색이 보일 때, 내 마음은 가장 신이 납니다.

나는 머릿속에서 아바즈레 씨에게 이야기할 순서를 생각했습니다.

물론 가장 먼저 아바즈레 씨에게 감사인사를 하지 않으면 안 됩니다. 오늘 내가 이토록 좋은 기분일 수 있는 것은 아바즈레 씨 덕분이니까요. 그다음에는 오늘 있었던 일을 아침부터 순서대로 이야기합니다. 중요하지 않은 부분은 간단히, 중요한 부분은 조금 과장해서. 중요한 부분으로 이어지는 중요치 않은 부분은 중요한 부분을 재미있게 하기 위해 조금 뜸을 들이면서. 키류가 오늘처럼 행동하는 아이가 아니라는 점을 다시 한 번 강조해두면 놀라움은 더 커질지도 모릅니다.

그리고 키류에게 그런 행동을 할 만한 용기가 있다고 할머니만은 미리 간파했다는 것을 얘기하는 것도 악센트로서 아주 좋겠지요.

나는 콩닥콩닥 가슴이 뛰었습니다. 그건 뭐, 코코아가루가 따끈한 우유에 녹아드는 것을 지켜보는 것보다 훨씬 더, 피어오르는 코코아 향기를 맡는 것보다도 훨씬 더.

코코아와 잘 어울리는 케이크 같은 크림색 건물. 그 계단 앞에 도착해 나의 콩닥콩닥도 최고조에 달한 상태에서 녹이 슨 계단에 한 걸음을 내디뎠을 때, 평소와 조금 다른 일이 일어났습니다.

꼬리 끊긴 그녀가 계단을 올라가려 하지 않은 것입니다.

"왜 그래?"

물어봐도 그녀는 대답하지 않았습니다. "우유, 안 먹어도 돼?"라고 물어도 아무 대답도 하지 않았습니다. 혹시 어딘가 다쳐서 계단을 못 올라가나 하고 내가 안아주려고 하자 그녀는 내 손에서 스르륵 달아났습니다.

"까다로운 아이 같으니. 좋아, 그럼 거기서 기다려."

"냐아."

그제야 대꾸한 친구의 목소리는 자그마했습니다.

어떻게 된 걸까요. 뭐, 고양이에게도 고양이만의 기분 좋지 않은 날이라는 게 있는지도 모르죠. 계단을 올라가고 싶지 않은 날이라는 게 있는 모양이네요.

친구가 은근히 걱정되었지만 역시 내 마음은 아바즈레 씨에게 들려줄 이야기 쪽으로 쏠렸습니다. 아바즈레 씨 집 앞까지 가면서 대략 이야기의 진행 방식을 정한 뒤 나는 초인종을 눌렀습니다.

띵동, 하는 가벼운 벨소리가 안에서 들려오고 그 참에 나는 '어라?' 하고 생각했습니다. 문 위쪽을 보니 아바즈레 씨 집 문패에 적혀 있던, 실례지만 도저히 잘 썼다고 할 수 없는 글씨의 이름이 사라지고 없었습니다.

새로 쓰려는 건가? 전에도 아바즈레 씨에게 말했지만 나는 글씨를 예쁘게 잘 쓰니까 괜찮다면 나한테 쓰게 해주면 좋을 텐데, 라고 생각했습니다.

아바즈레 씨는 좀체 나오지 않았습니다. 그래도 다시 한 번 초인종을 누르자 안에서 뭔가 소리가 났습니다. 어쩌면 아바즈레 씨는 이제야 일어났는지도 모릅니다. 여전히 잠꾸러기네. 나는 혼자 킥킥 웃었습니다. 하지만 아바즈레 씨는 나오지 않았습니다.

안에 있는 것 같은데? 의아해 하면서 나는 문을 두드렸습니다. 그리고 씩씩하게 "안녕하세요?"라고 문을 향해 인사까지 했습니다.

그러자 시간이 좀 걸리기는 했지만 잠금장치가 열리고 손잡이가 빙글 돌았습니다. 친구와 오늘 처음 마주하는 이 순간, 이를테면 오늘이 특별히 좋은 날이 아니더라도 나는 매번 가슴이 두근두근 콩닥콩닥합니다.

이번에도 그랬어야 하는데 나의 콩닥콩닥은 단숨에 안개가 되어 사라지고 말았습니다.

생각지도 못한 일이 일어난 것입니다.

아바즈레 씨 집에서 나온 사람은 다정하고 예쁜 아바즈레 씨가 아니었습니다. 아마도 아바즈레 씨와 비슷한 또래의 남자였습니다.

나와 그 오빠는 마주보고 선 채 서로 똑같은 표정을 했습니다. 깜짝 놀란 것입니다. 착해 보이는 그 오빠는 눈을 동그랗게 떴고 그 눈을 데구르르 굴렸습니다. 그래서 상대가 누구인지 먼저 파악한 것은 내 쪽이었습니다.

"혹시…… 아바즈레 씨의 남자친구?"

남다르게 아름다운 아바즈레 씨. 특별한 남자친구가 있다고 해도 이상할 건 하나도 없습니다. 만일 그렇다면 나는 인사를 해야 한다고 생각했습니다.

"처음 뵙겠습니다. 저는 고야나기 나노카, 아바즈레 씨의 친구예요."

나는 공손히 자기소개를 했습니다. 그런데 그 오빠는 눈썹과 눈썹 사이에 주름을 잡고 뭔가 이상하다는 듯 어리둥절한 얼굴이었습니다.

"아바즈레 씨는 오늘 집에 없어요?"

아무 특이할 것도 없는 내 질문에 그 오빠는 이번에는 고개를 갸웃거렸습니다. 그리고 이상한 말을 하는 것이었습니다.

"아……, 나노카라고 했니?"

"네, 나노카예요."

"집을 잘못 찾아온 것 같다. 여기는 내 집이고, 그 아바즈레…… 라는 사람은 없어."

나는 하마터면 고개가 한 바퀴 뱅글 돌아버릴 뻔했습니다.

"아, 아니에요. 오빠하고 나는 처음 만나지만, 나는 이 집에 몇 번이나 왔었어요. 혹시 아바즈레 씨하고 둘이서 나를 놀래주려는 거예요?"

어쩌면 서프라이즈인지도 모른다, 라고 생각한 것인데 아무래도 아닌 모양입니다. 오빠는 난처한 웃음을 보였습니다.

"그 말, 되도록 쓰지 않는 게 좋아. 그 아바즈레, 라는 말."

"아바즈레 씨는 아바즈레 씨인데요?"

"아, 그게……. 어쨌든 그런 사람은 여기 없어. 아마 네가 착각한 모양이다. 혹시 다른 건물 아닌가? 다시 한 번 확인해볼래?"

"분명히 여기예요! 어제도 왔었단 말이에요."

목소리가 커진 것은 내 머릿속에 한 가지 추억이 스쳐갔기 때문입니다.

내 안에서 점점 커져가는 불안이라는 시커먼 것 따위는 알지 못할 터인 그 오빠는 좀 더 난처한 표정을 했습니다.

"내가 어제도 여기 있었는데, 너는 안 왔었어."

"거짓말! 오빠는 여기 없었어요. 내가 아바즈레 씨를 만났다니까요!"

"이것 참, 난처하네."

그 오빠는 드디어 난처함을 말로 표현했습니다. 나는 알고 있습니다. 어른이 어린아이를 상대로 난처하다고 말할 때는, 어떻게 해야 이 아이의 입을 다물게 할까 하고 궁리할 때입니다.

"아, 그거다! 나노카가 꿈을 꾼 거 아닐까? 그 꿈속에 이곳과 비슷한 건물이 나온 거야. 나도 어렸을 때 꿈속에 나온 곳을 몇 번이나 찾아다녔지만 결국 못 찾은 적이 있어."

"꿈……?"

아니, 그렇지 않다. 아바즈레 씨는 분명히 이곳에 있었고 나와 오셀로 게임도 했다. 푸딩도 먹었다. 손도 잡아주었다. 꿈이었을 리 없다.

그렇게 마음속으로 생각했지만 절대로 아니라ㄱ ㄱ ㅇ빠에게 딱 잘라 말하지 못한 것은 이 또한 한 가지 추억이 머릿속을 스쳐 갔기 때문입니다. 그 이름은…… 미나미 언니.

미나미 언니와의 사이에 일어난 이상한 일이 지금의 이 이상한 장면과 겹쳐졌습니다. 그런 이상한 일이 연거푸 일어나는 경우를 내 똑똑한 머리로도 전혀 설명할 수 없었던 것입니다. 내 똑똑한 머리로 설명하자면, 이런 경우는 세 개의 단어뿐입니다. 거짓말 이거나 마법이거나 꿈이거나.

나는 그중에서 이 오빠의 거짓말이라고 생각했지만, 그는 정말 로 난처한 얼굴이었고 전혀 거짓말을 하는 것처럼 보이지 않았습 니다. 그런 냄새가, 나지 않았던 것입니다.

내가 대꾸를 못하자 오빠는 "잠깐만"이라면서 안으로 들어갔습 니다. 그리고 다시 나온 그의 손에는 갈색 빠삐코 하나가 쥐어져 있었습니다.

"자, 이거. 오늘 진짜 더운 날씨니까 열사병 걸리지 않게 조심해."

그 오빠가 준 커피맛 빠삐코는 차갑고 시원했습니다. 하지만 나는 그것을 보고 비로소 알았습니다. 이 집에는 정말로 아바즈레 씨가 없다는 것을. 왜냐면 아바즈레 씨 집 냉장고에 빠삐코가 들어있을 리 없기 때문입니다.

"하루 만에 이사했다는 건 좀 말이 안 되겠죠……?"

"응, 그건 좀 그렇지. 게다가 내가 여기서 벌써 4년째 살고 있어."

4년. 그건 초등학생인 나에게는 엄청나게 긴 시간입니다. 나는 알았습니다. 아직 아무것도 모르지만 아무튼 알았습니다. 이상한 일이 또 일어났다는 것.

그 오빠에게 빠삐코 고맙다는 인사를 하고 나는 아바즈레 씨 집을 떠나기로 했습니다. 그 오빠는 착하게도 "잘 가라"라고 말해주었습니다.

크림색 벽을 짚으며 계단을 내려오자 그곳에서 친구가 기다리고 있었습니다. 나는 깨달았습니다.

"너는 알고 있었구나? 아바즈레 씨가 없다는 거."

그녀는 대답하지 않았습니다. 그 대신 앞장서서 걷기 시작했습니다. 우리가 그동안 수없이 걸어갔던 방향으로.

나는 그녀를 따라갔습니다. 나도 마음은 같았기 때문입니다. 미나미 언니에 이어서 아바즈레 씨. 내 친구들에게 잇따라 일어난 이상한 일. 두 사람은 어디로 가버렸을까요. 잘 모르는 것을 배우기 위해서는 나보다 훨씬 오래 살아온 사람에게 물어보는 게 가장 좋습니다. 왜냐면 나와 똑같은 경험을 했을지도 모르니까.

가는 도중에 나는 말랑해지기 시작한 빠삐코의 입 부분을 이로 잘라 먹어봤습니다. 한 입, 두 입, 그리고 나는 생각했습니다.

"역시 좀 씁쓸하다."

커피맛을 그리 좋아하지 않는 나는 빠삐코가 어지간히 녹은 다음에 그것을 지나가던 개미들에게 줘버렸습니다.

10

할머니 집에 도착하자 나는 다시 온몸이 땀으로 흠뻑 젖었고, 나무문에는 아직 종이가 나붙어 있었습니다. 내용은 지난번과 똑같습니다. 나는 현관에서 친구의 발을 닦아주고 신발을 벗고 조용한 나무집 안으로 들어갔습니다. 내 발소리는 지난번과는 다릅니다.

실은 오늘 집에서 샌들로 갈아 신고 왔기 때문에 지난번에는 양말 발로 스륵스륵, 오늘은 맨발로 처벅처벅. 여름이 되면 신는 귀여운 샌들을 아바즈레 씨에게도 칭찬받고 싶었는데.

혹시 할머니가 아바즈레 씨의 행방과 아바즈레 씨에게 일어난 이상한 일의 정체를 알고 있다면 당장 아바즈레 씨에게 찾아가 내 여름 샌들을 보여주고 싶었습니다. 그리고 아이스바를 먹으며 키류와 함께한 일을 이야기하고 싶었습니다.

조용한, 집을 만든 나무들의 소리가 들릴 듯할 만큼 조용한 집

안, 할머니는 또 이 층에 계시는가, 라고 생각하며 복도를 걸어 들어갔지만 오늘은 일 층에 있었습니다.

내가 침실 유리문을 여는 소리에 잠이 깬 것이겠지요. 할머니는 에어컨을 켜둔 침실의 침대에 누운 채 다정하게 웃는 얼굴로 나를 보고 있었습니다.

"어서 오너라."

"네, 죄송해요, 주무시는데."

"아냐, 괜찮아. 마침 잠이 깬 참이야."

"그렇다면 다행이에요, 뭔가 멋진 꿈을 꿨어요?"

내 질문에 할머니는 빙긋 웃어주었습니다.

"응, 또다시 같은 꿈을 꾸었어."

그렇게 말하며 할머니는 평소보다 훨씬 더 느린 동작으로 침대에서 몸을 일으키고 커튼을 열었습니다. 거실과는 달리, 약간 조심스럽게 햇빛이 비쳐듭니다. 그때와 똑같이 벽에 걸린 그 그림이 스스로 빛을 지닌 듯한 느낌이 들었습니다.

침실 미닫이문을 닫으려고 하자 할머니가 "냉장고에 오렌지주스가 있어"라고 말했습니다. 나는 주방에서 작은 팩의 오렌지주스 두 개를 가져왔습니다. 할머니는 내게서 주스를 받아들자 "고맙다"라고 말하고 침대 위에 내려놓았습니다. 오렌지주스는 내 입 속에 아직 조금 남아 있던 씁쓸함을 달콤새콤한 맛으로 말끔히 씻어주었습니다.

"잘했니?"

할머니는 어떤 일인지는 말하지 않고 그냥 그렇게 물었습니다. 나는 꾸벅 고개를 끄덕였습니다. 하지만 평소의 나였다면 여기서 마치 드럼이라도 치듯이 두두두두 얘기를 펼쳤을 텐데 그러지 않는 바람에 할머니에게 다 들켜버렸습니다.

"무슨 일 있었구나?"

"아뇨, 반 친구 일은 잘 됐는데……."

나는 마치 스프를 졸이는 듯한 소리로 그렇게 입을 열었습니다.

"아바즈레 씨가 없어져버렸어요."

오늘 있었던 일을 나는 할머니에게 모두 다 말했습니다. 아니, 사실은 어제부터의 일입니다.

어제, 키류 일로 우울했던 나에게 아바즈레 씨가 좋은 충고를 해준 것, 아바즈레 씨가 왜 그런지 갑자기 울어버렸던 것, 그리고 내가 입버릇처럼 항상 하는 말을 아바즈레 씨도 똑같이 했었다는 멋진 일까지.

그리고 오늘, 아바즈레 씨는 사라지고 그 집에 다른 오빠가 살고 있었던 것, 내가 좋아하지 않는 맛의 빠삐코를 줘서 미나미 언니가 없어졌을 때보다 훨씬 더 이상했다는 것.

내 이야기를 듣고 할머니는 아바즈레 씨의 행방은 알지 못한다고 말했습니다. 내심 안타까웠지만 내 마음속에 이상한 것이 한 가지 더 떠올랐습니다. 그 이상한 것에 대해서도 물었습니다.

"미나미 언니가 없어진 것처럼 아바즈레 씨도 없어져버렸어요. 하지만 몹시 섭섭하기는 한데, 이를테면 키류에게 제일 싫다는 말을 들었을 때 같은 기분은 아니었어요."

할머니는 "그렇구나"라고 고개를 끄덕였습니다. 역시나 할머니는 뭐든 다 알고 있습니다.

"즉 절망은 하지 않았다는 얘기지?"

절망(絶望)이라는 한자를 나는 아직 쓰지 못합니다.

"그건 아마도 나노카가 언젠가 그들을 반드시 다시 만날 수 있다고 확신하기 때문이 아닐까?"

할머니는 내가 미처 설명하지 못한 내 마음속 작은 안심감을 정확하게 말로 표현해주었습니다,

"네, 바로 그거예요. 하지만 미스터리 소설의 탐정처럼 증거가 있는 건 아니에요."

"그건 그렇지."

할머니는 실눈이 되어 웃으면서 고개를 끄덕였습니다.

"하지만 나노카의 그 생각은 아마 맞을 거야. 괜찮아, 그들과 언젠가 반드시 만날 수 있어."

"네, 나도 그렇게 믿고 있어요."

내가 분명하게 고개를 끄덕이자 할머니는 "나노카에게는 앞을 내다보는 능력이 있으니까"라고 언젠가와 똑같은 말을 해주었습니다.

"하지만 좀 더 이야기도 많이 나누고 오셀로 게임도 더 하고 싶었는데……."

"모처럼 같은 반 친구가 생겼잖니? 그 친구하고 연습하면 되지."

"글쎄, 키류에게 앞을 내다보는 능력이 있는지는 모르겠네요."

할머니는 오호호 하고 웃었습니다. 마치 키류의 얼굴을 머릿속에 떠올리는 것처럼. 아뇨, 할머니는 키류를 만난 적이 없을 테니까 어쩌면 친구인 그 화가를 떠올리는 것인지도 모릅니다.

"아바즈레 씨가 할머니는 행복하시냐고 물었어요."

"그랬어?"

"그래서 전에 행복했다고 말했었다고 얘기했는데, 할머니가 행복한 이유는 그 화가에 대해 생각할 수 있기 때문이에요?"

할머니는 다시 오호호 웃었습니다.

"그래, 그럴지도 모르지. 게다가 나노카에 대해서도 가족에 대해서도 진심으로 생각할 수 있었어."

"그러면 할머니도 행복이란 누군가를 진심으로 생각하는 것이라고 생각해요?"

"어라, 혹시 그 숙제의 발표 날이 바짝 다가온 건가?"

이런 경우를, 핵심을 콕 찔렀다고 하는 것이겠지요. 하지만 내가 할머니에게 몇 번이나 질문한 것을 다시 한 번 물어본 것에는 또 다른 이유가 있었습니다.

"진짜로 그 답이 알고 싶어졌어요. 하지만 나한테는 정말 어려운 숙제인 것 같아요."

그게 줄곧 그 문제에 대해 생각해온 나의 진심입니다.

"여러 가지, 아주 여러 가지의 행복이 있었어요. 요즘 많은 일이 있었고 많은 사람들에게서 행복이란 무엇인지 그들이 찾아낸 답을 알아봤어요. 미나미 언니는 누군가에게서 용서를 받는 것, 아바즈레 씨는 누군가에 대해 생각하는 것, 키류는 옆자리 친구가 있다는 것이었죠. 하나같이 그들 모두의 행복이라고 생각해요. 하지만 내 안의 행복 전부를 정확히 말로 표현한 행복은 아직 찾지 못했고, 어느 것 하나만을 고르기도 어려워요. 인생이란 도시락 같더라고요."

"무슨 뜻이지?"

"좋아하는 것을 전부 다 담을 수가 없어요. 게다가 지금 나는 그 도시락이 크기도 이름도 알지 못해요. 할머니가 만일 히도미 선생님에게서 행복이란 무엇이냐, 라는 문제를 받았다면 어떻게 대답할 거예요?"

어렵고 어려운 문제. 하지만 할머니 안에는 이미 답이 나온 모양입니다. 분명 그동안 진지하게 고민해준 것입니다. 할머니는 내 질문에 새삼 생각해보지 않고, 언젠가의 일을 떠올리듯이 창 너머 하늘을 올려다보며 대답해주었습니다.

"행복이란."

"네."

"바로 지금, 나는 행복했었다, 라고 말할 수 있는 것이야."

할머니의 대답은 지금까지 여러 사람에게서 들어온 행복의 답 중에서 가장 알기 쉽고 가장 마음에 스르르 스며드는 것이었습니다. 하지만……

"근데 그건 아주 오래 살지 않았다면, 음, 그게 없어요, 설득력."

"맞는 말이야. 이 행복은 지금 나노카보다 몇 배는 더 살아본 나의 행복이지. 나노카의 행복과는 달라. 나노카는 나노카만의 행복을 찾아야 해."

결국 힌트나 방법은 배울 수 있어도 마지막에는 스스로 생각하는 수밖에 없는 것입니다.

할머니와 함께 벽에 걸린 그림을 가만히 쳐다보며 오렌지주스를 마시고 있으려니 나는 문득 책가방 속에 있는 것이 생각났습니다.

"아, 그러고 보니 키류가 나한테 그림을 줬어요."

나는 책가방에서 한 장의 멋진 그림을 꺼냈습니다. 평소의 키류를 잘 아는 나로서는 그림을 보여준 것만 해도 굉장한 일인데 그걸 나한테 주기까지 했으니 친구를 자랑하고 싶은 마음이 드는 것도 당연합니다.

키류가 그린 것은 한 송이 꽃 그림입니다. 연필과 그림물감으로 그린 그것을 보고 할머니는 얼굴 주름이 한층 짙어졌습니다.

"아주 멋있구나."

"그렇죠? 이런 멋진 그림을 그리면서 자꾸 감추다니 이런 걸 보물을 두고 썩힌다, 라고 하죠. 아마 키류는 조금만 더 연습하면 할머니의 그 친구만큼 훌륭한 화가가 될 거예요."

"에이, 내 친구는 정말 훌륭한 화가인데? 하지만 나노카가 그렇게 말한다면 뭐, 그럴지도 모르겠다."

지기는 싫어서 나도 "틀림없어요"라고 가슴을 툭 내밀며 자신

있게 말했습니다.

그리고 할머니의 침대 끝에 앉아 오기와라와 미처 말하지 못한 『우리들의 7일 전쟁』에 대해 이야기했습니다. 그 소설에 나오는 어른들, 너무 머리 나쁜 거 아니에요? 라는 내 말에 할머니는 오호호 웃으면서, 머리 좋은 어른보다 머리 나쁜 어른이 훨씬 더 많고, 머리 좋은 어른이 꼭 좋은 어른이라고 할 수는 없다, 라고 말했습니다.

소설책 이야기는 정말 즐겁습니다. 실은 이런 식으로 미나미 언니와 소설에 대해서도 이야기하고 싶었는데 믹 그러는 참에 벌써 집에 가야 할 시간이라고 침대 옆 시계가 알려주었습니다.

내가 자리에서 일어서자 할머니는 다시 한숨 자야겠다면서 자리에 누웠습니다. 꼬리 짧은 그녀를 데리고 할머니의 잠을 방해하지 않게 조용히 방 문을 열었습니다. 사실은 그대로 침실을 나왔어야 하는데 나는 문득 발을 멈췄습니다.

"……할머니."

불안해졌던 것입니다.

"할머니는 없어지지 않을 거죠?"

하지만 대답은 없었습니다. 그 대신 편안히 잠든 숨소리가 들려와서 나는 다시 그 잠을 방해하지 않게 입에 지퍼를 채우고 검은 털의 친구와 함께 조용히 나무집을 나왔습니다.

그 뒤로도 나는 몇 번이나 그 크림색 건물에 가봤지만 역시 아바즈레 씨는 이미 그곳에는 없었습니다.

아바즈레 씨가 없어지면서 방과 후에 내가 찾아갈 곳은 이제 두 군데만 남았습니다. 언덕 위의 할머니 집, 그리고⋯⋯.

"나, 오셀로 게임 잘 못하는데⋯⋯."

"그럼 너 먼저 하게 해줄게."

학교가 끝나면 나는 꼬리 짧은 그녀를 데리고 키류 집에 가게 된 것입니다. 첫날, 오셀로 게임을 들고 나타난 나를 보고 키류는 멈칫 놀랐지만 키류 엄마는 기꺼이 내게 오렌지주스를 내주었습니다. 며칠 연달아 찾아갔더니 키류도 점점 놀라지 않아서 우리는 사이좋게 오셀로 게임을 하거나 함께 그림도 그렸습니다. 누가 더 잘했느냐고 한다면, 두 가지 종목의 점수를 합해서 나누면 아마 동점이 나올 거예요.

내가 키류 집에 있는 동안, 작은 친구는 항상 밖에서 기다립니다. 그녀는 낯가림이 심한 아이니까요. 그리고 낯가림이 심한 건 키류도 마찬가지입니다. 한 번은 할머니 집에 함께 가자고 청해봤는데 당장 난처한 얼굴로 바짝 얼어버리더라고요.

"자, 그럼 키류, 안녕. 아주머니, 내일 또 올게요. 안녕히 계세요."

헤어질 때마다 매일 정해놓고 하는 인사. 웃는 얼굴의 두 사람에게 손을 흔들고 나는 검은 친구와 함께 항상 다니는 언덕길을 올라갑니다.

"행복은 제 발로 걸어오지 않아~."

"냐아냐아~."

"이제 곧 여름방학인데, 너는 뭐 할 거야?"

"냐아."

"아무 생각도 안 해놓다니 진짜 태평하네. 난 수영장에 가고 싶어. 친구도 생겼고 하니까. 그래, 기왕이면 동물도 들어갈 수 있는 수영장을 찾아보자."

"……냐아."

뭔가 떨떠름한 표정을 보이는 그녀. 어쩌면 물은 질색인지도 모릅니다.

"괜찮아, 나도 25미터 수영은 못 해. 좋아, 정 가고 싶지 않다면 우리 셋이서 다른 곳에 가자. 인생이란 여름방학 같은 거야."

"냐아?"

"뭐든 할 수 있잖아. 최대한 멋지게 보낼 방법을 찾아봐야지. 아, 이건 너무 단순했나?"

그런 얘기를 하다 보면 금세 할머니 집에 도착합니다. 언제부턴가 계속 문에 붙어있는 알림 종이를 읽어보고 항상 하던 대로 안으로 들어갑니다. 나무집 안은 늘 그렇듯이 아주 조용해서 소음 하나 들려오지 않지만 우리는 할머니를 찾을 필요는 없습니다.

요즘 들어 할머니는 항상 침실에서 자고 있습니다. 내가 방에 들어가면 알아보는 때도 있고 알지 못한 채 그대로 자는 때도 있습니다. 할머니가 자고 있을 때는 무리하게 깨우거나 하지 않습니다. 나는 바닥에 앉아 책을 읽거나 벽에 걸린 그 그림을 보거나 작은 친구와 놀기도 합니다. 할머니는 중간에 깨기도 하고 내가 집에 돌아올 때까지 깨어나지 않기도 합니다. 할머니가 일어나지 않을 때, 나는 항상 노트 귀퉁이를 떼어내 오늘 잘 놀다간다는 인사를 편지로 전합니다.

"할머니는 여름에 자꾸 잠이 오나 봐요. 나는 봄이 되어야 자꾸 졸리는데."

"나이를 먹으면 시간 가는 게 빠르게 느껴지거든. 어쩌면 나는 이미 다음 봄에 가있는지도 모르겠다."

언젠가 그런 얘기를 듣고 나는 진짜 이상하고 멋진 일이라고 생각했습니다. 왜냐면 시간 가는 게 빠르면 즐거운 일도 기쁜 일도 그만큼 횟수가 부쩍 늘어날 것 같았으니까요.

그나저나 요즘 할머니가 자꾸만 낮잠을 자는 게 나는 마음에 걸립니다.

아바즈레 씨가 없어진 직후에는 할머니도 일어나 있는 날이 많았고 자더라도 내가 가면 눈을 떴는데 요즘에는 항상 잠만 자고 내가 찾아가도 모를 때가 많습니다. 낮잠 시간이 그렇게 길어지면 밤에는 못 자는 게 아닐까, 걱정스러웠습니다. 그리고 내 걱정거리는 그것만이 아닙니다.

여름방학이 다가온다는 건 이제 곧 국어수업의 마지막 발표 날도 닥친다는 것입니다.

행복이란 무엇인가. 나는 그 답을 정리하지 못한 채 하루하루를 보냈습니다.

이대로 가다가는 정말로 시간이 모자랄 것 같습니다.

그런데도 여전히 답은, 천장이 가로막혀 그런지 하늘에서 뚝 떨어져주는 일은 없었습니다.

시간은 자꾸 앞으로 나아갈 뿐, 하나도 되돌아오지 않는가 봐요. 아무리 필요해도, 아무리 소원을 빌어도, 되돌아오지 않는 것. 미나미 언니와 아바즈레 씨도 그렇게 말했으니까 딱히 의심을 했던 것은 아니지만 내가 직접 체험해보니 역시나 정말이구나, 확인할 수 있었습니다.

문제의 답은 아직 나오지 않았는데 마침내 발표 날이 바로 내일로 닥쳤습니다.

지금까지 키류와도 그리고 히토미 선생님과도 행복에 대해 아주 많은 이야기를 했습니다.

하지만 내 머릿속에 있는 답의 직소퍼즐은 아직도 맞춰지지 않았습니다. 키류는 행복에 대한 이야기를 하면 왠지 매번 부끄러워하지만 역시 그림에 대한 것을 발표하기로 토론을 통해 정한 것 같습니다.

나노카는? 키류의 그 물음에 나는 아직 답을 내놓지 못했습니다.

"사람 얼굴을 그릴 때, 먼저 동그라미를 그리고 가로로 정확히 반을 나눠 그 선 위에 눈이 오게 하면 돼"라는 놀랄 만한 방법을 키류는 내게 가르쳐주었고, 그 대신 나는 "오셀로 게임은 가능한 한 네 귀퉁이를 공략하는 게 좋아. 왜냐면 어디서도 조여들 수 없거든"이라는 충고를 건네서 키류를 놀라게 해준 뒤, 나는 꼬리 끊긴 그녀와 함께 항상 하던 대로 할머니 집으로 갔습니다.

어쩌면 오늘은 할머니 집에 가지 않아도 될지 모른다. 잠깐 그런 생각이 들었지만 역시 나는 할머니 집에 가는 것을 선택했습니다.

항상 가던 할머니 집을 왜 안 가도 된다고 생각했는가 하면, 최근 일주일 동안 나는 할머니와 한 번도 얘기를 나누지 못했기 때문입니다. 요즘 들어 부쩍 낮잠 시간이 길었지만 특히 지난 일주일 동안 할머니는 매번 깊은 잠에 빠져서 내가 가도 깨어나는 일 없이 계속 침대에서 조용히 잠든 숨소리를 낼 뿐이었습니다. 어쩌면 자느라고 밥 먹는 것조차 잊어버렸는지 모릅니다. 할머니는 약간 야윈 것처럼 보였습니다.

그래서 오늘도 할머니가 기분 좋게 자고 있다면 나는 키류와 행복에 대한 토론을 하는 게 더 나을지 모른다고 잠깐 생각한 것입니다. 하지만 나는 할머니 집에 가는 것을 선택했습니다. 이유는 그냥, 은 아니고 마지막 힌트를 오랜 세월 살아온 할머니에게서 얻고 싶었기 때문이죠. 검은 털의 그녀도 내가 할머니 집에 가는 것에 찬성했습니다. 하긴 그녀의 경우는 키류를 좀 어려워하는 것뿐이지만.

그래서 나는 할머니가 깨어 있으면 좋겠다고 생각하며 큰 나무 집에 간 것입니다. 그런데도 나는 깜짝 놀라버렸습니다. 여느 때처럼 작은 친구와 침실에 들어가다가 할머니가 침대 위에 일어나 있는 것을 보고 나도 모르게 앗 하는 소리를 낸 것이지요. 나를 금세 알아본 할머니는 그런 나를 보고 빙그레 웃으며 주름이 짙어졌습니다.

"나노카, 미안하구나. 편지를 여러 번 받았는데."

"아뇨, 전혀. 그보다 오늘은 졸리지 않아요?"

"응, 괜찮아. 아주 많이 잤으니까. 게다가……."

할머니는 잘 알 수 없는 말을 했습니다. 분명, 오늘로 마지막이니까, 라고 한 것 같습니다. 뭔지 모르는 건 물어봐야죠.

"뭐가 마지막인데요?"

"나노카가 전에 말했잖니, 내일이 나노카의 숙제 발표 날이라고. 그러니 오늘이 마지막 준비 시간이지?"

"네, 맞아요. 그래서 오늘 할머니와 그 얘기를 하러 왔어요."

내 말에 다시 빙그레 웃는 할머니는 역시 약간 여윈 것처럼 보였습니다.

"그래, 내가 가르쳐줄 수 있는 것이라면 뭐든지."

"흠, 다이어트 비결은?"

할머니의 웃는 얼굴은 평소와 다름이 없었습니다. 다정하고 조용하고 부드러운 얼굴. 아바즈레 씨와도 미나미 언니와도, 물론 나와도 다른 크고 환하게 웃는 얼굴. 분명 행복한 인생을 살아왔기 때문에 그런 웃는 얼굴을 가질 수 있는 거라고 생각했습니다. 어떻게 하면 그런 웃는 얼굴을 가질 수 있을까. 그것이 이번 문제의 마지막 답이라는 생각이 들었습니다.

"할머니, 부탁이 있어요."

"뭘까?"

"할머니는 어떤 인생을 살아왔는지 알려주세요."

나는 할머니의 침대 끝에 앉았습니다. 내 침대보다 부드러운데도 탄력이 좋은 게 신기해서 저절로 엉덩이 드리블을 하고 싶었지만 진지한 부탁을 한 참이라서 꾹 참았습니다.

꼬리 끊긴 그녀도 분명 할머니 얘기를 듣고 싶었던 모양이지요. 유연한 작은 몸으로 힘껏 점프해 할머니 무릎에 날름 올라앉아서 금빛 눈동자를 위로 향했습니다. 내 친구는 역시나 마성의 악녀입니다. 그녀의 금빛 눈동자가 할머니에게 옛날 일을 떠오르게 해주는지도 모릅니다. 할머니는 그녀의 눈을 지그시 들여다보며 이야기를 시작했습니다.

하지만 그건 내가 듣고 싶은 얘기와는 조금 달랐습니다.

"나는 어린아이에서 어른이 되고 할머니가 되고, 내가 좋아하는 일을 했고 내가 좋아하는 사람들과 함께 인생을 보내왔어."

"……그거, 그냥 평범한 거 아니에요?"

나는 약간 맥이 빠졌습니다.

"응, 평범한 인생이지. 나는 그렇게 평범하게 행복한 인생을 보낼 수 있었어."

할머니의 목소리에까지 행복이 촘촘히 채워져 있는 듯한 느낌이 들었습니다.

"어쩌면 나한테도 있었을 거야. 아니, 분명 있었지."

"………뭐가요?"

"친구가 한 명도 없었던 일."

나는 고개를 갸웃거릴 수밖에 없었습니다. 그런데도 할머니는 나를 칭찬해주듯이 고개를 끄덕이고는 말을 이었습니다.

"누군가의 한편이 되어주지 못했을 수도 있고, 아무도 사랑하지 못했을 수도 있고, 누군가를 상처 입혔을 수도 있고, 누구에게나 다정하게 대해주지 못했을 수도 있어. 하지만 나는 할 수 있었어. 소중한 사람의 한편이 되어주었어. 친구와 가족을 사랑했어. 누군가를 상처 입힌 적은 있었는지도 모르지. 하지만 다정하게 대해주자고 마음먹을 수 있었어. 그러니까 내 인생은 행복했어. 어쩌면 나한테도 있었을 거야."

할머니는 내 눈을 지그시 들여다보았습니다.

"사과도 제대로 못한 채 소중한 사람을 잃고 외톨이로 나 자신을 상처 입힌 적이."

나는 미나미 언니의 눈을 떠올렸습니다.

할머니는 침대 위에 내던져져 있던 내 손을 잡았습니다.

"나 자신이 너무 싫어서 자포자기에 빠지고 그 끝에 인생을 끝장내자고 생각했던 적이."

나는 아바즈레 씨의 손을 떠올렸습니다.

"하지만 나는 그렇게 하지 않았어. 행복하다고 생각할 수 있는 인생을 걸어왔지. 그야 안 좋은 일을 헤아려보자면 한이 없지. 하지만 그것보다 좀 더 많이, 미처 다 헤아릴 수 없을 만큼 즐거운 일과 기쁜 일이 있는 인생을 걸어왔어."

"……그럼 인생이란, 길?"

할머니의 '걸어왔다'라는 말이 마음에 걸려 나는 물었습니다. 나는 미나미 언니와 아바즈레 씨가 했던 말이 떠올랐던 것입니다. 시간은 되돌아오지 않는다. 그렇다면 인생이란 되돌아갈 수 없는 '길'인지도 모릅니다. 하지만 할머니는 고개를 저었습니다.

"아니, 인생은 길 같은 게 아니지. 왜냐면 인생에는 신호등이 없잖아?"

할머니의 썰렁한 농담이 우스워서 나는 피식 웃었습니다. 그래서 나도 농담으로 응하기로 했습니다.

"그럼 인생이란, 고속도로?"

"뭐, 그럴지도."

처음으로 듣는 할머니의 새침한 대꾸에 나는 다시 웃어버렸습니다.

"내 인생은 말이지, 나노카, 정말로 행복했어. 나노카는, 지금 행복하니?"

나는 미처 생각하지 못했습니다.

"네, 행복한 일이 아주 많아요."

엄마 아빠가 진지하게 나를 생각해준다. 저녁밥에 내가 좋아하는 것이 나온다. 오셀로 게임을 함께 해주는 친구가 있다. 학교에 가면 한편이 되어주는 선생님이 있다. 다정한 할머니가 있다. 함께 노래할 수 있는 작은 친구도 있다. 미나미 언니와 아바즈레 씨도 분명 다시 만날 수 있다. 이런저런 안 좋은 일도 있었지만,

돌아보니 그런 것보다 지금 나에게는 행복한 일이 훨씬 더 많았습니다.

"나노카는 똑똑하니까 그런 행복을 어떻게 가질 수 있었는지, 잘 알겠지?"

"……."

"나도 그렇게 해왔어. 나노카가 말했던 아바즈레 씨와 미나미 언니도 분명 앞으로는 그렇게 살아갈 수 있을 거야. 모두 나노카 덕분이지."

"……."

"모두들 선택을 한단다."

동굴의 출구가 보이는 것 같았습니다.

"오로지 행복해지기 위해서."

오래오래 머물렀던 동굴, 캄캄한 어둠 속, 그곳에서 밖으로 나왔을 때 펼쳐지는 눈이 멀어버릴 듯한 찬란한 빛과 상상했던 것보다 훨씬 더 광대한 풍경. 그곳에는 미처 다 헤아릴 수 없을 만큼 멋진 초록빛이며 바람이 있고 그곳에는 미처 다 헤아릴 수 없을 만큼 수많은 인연이며 행복이 있어서, 앞을 향해 한 걸음 내딛는 것만으로도 내 마음속은 달콤한 것들로 가득 채워집니다.

내 마음은 할머니의 이야기를 따라 단숨에 공상 속으로 뛰어들었습니다. 공상이지만 거짓은 아닙니다. 내 안으로부터의 깨달음이 그런 풍경을 보여준 것입니다.

"할머니, 고맙습니다."

나는 진심어린 감사인사를 했습니다.

"할머니 만나러 오기를 잘했어요."

"답을 찾은 거야?"

"네."

이상합니다. 이상한 일이 아주 많았지만 지금도 나는 또 이상한 일을 눈앞에 두고 있습니다. 나는 할머니의 침실에 와있고 침대에 앉아 있고 그곳에는 꼬리 끊긴 그녀와 할머니가 있고 조금 전까지 이 세계는 평소와 별다른 게 없었는데, 내 눈에는 지금 이 세계가 조금 전까지와는 전혀 다른 광채를 가진 것처럼 보이는 것입니다.

세계를 바라보는 내 시선이 바뀌었다는 것을 할머니는 모두 다 알고 있는지 내 머리를 가느다란 손가락으로 쓰다듬었습니다.

"내 인생도 나노카처럼 행복이 가득했으니까 이제 아무런 여한도 없었어. 그런데 신께서 마지막에 큰 상까지 주시는구나. 이보다 더 행복한 인생은 없을 거야."

"신께서 뭘 주셨는데요?"

"나노카를 만나게 해주셨지."

나는 참으로 흐뭇했습니다. 내가 할머니의 행복 중의 하나가 되었다는 것. 내가 할머니를 행복하게 해주었다는 것. 그리고 할머니의 말이 결코 거짓이 아니라는 것을 알았으니까요.

"이제 아무것도 필요 없어. 나의 오셀로 게임의 마지막 칸에는 나노카라는 행복이 놓였으니까."

"인생이란 길이 아니라 오셀로 게임?"

할머니는 고개를 가로저었습니다.

"아니, 아니."

그러고는 기분 좋은 연한 햇빛이 그렇게 만든 걸까요, 할머니는 문득 졸린 듯 끄덕끄덕 고개를 흔들었습니다. 나는 할머니의 무릎에 앉아 있던 그녀를 품에 안고 할머니를 침대에 눕혔습니다. 할머니는 눈을 가늘게 뜨고 작은 목소리로 "고맙다"라고 말하고 천천히 누웠습니다.

"나노카, 창문 좀 열어주겠니?"

할머니의 말에 나는 침대 건너 창문에 손을 내밀어 한 짝을 옆으로 밀었습니다. 열린 창문 틈새로 에어컨과는 다른 좋은 냄새의 바람이 밀려왔습니다.

"뭔가 또 도와드릴 건 없어요?"

"……아니, 괜찮아. 고맙구나."

"그럼 주무시는 데 방해되지 않게 나는 그만 갈게요. 할머니, 정말 고맙습니다."

"고맙긴. 그보다 우리 나노카, 발표 잘 할 수 있기를 빌어주마."

할머니는 이불 속에서 기분 좋은 듯 눈을 감았습니다. 나는 검은 털의 그녀를 품에 안고 할머니의 침실을 나오기로 했습니다.

방의 유리문을 열었을 때, 할머니가 내 이름을 불렀습니다. 다시 한 번 침대 곁으로 다가갔더니 할머니는 내게 귀를 바짝 대라고 말했습니다.

"마지막으로 한 가지, 나노카에게 전하고 싶은 게 있어."

"네."

"잘 들어라, 인생이란……."

할머니가 내 입버릇을 흉내 내어 전해준 그 말은 전혀 농담 따위가 아니었습니다. 그래서 "무슨 뜻이에요?"라고 물어볼 필요는 없었습니다. 하지만 내 마음속은 할머니의 그 말에, 능숙한 농담을 들었을 때보다 훨씬 더 가득 채워졌습니다.

이번에야말로 할머니의 침실을 나와 조용한 복도를 지나 현관에서 신을 신고 밖으로 나왔습니다. 그러자 그곳은 우리가 항상 걸어온 풀이 무성한 광장이었습니다. 하지만 역시 내 눈에는 올 때와는 전혀 다른 빛을 가진 것처럼 보였습니다. 모두 다 할머니 덕분입니다. 그러니 내일도 꼭 이곳에 와야 합니다.

"자, 집에 가서 내일 발표할 것을 노트에 정리하자."

나는 할머니 집 입구의 짧은 나무 계단을 내려와 풀숲으로 들어섰습니다. 그리고 늘 하던 대로 노래를 불렀습니다.

"행복은 제 발로 걸어오지 않아~."

"냐아."

내 노래 소리에 맞춰 뒤쪽에서 돌아온 목소리는 노래 소리가 아니었습니다. 나는 평소와는 다른 친구의 목소리에 뒤를 돌아보았습니다. 그녀의 목소리는 내게 뭔가 중요한 할 얘기가 있다고 말하고 있었습니다.

"왜 그래?"

뒤를 돌아보니 꼬리 끊긴 그녀는 아직도 할머니의 커다란 나무 집 문 앞에 있었습니다. 그녀는 나를 그 금빛 눈동자로 지그시 바라보았습니다.

"……냐아."

그녀는 할머니 집에 남겠다고 말했습니다. 방과 후에 우리 집 앞이 아닌 곳에서 나와 헤어진 것은 처음입니다.

"알았어. 그럼 내일 또 만나자. 너, 할머니 성가시게 하면 안 돼?"

"냐아."

이상한 목소리였습니다. '고마워'와 '안녕'을 합한 듯한 목소리. 분명 인간은 낼 수 없는 그녀만의 목소리겠지요.

나는 그 목소리가 조금 마음에 걸렸지만, 역시 악녀라서 뭔가 그럴싸한 분위기의 목소리를 낸다고 생각하고 등 뒤로 손을 흔들며 언덕을 내려가는 비탈길로 향했습니다.

나를 다시 뒤돌아보게 한 것은 바람입니다.

커다란, 커다란, 바람이 내 몸을 뚫고 지나갔습니다. 나는 마치 그 바람에 팔을 잡힌 것처럼 할머니 집 쪽을 돌아본 것입니다.

아니, 집이 있었던 쪽을 돌아본 것입니다.

깜짝이니 놀람이니 하는 것을 뛰어넘는 거대한 이상함과 마주했을 때 인간은 큰 소리를 내거나 하지 않는구나, 하고 깨달았습니다.

내가 바람에 이끌려 바라본 곳, 그곳에는 초록 벌판이 펼쳐졌습니다. 풀이 있고 꽃이 있고 살아있는 나무가 있는.

그것 이외에는 아무것도 없었습니다.

조금 전까지 있었던 커다란 나무집도, 조금 전까지 이야기했던 작은 친구의 모습도, 더 이상 그곳에는 없었습니다.

세찬 바람은 그 뒤로 한 번도 불지 않았습니다.

교실 안은 아빠가 가진 기타의 현(絃)처럼 팽팽히 당겨진 공기로 가득합니다. 이곳에 자리한 모든 사람들이, 아니, 히토미 선생님은 빼고, 잔뜩 긴장하고 있는 게 느껴졌습니다. 키류도 잔뜩 긴장한 모양입니다. 나도 긴장했습니다. 그때보다 듣는 사람이 더 적은데도. 네, 그 수업참관 때보다 훨씬 더 적은데도.

하긴 당연하죠. 우리는 이 시간을 위해 지금까지 똑똑하거나 똑똑하지 않은 머리로 내내 고민해왔으니까요.

항상 하는 인사. 평소 히토미 선생님의 수업과는 조금 관계없는 이야기. 그리고 평소와는 조금 다른 마지막 발표 시간입니다.

발표는 맨 앞자리 왼쪽 끝의 남학생부터. 나는 그들의 발표를 듣지 않을 수도 있습니다. 내가 발표할 것을 다시 한 번 읽어보고 좀 더 좋은 표현은 없을지 생각해볼 수도 있습니다. 하지만 나는 우리 반 아이들의 발표를 진지하게 듣기로 했습니다. 이유는, 나 역시 애써 생각해낸 답을 그들이 들어주지 않는다면 슬플 거라고 생각했기 때문입니다.

모두 다르다. 하지만 모두 똑같다.

혹시 한 사람쯤은 나와 똑같거나 비슷한 답을 낸 아이가 있을지도 모른다, 라고 생각하며 내심 조마조마하기도 했지만 최소한 내 앞의 순서에서 그런 발표를 한 아이는 없었습니다.

아이들의 발표는 척척 진행되어 드디어 다음은 키류 차례, 라는 데까지 왔습니다.

나는 긴장했습니다. 하지만 돌아보니 키류는 더 긴장한 것 같았습니다. 왜 그런지 키류가 이마에 땀을 흘린 것을 보고 나는 도리어 긴장이 풀리는 것을 느꼈습니다. 내 긴장까지 키류에게 빨려 들어간 걸까요.

긴장이 사라진 나는 내 긴장을 없애준 키류를 격려해주기로 했습니다. 하지만 작은 소리로 살짝 불러도 그는 내 목소리가 귀에 들어오지 않는 모양입니다. 그래서 대신 나는 그의 손을 잡았습니다. 책상 밑으로 몰래 키류의 손을. 그가 흠칫했습니다. 하지만 슬쩍 고개를 돌려 나를 보더니 떨리는 입술을 꾹 다물었고 그러고는 씨익. 차츰 그의 손바닥 떨림도 사라졌습니다.

키류가 발표할 차례, 그는 자리에서 일어나 당당하게, 아니, 이건 좀 과장이고, 그리 큰 목소리는 아니지만 자신의 행복에 대해 발표했습니다.

그는 지난번 뜻밖의 발표 뒤에도 간간이 놀림을 받았습니다. 그림에 대한 것도 그렇고, 왜 그런지 나와의 일에 대해서도. 우리가 한편이라는 걸 놀리다니, 정말 바보 같은 짓입니다. 만일 키류가 만판 당하고만 있었다면, 그리고 키류가 그러기를 원했다면, 나는 다시 싸움에 나섰겠지요. 하지만 나는 이제 별로 싸우지 않습니다. 키류가 조금씩이나마 말대꾸를 해주고 슬쩍슬쩍 피해버리는 데 능숙해졌으니까요.

그림에 대해, 가족에 대해, 히토미 선생님에 대해, 옆자리 친구에 대해, 키류의 발표는 정말 멋진 것이었습니다.

그리고 그의 발표가 끝났다는 것은 즉 그다음이 내 차례라는 것입니다.

이름을 부르는 소리에 나는 자리에서 일어섰습니다.

그 순간, 없어졌다고 생각한 긴장 벌레가 스멀스멀 등줄기를 타고 오르는 게 느껴졌습니다. 나는 책상 위의 노트를 잡는 데 몇 번이나 실패했습니다. 손이 부들부들 떨린 것입니다. 노트에 적어둔 것도 내 손으로 쓴 우리말인데 눈에 들어오지 않았습니다. 아, 어떡하지.

초조해서 이마에 한줄기 땀이 흐른 순간, 누군가 내 왼손을 꼭 잡았습니다. 순간적으로 나는 왼손을 쳐다보았습니다.

손을 잡아준 것은 키류였습니다. 내 등에서 다시 긴장 벌레가 사라지는 것을 느꼈습니다.

나는 히토미 선생님을 똑바로 바라보며 두 손으로 노트를 들었습니다.

그리고 오랫동안 생각해온 답을 교실 안의 모두를 향해 발표한 것입니다.

"나의 행복은……."

발표하는 동안, 나는 계속 머릿속에 떠올렸습니다. 미나미 언니를, 아바즈레 씨를, 할머니를, 꼬리 끊긴 그녀를. 그리고 그들과 함께한 나날을.

나는 어쩌면 알고 있었는지도 모릅니다. 실은 이제 더 이상 만날 수 없을지도 모른다는 것.

아마도 그래서 나는 울어버린 모양입니다.

그날 방과 후, 나는 요즘 하굣길에 항상 함께하는 키류에게 잠시 기다려달라고 말해두고 교무실로 갔습니다. 히토미 선생님에게 물어보고 싶은 게 두 가지가 있었습니다.

교무실에서는 히토미 선생님이 옆자리의 신타로 선생님과 즐거운 듯 이야기를 하고 있었습니다. 하지만 나를 알아보고 히토미 선생님은 곧바로 그 웃는 얼굴을 내게로 향해주었습니다.

좀 긴 얘기인데요, 라고 나는 미리 양해를 구했습니다. 그러자 히토미 선생님은 교무실을 나와 아무도 없는 작은 교실로 나를 데려갔습니다.

그 다정한 배려 덕분에 나는 마음 놓고 이야기할 수 있었습니다.

"나, 친구가 있었어요."

선생님은 고개를 갸우뚱했습니다.

나는 말했습니다. 아바즈레 씨에 대해, 미나미 언니에 대해, 할머니에 대해, 금빛 눈동자의 그녀에 대해. 그리고 지금까지 어떤 이야기를 나눴고 어떤 일이 있었는지, 어떤 식으로 도움을 받았는지, 모두 다 말했습니다. 그렇게 해야 비로소 내가 묻고 싶은 것이 무엇인지 선생님이 알아줄 거라고 생각한 것입니다.

"이상해요. 내 친구들이 왜 그렇게 다 사라졌는지 나는 잘 모르겠어요."

이건 어쩌면 히토미 선생님도 잘 모르는 문제인지 모릅니다. 그럴 만큼 최근 몇 주일 사이에 일어난 일들은 너무 이상해서 마법을 쓰지 않고서는 불가능할 것 같은 일투성이입니다.

그런데도 히토미 선생님은 잠깐 생각해보고는 평소처럼 손가락을 번쩍 세웠기 때문에 나는 깜짝 놀랐습니다. 역시나 어른, 게다가 선생님, 이라고 생각했습니다.

하지만 결국 언제 어떤 경우라도 히토미 선생님은 내가 진짜 좋아하는 선생님입니다.

"어쩌면 나노카를 만나러 와준 것인지도 모르겠네."

히토미 선생님은, 역시 허당.

"아니에요, 항상 내가 만나러 갔는데요, 뭘."

선생님은 난처한 얼굴은 하지 않았습니다. 그 대신 빙긋이 웃었습니다.

이상한 일에 대해 생각해본다. 그것을 둘만의 비밀 숙제로 정한 우리는 아무도 없는 교실을 나왔고, 히토미 선생님은 교무실로, 나는 키류를 데리러 갔습니다.

도서실에서 기다리던 키류는 지난번에 내가 추천해준 『톰 소여의 모험』을 읽고 있었습니다.

키류.

걸핏하면 흠칫흠칫 놀라는 그가 또 놀라지 않게 나는 살짝 그를 부르려고 했습니다.

하지만 그때는 이미 내 입도 내 성대도 그쪽에는 없었습니다.

목소리가 나오지 않고, 이윽고 눈에 보이는 풍경이 오른쪽 눈과 왼쪽 눈이 다르고…….

그 순간 비로소 나는 깨달았던 것입니다.

아, 이걸로 끝인가, 라고.

11

또다시 같은 꿈을 꾸었습니다.

자명종 시계의 가벼운 전자음, 차광커튼 틈새로 새어나온 아주 조금의 빛, 사각사각한 시트, 푹신한 베개, 하얀 천장.

눈을 뜨자마자 가장 먼저 생각했습니다. 또다시 같은 꿈을 꾸었어.

눈을 몇 번 깜빡거리다 팔만 쓱 내밀어 알람을 정지시켰습니다. 한 발 늦어서야 배 위에서 가벼운 묵직함을 느끼고 나는 몸을 뒤척이는 것을 방해하는 식객을 집어 들어 바닥에 내려놓았습니다. 혹시 집에 불이 나더라도 깨지 않을 만큼 잠꾸러기라서 약간 난폭하게 해도 괜찮습니다.

침대에서 내려와 커튼을 열자 방 안 가득 햇빛이 비쳐들었습니다. 그래, 오늘도 쾌청, 아주 좋은 날씨야.

세수나 할까. 그렇게 생각하는 것과 동시에 침대 옆 낮은 테이블 위의 휴대전화가 부르르 진동했습니다. 누가 보낸 메시지인지는 알고 있습니다.

메시지를 확인하고 나는 등을 꼿꼿이 세웠습니다. 오늘은 약속이 잡혔으니까 평소보다 조금 멋을 내고 나가야지.

세면대에 가서 얼굴을 씻고 베개에 눌린 까치머리부터 손을 보자. 내 긴 머리는 잠자리에 그리 강하지 않아서 아침이면 다른 사람보다 좀 더 오래 거울 앞에 머물게 됩니다. 게다가 오늘은 그 꿈을 꾼 날입니다. 그 꿈을 꾼 날이면 무심코 거울에 비친 내 얼굴을 흰침이나 들여다보게 됩니다.

머리를 단정히 손질하고 잠깐의 나르시스트 시간을 끝낸 뒤, 나는 주방 냉장고에서 오렌지주스와 어제 사둔 피낭시에, 내가 가장 좋아하는 피낭시에를 꺼내옵니다.

소파에 앉아 아침을 먹다 보면 대개는 항상 이 타이밍에 눈을 뜨는 게 우리 집 식객인 그녀. 그녀는 내 발밑에서 천천히 몸을 일으켜 내 발을 핥기 시작합니다. 배가 고프다는 것이죠. 그녀가 내 발을 먹어버리면 큰일이니까 냉큼 주방에 나가 그녀 전용 접시와 우유로 아침식사를 차려줍니다. 접시는 가장자리에 그녀의 이름이 적힌 것을 어렵게 구해왔습니다.

둘이 나란히 아침을 먹으며, 그녀가 무슨 생각을 하는지는 모르겠지만 나는 꿈에 대해 생각합니다. 방금 전까지 꾸었던 꿈에 대해.

나는 어린 시절의 꿈을 자주 꿉니다. 그것도 매번 정해놓고 꾸는 꿈은 초등학교 시절. 그밖에 소중한 추억이 많을 텐데도 꿈을 꾸면 늘 그 시절의 꿈뿐.

마치 질문을 던지는 것만 같습니다.

너는 제대로 행복해진 거야? 라고.

아침식사 후 한 잔의 커피, 라는 건 별로 어울리지 않는 나는 다시 한 잔의 오렌지주스를 마시며 텔레비전 전원을 켭니다. 뭔가 괜찮은 게 있나 하고 이리저리 채널을 돌립니다. 하지만 나오는 것은 모두 애니메이션과 슬픈 뉴스, 누군가를 모두 함께 나서서 괴롭히는, 마치 초등학생들이 모여 만든 듯한 와이드 쇼*뿐. 어떤 방송에선가는 얼핏 보기에도 훌륭해 보이는 대학교 교수님이 15년째 하나도 달라진 게 없는 얘기를 하고 있습니다.

나는 텔레비전을 끄고 발치의 그녀를 그 자리에 남겨둔 채 옆의 작업실로 이동합니다. 방 두 개에 거실과 주방이 딸린 이 집에서 산지도 벌써 3년. 이사할 때, 내가 찾는 집의 가장 중요한 조건을 부동산 중개인에게 전하자 매우 기묘하다는 표정으로 쳐다봤습니다. 그 부동산 중개인이 애써 찾아준, 밖에서 보면 아주 아름다운 이 집이 나는 마음에 듭니다.

작업실에는 쓸데없는 것은 하나도 없습니다. 좀 큼직한 편인 책상과 바퀴달린 의자, 거기에 노트와 연필, 자명종 시계와 작은 컴퓨터. 책장에는 책들. 그리고 작은 식객이 얌전히 잠들 수 있

---

*주로 주부층을 대상으로 연예인, 정치인 등 유명인사의 스캔들을 소재로 흥미 위주의 난상토론과 기획 영상을 방영하는 TV프로그램.

는 담요뿐.

　의자에 앉아 우선은 노트를 펼치고 어제 한 작업의 복습. 그러고는 연필을 들고 즉시 작업에 들어가는 것입니다. 내가 하는 일에는 출근이 없습니다. 정해진 근무시간도 잔업도 지각도 조퇴도 없습니다. 소지품도 필요 없고, 필요한 것은 노트와 연필과 나의 머리, 그리고 이 세상에 있는 모든 것뿐.

　집중하기 시작하면 금세 시간을 잊어버리기 때문에 책상 위의 자명종 시계로 알람을 맞춰둡니다.

　오늘도 역시 시간은 빛이 화살처럼 날아가고, 내가 맞춰둔 알람 소리에 깜짝 놀란다는 약속을 되풀이하는 나는 노트에 작은 동그라미를 그려넣고 자리를 뜹니다. 평소 같으면 점심도 건너뛰고 일을 계속합니다. 하지만 오늘은 그럴 수 없습니다. 중요한 볼일이 있으니까요.

　일단 깼다가 다시 잠이 든 식객은 본체만체하고 세면실로 가서 긴 머리를 세팅하고 지나치지 않게 화장을 하고 평소보다 약간 메르헨틱한 멋을 풍기는 스커트를 입었습니다. 거기에 마음에 드는 배낭만 메면 외출 준비는 완벽합니다.

　"냐아."

　어느 새 잠이 깼는지 그녀가 발치에 다가와 미간에 주름을 잡고 내 쪽을 보고 있습니다.

　"뭐야, 모처럼 데이트니까 배낭은 관두라고? 아이, 됐어. 인생이란 배낭 같은 것이야."

"냐아."

"등에 짊어진 게 있어야 등도 꼿꼿해지거든. 게다가 책가방 같아서 나는 좋기만 한데, 뭘."

그녀에게는 내 농담이 안 통하는 모양입니다. 그런 것보다 어서 빨리 밖에 나가고 싶은지 현관문을 발톱으로 득득 긁기 시작합니다. 내 집에서 식객 노릇을 하는 그녀는 낮에는 항상 밖에 나가 있습니다. 어디로 가는지는 모르겠습니다. 어쩌면 어딘가의 여자애와 언덕길을 오르고 있는지도.

식객의 재촉에 나는 약간 이르기는 하지만 집을 나서기로 했습니다. 배낭 속에는 읽던 책도 펜도 노트도 들어 있습니다. 멋진 시간을 보낼 준비가 완벽히 갖춰진 것이죠.

문을 열자 상쾌한 바람이 내 얼굴을 두드렸습니다. 머리칼과 스커트가 휘날려 움직이지도 않았는데 춤을 추는 듯한 기분입니다. 이제 곧 여름이네요.

"엇, 마치*!"

문을 잠그는 그새를 못 참고 가버리려는 매정한 식객의 등을 향해 이름을 부르자 그녀는 흘깃 나를 돌아봤습니다. 묘하게 섹시한 그 눈빛, 반쯤 들고양이 같은 생활에서 과연 어떤 일들을 경험한 끝에 그런 눈빛을 갖게 된 걸까요. 궁금하긴 했지만 물어봐도 그녀는 알려주지 않습니다.

---

*March, 행진곡

"자정까지는 올 테니까 그때까지 어딘가에서 시간 좀 때우고 있어."

"냐아."

내 걱정은 할 거 없어. 그녀는 그런 말을 남기고 긴 꼬리를 살랑살랑 흔들며 가벼운 걸음으로 가버렸습니다. 뒷모습은 약간 다르지만 그녀의 몸짓은 언젠가의 그 악녀를 떠올리게 합니다.

자, 나도 가보자.

"행복은 제 발로 걸어오지 않아~. 그러니 내 발로 찾아가야지~."

혼자 흥얼거리면서 나는 한 칸 자라서 그때보다 훨씬 높아진 시선으로 내다보는 경치를 향해 오늘의 첫걸음을 내딛었습니다.

행복이란, 나 자신이 기쁘게 느끼거나 즐겁게 느끼는 것, 소중한 사람을 잘 돌보거나 자기 자신을 잘 돌보는 행동과 말을 자신의 의지로 선택하는 것입니다.

또다시 같은 꿈을 꾸었습니다. 그 꿈을 꾸면 항상 생각합니다.

마치 내게 질문을 던지는 것만 같습니다. 너는 지금 행복하니? 라고.

그 질문에 답할 때, 나는 지금도 내 안의 행복에 대한 정의가 달라지지 않은 것을 확인하고 당당히 가슴을 내밀며 자신 있게 고개를 끄덕입니다.

어린 시절에 '인생이란…'이라는 어른스러운 말을 입버릇처럼 하던 똑똑한 여자애는 주위를 배려하지도 못했고 편들어주는 사람도 없었고 친구도 없었습니다. 하지만 그 아이에게는 다행스럽게도 잘 이끌어준 길잡이들이 있었고 그녀들 덕분에 그 아이는 행복한 그대로 어른이 될 수 있었습니다.

길잡이를 해준 그 사람들에 대해 나는 지금도 똑똑히 기억합니다.

아바즈레 씨, 미나미 언니, 할머니.

나는 차츰차츰 배워나갔습니다.

'아바즈레'라는 이름의 의미도. 그녀가 했을 터인 일에 대해서도. 미나미 언니가 사실은 미나미 언니가 아니었다는 것도. 그 수업참관 날에 한 건의 비행기 사고가 있었던 것도. 할머니가 나에게 앞을 내다보는 능력이 있다고 했던 말의 의미도, 이제는 알고 있습니다.

그녀들은 나를 도와주러 왔던 것이겠지요. 그래서 아직 어린애였던 나도 그녀들을 도와줄 수 있었겠지요. 그러기 위해 만났던 것이겠지요.

어른이 되어 나는 그 이상한 일의 이유를 알아버렸습니다. 하지만 그것이 섭섭하지는 않습니다.

왜냐면 나는 지금도 그녀들을 아주 좋아하니까요. 그래서 나는 스스로 선택한 것입니다. 미나미 언니처럼 되고 싶어서 일할 때마다 쓰는 것은 지금도 평범한 노트, 아바즈레 씨처럼 되고 싶어서 똑같은 크림색 건물에 살고, 할머니처럼 되고 싶어서 조금씩 과자 만드는 방법을 배우고 있습니다. 아직 마법은 쓸 줄 모르지만.

그 뒤로 결국 나는 두 번 다시 그녀들을 만나지 못했습니다.

내가 그녀들처럼 멋진 어른이 되었는지는 모르겠지만, 요즘 내 얼굴은 미나미 언니를 닮은 얼굴에서 점점 아바즈레 씨를 닮은 얼굴이 되어갑니다. 몇 십 년 뒤에는 분명 할머니를 닮게 되겠지요.

하지만 내 인생은 그중 누구의 것과도 다릅니다.

다른 어느 누구의 것과도 다른 나의 행복을 선택하는 게 가능한 것입니다.

행복은 그쪽에서 저절로 찾아오는 것이 아닙니다.

내 쪽에서 선택해서 손에 넣는 것이니까요.

또다시 같은 꿈을 꾸었습니다. 그 꿈을 꾸면 나는 항상 생각합니다. 질문을 던지는 것 같다. 너는 지금 행복하니? 라고.

그 물음에 답할 때, 나 스스로 내린 행복의 정의와 함께 항상 할머니가 마지막에 내게 해준 말을 떠올립니다.

잘 들어라, 나노카. 인생이란…….

전부 다, 희망으로 빛나는 지금 너의 것이야.

커다란 아틀리에, 나는 그를 방해하지 않도록 곁에 의자를 놓고 앉습니다.

"사인하는 것뿐인데?"

넓은 공간을 두고 굳이 곁에 와서 앉는 내게 그는 웃으면서 말했습니다. 그래서 나도 똑같이 웃으면서 대답해주었습니다.

"또다시 같은 꿈을 꾸었어."

나는 그에게 꿈을 설명하지 않습니다. 하지만 그는 더 이상 내가 그곳에 있는 것을 의아하게 생각하지 않습니다. 그는 펜을 들고 캔버스 오른쪽 밑에 자신의 사인을 써넣습니다. 중학생 때쯤부터 그가 써 온 사인. 자칫하면 '너를 죽인다'는 뜻으로 들려서 외국인들이 무서워할지도 모른다면서 이름을 정반대의 뜻으로 바꿔버린 사인입니다.

"이 그림, 출품한다고 했던가?"

"······아냐."

그는 화폭 가득 피어난 유채꽃* 그림을 보며 말했습니다.

"이건 너한테 줄게."

나는 그것이 그의 프러포즈라는 것을 알았습니다. 이제 막 연인이 되었을 뿐인데 프러포즈라니 너무 빠른 거 아닌가, 라고 생각하긴 했지만 분명 이 그림에 지금까지의 온 마음을 모두 담아주었다는 것을 알았습니다.

하지만 역시 중요한 일은 확실하게 말로 해주었으면 해서 나는 말했습니다.

"이 겁쟁이!"

그는 웃으면서 자신의 마음을 확실하게 말로 해주었습니다.

그다음에 내가 그의 프러포즈에 어떻게 대답했는지.

---

*유채꽃은 일본어로 '나노카'이다.

지금도 여전히 옆자리인 그와 내가 그 뒤에 어떻게 되었는지.

그건 장미꽃 아래에서(under the rose).

옮긴이의 말

'지금'을 수정하는 키

인생에 '수정'이라는 키가 있다면, 그래서 중요한 터닝 포인트에 다시 선다면 우리는 어떤 것을 어떻게 바꾸려고 할까. 현재의나 자신이 너무도 남루해서 과거를 돌아보며 그때 그런 선택을했더라면 하는 안타까움으로 가슴이 먹먹할 때가 누구에게나 있을 것이다. 그것을 고쳐 쓸 수 있는 기회가 주어진다면, 퇴고와첨삭을 할 수 있는 기회가 주어진다면, 그때 나는 어떤 선택의 키를 누를까. 그 선택에 따라 인생은 완전히 다른 방식으로 펼쳐진다. 그 선택에는 현재의 내가 가진 모든 경험과 가치관이 담길 것이다…. 작가 스미노 요루의 재미있는 상상이다. 실제 인생에 그런 키는 없지만 그가 설정한 스토리에는 그것을 가능하게 해주는만능의 키가 있는 것이다.

자신의 손목을 긋는 여고생 미나미 언니, 계절을 파는 직업을

286

가진 아바즈레(!) 씨, 홀로 큰 나무집에서 살아가는 할머니. 그들에게 똑똑한 소녀 나노카가 찾아온다. 혹은 나노카에게로 그들이 찾아온다. 자신이 똑똑하다고 굳게 믿는 얄밉도록 깜찍한 소녀는 삶의 여행자가 되어 순례 길을 떠난다. 순수한 만큼 더 오만하고 더 다치기 쉬운 어린 시절에만 가능한 여행이다. 과거와 현재와 미래가 다양한 선택의 갈래로 나뉘어 어딘가로 사라지고 또한 다시 모여 합쳐진다. 시시각각 사라지는 과거를 되짚어 올바른 방향으로 수정하고, 그것을 통해 현재에 가능한 선택의 가늠자를 만든다. 하나하나의 선택이 쌓이면서 미래는 현재가 되어간다. 바로 지금 "나는 행복했어"라고 말할 수 있는 현재로.

인생의 중요한 힌트가 담긴 잠언이자 아름다운 산문시 같은 소설이다. 쉬운 문장으로 섬세하게 그려나가는 소녀의 시선을 따라가면 마지막에는 과거와 현재와 미래가 커다란 원을 그리며 하나로 맞물리고, 이윽고 그 원조차 스르륵 사라진다. 그리고 '바로 지금'이 남은 자리에 다시 과거와 미래가 출현하는 대반전이 기다린다. 잠언의 수수께끼를 풀기 위해 우리는 이 소설을 다시, 여러 번, 복기하며 읽어볼 수밖에 없을지도 모른다.

2017년 8월 22일, 일본 출판물 유통회사 〈TOHAN〉에서 집계한 문예서 랭킹 10위권에 작가 스미노 요루의 소설 세 권이 동시에 올랐다는 뉴스가 실렸다. 『너의 췌장을 먹고 싶어』, 『또다시 같은 꿈을 꾸었어』, 그리고 신작 『숨·바·꼭·질(가·쿠·시·고·토)』까지, 한 작가의 소설이 한꺼번에 10위권에 오른 것은 이례적인 일이었다. 데뷔작『너의 췌장을 먹고 싶어』는 만화와 영화에 이어 애니메이션까지 제작되면서 단행본과 문고본을 합해 2백만 부를 돌파했고, 두 번째 작품인『또다시 같은 꿈을 꾸었어』는 40만 부, 신작『숨·바·꼭·질(가·쿠·시·고·토)』은 25만 부가 팔렸다는 소식도 함께 실렸다.

『너의 췌장을 먹고 싶어』는 우선 무엇보다 제목의 '이상함'으로 논란을 일으켰지만 결국 그 엽기적인 문장이 독자의 마음속에서 세상에 없이 아름다운 것으로 변해버리는 신기한 현상이 일어났다. 세상의 모든 나쁜 것들을 자꾸자꾸 아름다운 것으로 바꿔나가는 기적이라고 할까.

'이상한(不思議) 일은 멋진 일이다.'

『또다시 같은 꿈을 꾸었어』에서는 소녀 나노카의 입을 통해 이 작가가 소설에 대해 갖고 있는 기본 방침을 위와 같이 밝히고 있다. 원문의 '不思議'라는 단어는 '이상한' 외에도 신비한, 신기한, 희한한, 색다른 등의 다양한 뜻이 있다. 이번에 번역한 '이상한'은 그 모든 뜻을 포함한 '이상함'을 담은 단어이기를 바라면서 선택한 단어였다. 실은 거기에 더해『이상한 나라의 앨리스』의 '이상한'까지 염두에 두었다. 생각해보면 소설이란 '이상한 이야기'가 '멋진 이야기'가 되는 기적을 독자에게 제공하는 것인지도 모른다.

쉽고 편하게 읽히면서도 마지막 순간에 이 이야기가 매우 중요한 진실을 담는 거대한 틀이었다는 점을 깨닫게 해주는 것도 일본 서점가에 일대 파란을 일으킨 이 작가의 크나큰 매력 중 하나다. 쉬운 문장에 대중적인 재미를 강하게 의식하면서도 그 안에 면면히 이어온 문학계 선인의 발자취가 점점이 박혀 있어서 그리 쉽게 글을 쓰는 작가가 아니라는 것을 짐작할 수 있다.

『너의 췌장을 먹고 싶어』에서 중요한 소재로 쓰인 『어린 왕자』가 이번 소설에도 등장한다. 그의 작품을 좋아하는 이들에게 연속성의 재미를 줄 것이다. 『흰 코끼리의 전설』, 『톰 소여의 모험』과 『허클베리 핀의 모험』, 청소년소설 『우리들 시리즈』를 직접 소개하고, 트루먼 커포티아 무라카미 하루키의 발자취가 얼핏얼핏 엿보인다. 미야자키 하야오의 『마녀 배달부 키키』에 나오는 검은 고양이는 이번 작품에서 빠뜨릴 수 없는 인상적인 액세서리가 되었다. 다만 꼬리 끊긴 그녀의 이름은 '지지'가 아니라 〈365걸음의 행진곡〉이라는 노래에서 따온 '마치(march)'.

단어를 해체해서 재조합하는 언어유희, 소설에 리듬을 부여하는 반복법, 만화적 상상력을 자극하는 의성어를 적절히 활용하는 것도 인터넷과 SNS에 익숙한 젊은 독자들과 함께 호흡하는 큰 장점이 되고 있다. 특히 '키류'라는 이름이 'kill you'로, 그것이 다시 'live me'로 의미가 점점 바뀌어가는 것이 흥미롭다.

뭔가에 몹시 시달리고 지쳐서 지금의 나를 리셋하고 싶다, 라고 또다시 같은 꿈을 꾸는 수많은 우리들에게 이 책을 전하고 싶다. 다시 꺼내 읽을 때마다 수수께끼가 샘솟는 이 이야기에서 나만의 행복을 찾아 한 뼘쯤은 앞으로 나아갈 명랑한 힘과 용기를 얻을 테니.

드라마와 영화의 OST처럼 이 소설 전편에 흐르는 노래는 스이 젠지 기요코라는 원로 가수의 〈365걸음의 행진곡〉이다. 1968년에 발매된 앨범이니까 꽤 오래된 곡이지만 어렵고 힘겨운 일이 생길 때마다 모두의 기운을 북돋아주는 국민 노래 같은 역할을 해왔다. 그 노랫말을 올려본다. (작사 호시노 데쓰로, 작곡 요네야마 마사오)

행복은 제 발로 찾아오지 않아
그러니 내 발로 찾아가야지
하루 한 걸음 사흘이면 세 걸음
세 걸음 나아갔다 두 걸음 물러선다네
인생은 하낫 둘, 펀치!
땀 흘리며 울먹이며 걸어가자
내가 딛고 간 발자국에서
아름다운 꽃 피어나리니
팔을 흔들고 발을 높이 들어
하낫 둘, 하낫 둘, 차근차근 걷자
자아, 하낫 둘, 하낫 둘!

행복의 문은 좁디좁아
그러니 한껏 숙이고 건너간다네
백 일 백 걸음 천 일 천 걸음

마음대로 풀리는 날도 풀리지 않는 날도
인생은 하낫 둘, 펀치!
내일의 내일은 또다시 내일
나는 언제나 새로운
희망의 무지개를 품고 있다네
팔을 흔들고 발을 높이 들어
하낫 둘, 하낫 둘, 차근차근 걷자
자아, 하낫 둘, 하낫 둘!

행복이 바로 곁에 있어도
그런 줄 모르는 날도 있다네
일 년 삼백육십오 일
한 걸음 차이로 놓쳐버려도
인생은 하낫 둘, 펀치!
멈추지 말고 꿈을 꿔보자
천리 길도 한 걸음부터
시작이라고 굳게 믿으며
팔을 흔들고 발을 높이 들어
하낫 둘, 하낫 둘, 차근차근 걷자
자아, 하낫 둘, 하낫 둘!

2017년 10월
양윤옥

또다시 같은 꿈을 꾸었어

2017년 11월 1일 1판 1쇄 발행
2024년 8월 12일 1판 27쇄 발행

저   자 스미노 요루
옮 긴 이 양윤옥
발 행 인 유재옥

이   사 조병권
출판본부장 박광운
편 집 1 팀 박광운
편 집 2 팀 정영길 조찬희 박치우 정지원
편 집 3 팀 오준영 이소의 권진영
디자인랩팀 김보라
표지디자인 디자인플러스
디지털사업팀 박상섭 김지연 윤희진
라이츠사업팀 김정미 맹미영 이윤서
영업마케팅팀 최원석 박수진 이다은
물 류 팀 허석용 백철기
경영지원팀 최정연
발 행 처 (주)소미미디어
인쇄제작처 코리아피앤피
등   록 제2015-000008호
주   소 서울시 마포구 토정로 222, 502호(신수동, 한국출판콘텐츠센터)
판   매 (주)소미미디어
전   화 편집부 (070)4164-3960, 기획실 (02)567-3388
            판매 및 마케팅 (070)8822-2301, Fax (02)322-7665
ISBN 979-11-5710- 215-9 03830

「三百六十五歩のマーチ」 ⓒ1968 by CrownMusic,Inc.